Der Richter von Köln

Reinhard Rohn, 1959 in Osnabrück geboren, lebt seit über dreißig Jahren in Köln und arbeitet als Verlagsleiter in einem Berliner Verlag. Er hat zahlreiche Kriminalromane ins Deutsche übersetzt und mehrere Spannungsromane geschrieben. Unter dem Pseudonym Arne Blum veröffentlichte er eine Krimiserie über das Detektiv-Schwein Kim (»Saubande«, »Rampensau« und »Schöne Sauerei«). Im Emons Verlag sind bisher vier Romane um die Kommissare Birte Jessen und Jan Schiller erschienen: »Falsche Herzen«, »Kölnisch Wasser«, »Kölner Lichter« sowie »Barfuß in Köln«.

Dieses Buch ist ein Roman. Handlungen und Personen sind frei erfunden. Ähnlichkeiten mit lebenden oder toten Personen sind rein zufällig. Bei der Schilderung real existierender Schauplätze habe ich mir einige kleinere Freiheiten gestattet.

REINHARD ROHN

Der Richter von Köln

KÖLN KRIMI

emons:

Bibliografische Information der Deutschen Bibliothek
Die Deutsche Bibliothek verzeichnet diese Publikation
in der Deutschen Nationalbibliografie; detaillierte bibliografische
Daten sind im Internet über http://dnb.d-nb.de abrufbar.

FSC www.fsc.org
MIX
Papier aus verantwortungsvollen Quellen
FSC® C083411

Umschlagmotiv: © mauritius images/ib/Walter G. Allgöwer
Umschlaggestaltung: Tobias Doetsch
Gestaltung Innenteil: César Satz & Grafik GmbH, Köln
Druck und Bindung: CPI – Clausen & Bosse, Leck
Printed in Germany 2013
ISBN 978-3-95451-186-0
Köln Krimi
Originalausgabe

Dieses Werk wurde vermittelt durch die Literarische Agentur
Thomas Schlück GmbH, 30827 Garbsen.

»Mordet man denn so? Geht man zu einem Mord so,
wie ich damals gegangen bin? Habe ich die Alte ermordet?
Mich selbst habe ich ermordet und nicht die Alte!
Mit einem Schlag habe ich mir den Garaus gemacht.«

Fjodor Dostojewski, »Schuld und Sühne«

1

Er war der Richter, und der Richter erkannte ihn sofort. Der Junge war nicht schwer zu finden. Das Foto im Stadt-Anzeiger war sehr gut gewesen. Erhan lungerte in Chorweiler an der S-Bahn herum. Er hielt eine Zigarette in der Hand, die er nach einer Taube schnippte, die erschreckt aufflog. Er sah gelangweilt aus und verschlagen, ja, als wäre er nur darauf aus, Ärger zu machen. Als drei andere Jungen vorbeikamen, klatschten sie sich ab, und Erhan rief ihnen eine Beschimpfung nach, die alle zum Lachen brachte. Dann warf Erhan ihnen eine leere Bierdose hinterher, die aber keiner beachtete. Als ein heruntergekommen aussehender Mann von einer Bank aufstand, um die Dose aufzuheben, befahl Erhan ihm, sie ja liegen zu lassen. Der Mann nickte heftig und zog sich zu seinen zwei Kumpanen auf die Bank zurück.

Erhan, dachte der Richter, wozu bist du auf der Welt? Du hast es nicht kapiert und wirst es nie kapieren. Die Schreie in seinem Kopf waren endlich für ein paar Augenblicke verstummt. Ruhig atmete er ein und aus und genoss die Stille um ihn. Es war ein friedlicher Tag. Friedliche Tage waren gut, um Gerechtigkeit zu bringen.

Erhan blickte zum grauen Oktoberhimmel, dann musterte er die Passanten, die aus der S-Bahn-Station hochkamen. Er taxierte sie – wer war ein Opfer, wer war ein Täter? Ja, so schien dieser Junge die Welt zu sehen.

Nun, es war eindeutig, auf welcher Seite er stand. Ein Opfer würde er niemals sein, dachte Erhan zumindest, aber da hatte er sich getäuscht. Ein paar Minuten würde der Richter ihm noch geben, bis er ihn über die Grenze stoßen würde.

Als hätte er das Gefühl, beobachtet zu werden, sprang der Junge plötzlich auf und schlenderte in Richtung des Parkplatzes vor den Hochhäusern. Zwei kleinere Jungen, die ihn offensichtlich kannten, wichen ihm ängstlich aus. Erhan zischte ihnen trotzdem einen Fluch zu.

Der Richter folgte ihm. Merkwürdig, dachte er, ich habe das Gefühl, unsichtbar zu sein, als wäre ich ein Racheengel, den nur derjenige sehen kann, für den er auf die Welt hinabgestiegen ist. Aber nein, Unauffälligkeit hatte er ja gelernt.

Auf dem Parkplatz war Wochenmarkt. Erhan griff sich einen Apfel und biss hinein, dann nickte er dem schnauzbärtigen Mann hinter dem Marktstand frech zu und schlenderte weiter.

Wie hast du dich gefühlt, als du diesen Jungen getötet hast, nur weil er dich angerempelt hat?, sprach der Richter stumm vor sich hin.

Als hätte er ihn tatsächlich gehört, wandte Erhan sich um, doch er sah den Richter nicht, blickte tatsächlich durch ihn hindurch, weil er ein Fremder war, nicht mehr als ein Gesicht auf einem Wochenmarkt. Dann drehte er wieder den Kopf, grüßte ein Mädchen, indem er sich an die Stirn tippte, doch die dunkle Schönheit, die etwa so alt war wie er, tat, als hätte sie ihn nicht bemerkt, dabei war ihr die Anspannung anzusehen. Erhan hatte zweifellos einen gewissen Ruf im Viertel.

Kurz bevor er den Markt verließ, steckte Erhan sich einen Kamm ein. In einer schnellen, fließenden Bewegung packte er das silberfarbene Ding von dem Samttuch eines Standes und schob es sich in die Tasche. Wahrscheinlich brauchte er den Kamm gar nicht, es war so eine Art Übung, ein Machtbeweis für ihn selbst, dass er alles mitnehmen konnte, was er wollte.

Der Richter blieb ihm auf den Fersen. Ruhig atmete er ein und aus. Niemand war in seinem Kopf. Da war er ganz allein, er und sein Wunsch, Gerechtigkeit zu bringen.

Erhan steuerte auf den anderen Eingang zur S-Bahn-Station zu. Auf einmal, als hätten die Menschen die Gefahr gespürt oder als wäre ein fremder Gott dem Richter gnädig, war niemand mehr in der Nähe. Kurz schaute der Richter sich um. Der Schnellimbiss zur Linken war noch geschlossen. Er spürte, dass er nun doch ein wenig nervös wurde. Er hatte so etwas noch nie getan, doch es musste getan werden. Er musste etwas gegen seine Schlaflosigkeit tun, gegen die Schreie in seinem Kopf. Er wollte wieder der Sanftmütige werden.

»He, Bursche!«, rief er Erhan nach. In dem schmalen Durchgang hallte seine Stimme und kam ihm selbst fremd vor.

»Bursche« – was für ein altmodisches Wort!

Erhan wandte sich langsam um, als hätte er ein untrügliches Gefühl für Gefahr. Er kniff die Augen zusammen. »He, meinst du mich?«, erwiderte er. »Was willst du?« Breitbeinig stellte er sich auf. Er war jung, viel jünger als auf dem Foto, wenn man ihn von Angesicht zu Angesicht sah. Ein Großmaul, jemand, der aus Angst zuschlug, doch der Richter zögerte nicht.

»Ich will dich etwas fragen«, sagte der Richter. Nun klang er so sanftmütig und freundlich, wie er eigentlich war. »Du hast diesen Jungen getötet, nicht wahr? Auf dem Schulhof, weil er dich mit seinem Skateboard angefahren hat. Bereust du deine Tat? Weißt du, was es heißt, einem Menschen sein Leben zu nehmen?«

Der Junge machte eine wegwerfende Handbewegung. »Was soll der Scheiß?«, knurrte er. »Das war ein Unfall – geht dich nichts an.«

»Dann bereust du es nicht?«, fragte der Richter, während er schon die Pistole aus seinem schwarzen Mantel zog. Er wusste, dass er dem Jungen keine Chance zur Flucht geben durfte.

Erhan lachte und verzog den Mund. Seine Pupillen zuckten hin und her. »Was soll das?«, stieß er hervor.

Wie ein Tier, das einen hohlen Drohruf ausstößt, dachte der Richter.

»Willst du mir Angst machen?«

»Nein«, sagte der Richter, »ich will nur dein Urteil verkünden.« Dann drückte er ab.

Der Schuss war dröhnend laut, doch er hörte ihn gar nicht. Er blickte auch nicht auf den Jungen, der mit einem Ausdruck von Entsetzen und Überraschung im Gesicht zu Boden stürzte.

In der S-Bahn, mit der er seelenruhig zum Hauptbahnhof fuhr, wäre er beinahe eingeschlafen, so ruhig fühlte er sich. Dann, als er die Tür hinter sich geschlossen hatte, kam das Zittern über ihn. Was hatte er getan? Nichts, nichts, sagte er sich, gar nichts. Er hatte sich nur einmal angemaßt, Recht zu sprechen, um diese Welt ein wenig gerechter zu machen. Nun wurde er wieder der Freundliche, Sanftmütige. Er zog die Vorhänge zu und ließ Mahler spielen, die Kindertotenlieder. Den Richter begann er zu vergessen. Er war kein Richter mehr, jedenfalls für eine Weile.

Irgendwann später läuteten die Glocken.

2

Die ersten Kilometer lief es sich leicht. Der Himmel war bewölkt, zum Glück regnete es nicht, ein nicht zu kalter Oktobertag. Jan Schiller hatte ein Lied im Kopf, einen älteren Song von Snow Patrol. Außerdem hatte er die ganze Zeit Carla vor Augen, wie sie ihn am Morgen verabschiedet hatte. Sie hatte ihn geküsst, ihn liebevoll Marathonmann genannt, und ihre Augen hatten gefunkelt wie schon lange nicht mehr. Er würde ihr einen Heiratsantrag machen, nahm er sich vor, als er durch die Straßen von Köln rannte. Sie würden heiraten und endlich ein Kind bekommen, und er würde weniger arbeiten, und vielleicht würden sie ein Haus kaufen, nicht zu weit draußen, in Nippes, ja, Nippes wäre perfekt, mit einem kleinen Garten und Nachbarn, die einem nicht zu sehr auf die Nerven gingen … und dann vielleicht noch ein Kind …

Die ersten Ermüdungserscheinungen, die sich nicht mehr ignorieren ließen, hatte er in der Roonstraße, Kilometer zweiundzwanzig. Seine Knie begannen zu schmerzen, er wurde langsamer, etliche Läufer zogen leichtfüßig ihm vorbei. Die meisten sahen noch frisch aus, bemerkte Schiller neidisch. Einige trugen sogar Kostüme, als kämen sie soeben vom Karneval und als wäre ein Marathonlauf nicht mehr als ein kleiner Aufgalopp zu größeren Festivitäten.

An der Dürener Straße tauchte plötzlich Therese, die alte Hebamme, auf und rief laut seinen Namen. Sie winkte und lachte über das ganze faltige Gesicht. Neben ihr stand der alte Professor Goldmann, der die Faust ballte und »forza, forza« brüllte, als wäre er ein Italiener. Schiller winkte müde zurück. Er hatte nicht genügend trainiert, und er wurde älter. Vielleicht sollte man mit zweiundvierzig nicht mehr dem Wahnsinn nachhängen und zweiundvierzig Kilometer über knüppelharten Asphalt rennen. Irgendwann registrierte er Schultke von der Kriminaltechnik mit ein paar Kollegen und Brasch, ja, Matthias Brasch. Der ehemalige Hauptkommissar, der sich nun als Privatdetektiv durchschlug, feuerte ihn auch irgendwo an der Strecke an, aber dessen Gesicht verschwamm ihm schon vor Augen.

Ab Kilometer fünfunddreißig wurde es die Hölle. Da war Schiller irgendwo am Hansaring. Immer wieder hob er den Blick und suchte den Dom. Wo war die verdammte Kathedrale? Wenn er am Dom war, hatte er noch einen Kilometer. Diesen Kilometer würde er noch schaffen, aufgeben würde er nicht, wenn er am Dom war, aber bis dahin …

Seine Füße bewegten sich nur noch mechanisch, jeder Schritt auf dem harten Asphalt sandte einen dumpfen Schmerz bis in die Knie hinauf. Er war verrückt. Was wollte er sich da beweisen? Dass er noch nicht zum alten Eisen gehörte? Nein, es war sein siebter Marathonlauf durch Köln – das war Tradition, aber so schwer war es ihm noch nie gefallen.

Er versuchte, den Song von Snow Patrol zurück in seinen Kopf zu zwingen – »Run« hieß das Lied, doch irgendwie ging nichts mehr. Er nahm den heißen Tee von einer Versorgungsstation, sah das mitleidige Gesicht einer jungen Helferin und stürzte die lauwarme Flüssigkeit die Kehle hinunter.

Komm, sagte er sich, komm, Junge, quäl dich!

In seinem Kopf hämmerte es – ein hässliches Wummwumm. Sein Herz, das bis in den letzten Winkel in seinem Schädel dröhnte. Dann drang ein anderes Geräusch in dieses monotone Wummwumm. Ein schriller Klingelton. Er geriet beinahe ins Straucheln, als er versuchte, dieses Geräusch einzuordnen. Der verdammte Dom kam einfach nicht näher, aber immerhin gelang es ihm, zwei Läufer zu überholen. Gut, er hatte seine Schwächephase überwunden. Der schrille Ton aber verstummte nicht. Dann fiel es ihm endlich ein. Sein Smartphone! Er hatte sich das Ding hinten in die schmale Tasche gesteckt. Er zog es hervor. Wahrscheinlich erwartete Carla, dass er bereits kurz vor dem Ziel war, während er Kilometer achtunddreißig entgegentaumelte. Noch vier Kilometer – wie sollte er viertausend Meter hinter sich bringen?

Das Klingeln verstummte nicht. Am liebsten hätte er das Telefon genommen und auf den Boden geschleudert. Verflucht, ja, er war deutlich langsamer als letztes Jahr. Er war noch nicht im Ziel, noch nicht im Ziel …

Keuchend nahm er das Gespräch an.

»Jan«, meinte Birte Jessen, seine Kollegin von der Mordkommission, »sag bloß, du bist noch auf der Strecke?« Sie lachte leise. »Wo bist du? Welcher Kilometer?«

»Siebenunddreißig«, stieß er hervor. »Fast achtunddreißig.«

»Dann lauf mal ein bisschen schneller – wir haben wieder einen Toten. Ein Mann wurde im Parkhaus an der Arena erschossen. Ist ja ganz in deiner Nähe.« Dann unterbrach sie die Verbindung.

Schiller brauchte einen Moment, um zu Atem zu kommen. Das ist nicht ihr Ernst, dachte er. Eher breche ich tot zusammen, als dass ich gleich zu einem Tatort gehe.

Vier Stunden, sieben Minuten – die schlechteste Zeit, die er je gelaufen war. Carla wartete am Ziel auf ihn. Besorgt legte sie ihm eine Jacke über die Schulter.

»Du hast es geschafft«, sagte sie und drückte ihm einen Kuss auf die Wange.

Er brachte es lediglich fertig zu nicken. Was tat ihm eigentlich nicht weh? Er trank das Bier aus. Eigentlich hasste er Bier, aber nach so einem Lauf musste man möglichst schnell seinen Flüssigkeitshaushalt wieder ins Gleichgewicht bringen.

»Wir haben einen zweiten Toten«, sagte er dann und sah, wie Carla ihn forschend anschaute.

»Ja und?«, fragte sie.

»Im Parkhaus an der Arena. Ich muss kurz nach dem Rechten sehen.«

Carla lachte und küsste ihn noch einmal. »Du bist verrückt«, sagte sie, »und du bist bleich wie ein Gespenst.«

Eine halbe Stunde später stakste Schiller durch das Parkhaus an der Kölnarena. Schon an der Einfahrt hatten uniformierte Polizisten alles abgeriegelt. Bert Cremer, der Dritte in ihrem Team, starrte ihn entsetzt an.

»Kein Mitleid«, sagte Schiller und versuchte zu lächeln. »So sehe ich immer nach einem Marathonlauf aus.« Hinter Cremer entdeckte Schiller drei Kriminaltechniker. Schultke, der Chef der Abteilung, und zwei andere waren bereits bei der Arbeit. Zwei große Scheinwerfer leuchteten drei Parkbuchten aus.

Cremer eilte auf Schiller zu und packte ihn am Ellbogen, als wolle er ihn stützen.

»Wir kommen schon zurecht«, erklärte er leise und sah sich um, als wolle er von irgendwoher einen Stuhl organisieren.

»Der Tote wollte offenbar zum Eishockey, er trug jedenfalls einen Schal der Haie um den Hals«, sagte eine helle Frauenstimme. Birte Jessen trat hinter einem Auto hervor. In der Hand hielt sie einen Kaffeebecher, den sie Schiller reichte. »Du siehst aus, als könntest du ein wenig Koffein gebrauchen.«

Schiller lächelte und trank. »Mir geht es schon wieder besser«, sagte er. »Aber ab Kilometer fünfunddreißig war ich wirklich fix und fertig.« Er lehnte sich gegen einen weißen Audi. Seine Knie fühlten sich an, als wären sie porös und würden gleich auseinanderbrechen. Er blickte wieder zu den Technikern hinüber. Dann entdeckte er zwei Beine, die neben einem roten Passat lagen. »Der Tote ist noch da?«

Birte nickte. »Zwei Schüsse in die Brust. Der Mann war sofort tot. Wir haben seinen Pass in seiner Brieftasche gefunden. Er heißt Thorsten Sawatzki, dreiundvierzig Jahre, Lehrer und leider kein Unbekannter.« Sie zog ein Stück Papier aus ihrer hinteren Jeanstasche. Ein Zeitungsausschnitt. »Er stand letzte Woche vor Gericht. Er soll eine Kollegin vergewaltigt haben, wurde aber aus Mangel an Beweisen freigesprochen. War vor drei Tagen ein großer Artikel im Stadt-Anzeiger.« Birte hielt ihm den Ausschnitt hin. »Freispruch dritter Klasse« lautete die Überschrift. »Trotz begründeter Zweifel an der Unschuld des Angeklagten kam das Gericht nicht zu einer Verurteilung. ›Skandal!‹, rief das dunkelhaarige Opfer, bevor es im Gerichtssaal zusammenbrach.«

Schiller sah Birte an. Sie nickte und steckte den Zeitungsausschnitt wieder ein.

»Ja«, sagte sie dann. »Auch bei dem türkischen Jungen, der vor drei Tagen erschossen wurde, gab es vorher einen Bericht über seine Verhandlung und das milde Urteil. Wenn sich herausstellt, dass es dieselbe Tatwaffe ist –«

»Die Kriminaltechnik soll das als Erstes untersuchen«, unterbrach Schiller sie.

Schultke hatte ihn erspäht und streckte ihm den Daumen entgegen. »Tolle Leistung!«, rief er. Dann wandte er sich wieder dem Tatort zu und begann, mit einer Spezialkamera Fotos zu machen.

»Wir werden hier kaum irgendwelche Spuren finden.« Schiller trank den letzten Rest Kaffee, der ihn tatsächlich ein wenig belebte. »Aber wieso gibt es keine Zeugen? Vor einem Eishockeyspiel müssen doch etliche Leute im Parkhaus sein.«

»Sawatzki war ziemlich früh dran. Außerdem war es nur ein Testspiel der Haie. Mehr als drei-, viertausend Zuschauer wurden nicht erwartet«, erwiderte Birte. »Und die meisten Marathonläufer, die hier geparkt haben, waren noch auf der Strecke.« Sie lächelte ein wenig spöttisch. »Die Überwachungskameras haben wir noch nicht ausgewertet. Hat Cremer sich vorgenommen.«

»Also gibt es keine Zeugen?« Schiller ging nicht auf ihren Spott ein.

»Bisher nicht. Wir haben nicht einmal jemanden gefunden, der den Schuss gehört hat. Aber es muss jemand da gewesen sein – oder unser Mörder hat die Polizei selbst gerufen. Um vierzehn Uhr siebenundvierzig ging ein anonymer Anruf bei der Polizei ein – von einem Telefon im Deutzer Bahnhof. Eine Frauenstimme hat eine Schießerei gemeldet und dann aufgelegt.«

Schiller schaute sich um. Der Tatort befand sich auf der zehnten Parkebene. Man blickte auf die Gleise der Bahn hinaus. Könnte jemand in einem vorbeifahrenden Zug etwas von der Tat mitbekommen haben? Nein, wahrscheinlich nicht. Die Gleise lagen etliche Meter tiefer.

»Der Tote war verheiratet«, sagte Birte. »Jemand muss es der Ehefrau sagen.«

Schiller blickte sie an. Irgendwie waren diese Worte wohl eine Aufforderung, sie bei diesem unangenehmen Besuch zu begleiten. Er nickte. Carla war schon nach Hause gefahren, weil sie dringend ein Gutachten schreiben musste. Sie war lange krank gewesen, nachdem sie versucht hatte, einen Tierquäler zu fangen; bei dem Versuch, ihr dabei zu helfen, war Gabriel

Hagen, ein alter Schriftsteller, ermordet worden. Dafür hatte sie sich die Schuld gegeben, doch nun arbeitete sie seit zwei Wochen endlich wieder als Kindertherapeutin.

»Was ist mit diesem Opfer – dieser Kollegin, die Sawatzki angeblich vergewaltigt hat? Sie könnte sich erst an ihm gerächt und dann die Polizei gerufen haben«, sagte Schiller.

»Ich habe Nele angerufen und ins Präsidium bestellt – sie versucht gerade, an die Gerichtsakte zu kommen«, erwiderte Birte. Nele Krach war der gute Geist ihres Teams, eine bildschöne blonde Mittzwanzigerin, die auf den ersten Blick als Model durchgehen konnte und sich als großartige Rechercheurin erwiesen hatte.

Ein Leichenwagen rollte langsam die Auffahrt hinauf. Schiller blickte sich um. Schroeter, der Rechtsmediziner, war noch nicht eingetroffen, aber bevor er sich den Toten nicht angesehen hatte, konnte der nicht zur Obduktion abtransportiert werden.

Plötzlich stand Schultke neben ihm. »Hast ganz schön fertig ausgesehen«, sagte er und legte Schiller den Arm kurz auf die Schulter, dann hielt er ihm ein zerknittertes Stück Papier hin. »Das hat unter dem Auto gelegen, könnte vom Wind dort hingeweht worden sein.«

»›Die Rache ist mein – ich will vergelten. Der Richter von Köln‹«, las Schiller. Die Wörter waren mit Bleistift geschrieben und wirkten völlig unbalanciert. Eine krakelige Handschrift, als hätte jemand schnell etwas hingewischt oder als hätte ein Rechtshänder die linke Hand benutzt. Schiller sah Birte an und beobachtete, wie sie die Augen zusammenkniff und ihre makellose glatte Stirn in Falten legte.

»Klingt wie ein Bibelspruch«, sagte Schiller. »Ich hoffe nicht, dass da jemand angefangen hat, das Recht in die eigene Hand zu nehmen. Wir müssen ihn stoppen, so schnell wie möglich.«

3

Leichen anzuschauen war das Schlimmste in ihrem Job. Die Toten verfolgten Birte Jessen bis in ihre Träume. In ihrem letzten großen Fall war ein Mann direkt vor ihrer Haustür erschossen worden. Zwei Wochen lang hatte sie das Haus nur durch die Tiefgarage betreten, um nicht an den Anblick erinnert zu werden. Auch der junge Türke, den man an der S-Bahn-Station Chorweiler erschossen hatte, hatte ihr den Schlaf geraubt. Ein Siebzehnjähriger, der noch zur Schule gegangen war, jedoch ein ellenlanges Vorstrafenregister gehabt hatte, bevor er auf dem Schulhof komplett ausgerastet war: Einen fünfzehnjährigen Kurden, der ihn mit seinem Skateboard versehentlich angerempelt hatte, hatte er so verprügelt, dass der Junge zwei Tage später an Hirnblutungen gestorben war.

Manchmal fragte Birte sich, woher diese Gewalt kam. War es vor zwanzig Jahren, in ihrer Schulzeit, auch so heftig zugegangen? Nein, sie konnte sich an solche Übergriffe nicht erinnern. Der Anwalt des Türken hatte nachweisen können, dass der Junge wegen eines vereiterten Zahns starke Schmerzmittel genommen hatte, deshalb hatte der Richter ihn nur zu einer Jugendstrafe auf Bewährung und hundertachtzig Sozialstunden plus Anti-Gewalt-Training verurteilt. Danach hatte es Tumulte im Gerichtssaal gegeben. Zahlreiche Kurden hatten sich auf der Luxemburger Straße vor dem Gericht versammelt und antitürkische Parolen skandiert, als wäre es tatsächlich um einen politischen Prozess gegangen. Für ein paar Tage war die gesamte Polizei in Köln in Alarmbereitschaft gewesen.

Und nun war der Junge tot, in Chorweiler, seinem Stadtteil, von einem Täter erschossen, von dem jede Spur fehlte.

Für Jan war sofort klar gewesen, dass es sich um einen Racheakt handelte. Jemand aus der Familie des Opfers hatte beschlossen, Recht zu sprechen und die Todesstrafe zu verhängen. Doch dafür hatten sie bisher keinen einzigen Anhaltspunkt gefunden. Die Eltern des toten Jungen hatten Köln, gepeinigt von Kummer und Trauer, verlassen und waren zu Verwandten nach Berlin gezogen, wo sie in einem Imbiss mitarbeiteten.

Lediglich Ardan, der ältere Bruder, lebte noch in Köln, und er hatte ein Alibi. Mit Freunden hatte er in Mülheim in der Keupstraße Pisti gespielt, ein orientalisches Kartenspiel. Obwohl Jan sich alle Mühe gegeben hatte, war es ihm nicht gelungen, Ardan einzuschüchtern und dessen Alibi ins Wanken zu bringen. Stoisch hatte Ardan alle Fragen beantwortet.

»Was hättest du am liebsten mit dem Mörder deines Bruders getan?«

»Ich hätte ihm am liebsten eine Pistole so weit in den Hals geschoben, dass er fast kotzen müsste. Und dann hätte ich abgedrückt und zugesehen, wie das Schwein stirbt«, hatte Ardan lächelnd und ohne jeden Akzent geantwortet.

»Hast du eine Pistole?«, hatte Jan dann gefragt und war dem jungen Kurden gefährlich nahe gekommen, doch Ardan war keinen Millimeter zurückgewichen.

»Vielleicht«, hatte er erwidert. »Vielleicht auch nicht.«

»Was hast du deinen Freunden gegeben, damit sie dir zu einem Alibi verhelfen?«

»Nichts. Wir treffen uns jeden Donnerstag zum Kartenspielen.«

Wenig später hatten sie ihn laufen lassen müssen. Ardan hatte sich einen deutschen Prominentenanwalt genommen, der im Präsidium gefürchtet war. Außerdem hatte er keinerlei Vorstrafen und einen gut dotierten Job als IT-Fachmann bei einer großen türkischen Firma, die in Chorweiler ansässig war und Lamm- und Geflügelwurst produzierte.

Trotzdem war Jan sicher, dass Ardan hinter diesem Mord steckte, auch wenn er ihn möglicherweise nicht selbst verübt hatte.

Und nun der zweite Mord. Wenn tatsächlich dieselbe Waffe benutzt worden war, dann hatte sich der Fall gedreht, dann schied die Blutrache einer kurdischen Familie an einer türkischen aus. Denn warum hätte Ardan oder einer seiner Freunde oder Verwandten einen deutschen Lehrer, der ebenfalls vor Gericht davongekommen war, töten sollen?

»Vielleicht ist dieser Ardan schlauer, als wir denken«, sagte Jan plötzlich vor sich hin, als hätte er ihre Gedanken erraten.

Birte schaute ihn an. Meistens bestand er darauf zu fahren, das hieß, wie selbstverständlich nahm er die Schlüssel und stieg hinter das Lenkrad, doch nun hatte der Marathonlauf ihm offenbar so zugesetzt, dass er dankbar auf dem Beifahrersitz Platz genommen hatte.

»Du glaubst, weil wir ihm auf den Fersen waren, hat er gleich noch jemanden umgebracht, mit dem er nichts zu tun hat, um uns zu verwirren?«

Jan nickte. »Könnte doch sein, und es funktioniert ja auch. Als ich diesen Zettel gelesen habe, habe ich auch gedacht, dass jemand begonnen hat, durch die Stadt zu laufen und Leute abzuknallen, weil sie vor Gericht zu milde beurteilt worden sind. Aber mittlerweile kommen mir Zweifel. Ardan ist ein Computerfachmann – er denkt logisch und konsequent. Und nun fällt der Verdacht auf eine völlig andere Person.«

»Ardan war dir sofort unsympathisch, weil er einen auf Macho gemacht hat«, erwiderte Birte. »Deshalb kommst du auf so einen Gedanken.«

»Nein«, meinte Jan. Er rutschte auf dem Sitz hin und her und verzog das Gesicht. Wahrscheinlich tat ihm jeder Knochen im Leib weh. »Ardan steht unter Verdacht. Immer noch. Schade, dass wir es nicht durchgekriegt haben, ihn beschatten zu lassen.«

Birte bog von der Inneren Kanalstraße auf die Aachener Straße ab. Sawatzki hatte in der Friedrich-Schmidt-Straße in Braunsfeld gewohnt, eine gutbürgerliche Gegend. Sie blickte Jan an. »Du bist der erste Polizist, der im Trainingsanzug eine Todesnachricht überbringt.«

Er blickte an sich herunter und winkte dann ab. »Ich glaube, das wird nicht so wichtig sein«, sagte er.

Dann stiegen sie aus und schritten auf ein schmuckes weiß verputztes Doppelhaus zu.

»Hier wohnen Maike, Thorsten und Lea Sawatzki«, stand neben der Klingel.

Birte musste nur einmal auf den Klingelknopf drücken, bevor ihnen geöffnet wurde.

Eine Frau mit langen blonden Haaren öffnete ihnen, sie war vielleicht fünfunddreißig, aber auf jeden Fall eine absolute Schönheit. Sie trug eine modische Jeans und einen gelben eng anliegenden Kaschmirpullover.

»Ja, bitte?« Freundlich lächelte die Frau sie an.

Birte hörte, wie Jan neben ihr tief einatmete. War er von dieser Schönheit so beeindruckt, oder ging es darum, den ersten richtigen Satz zu finden?

Er räusperte sich und blickte an sich herunter, als wäre ihm sein Aufzug nun doch peinlich. »Sind Sie Frau Sawatzki?«

Die Frau nickte. »Ja, um was geht es denn?«

»Wir müssen Ihnen leider eine sehr traurige Mitteilung überbringen«, fuhr Jan fort. Er wischte sich verlegen über das Gesicht.

»Thorsten«, sagte die Frau tonlos und wich einen Schritt zurück. Klassische Musik war nun zu hören, Geigen, ein Klavier. »Er ist tot, nicht wahr? Sind Sie von der Polizei?«

Jan nickte und hielt ihr seinen Dienstausweis hin. »Meine Kollegin Birte Jessen und ich, wir haben ein paar Fragen an Sie.«

»Ich habe ihn umgebracht«, flüsterte Maike Sawatzki. »Ich hätte ihn niemals heiraten dürfen.« Dann wandte sie sich mit einem Schluchzen ab und verschwand in ihrem Haus.

Birte stand einen Moment schweigend da, sie blickte Jan an und zuckte mit den Achseln. Wohin war die Frau so schnell verschwunden? Sie gingen über weiße, teuer aussehende Fliesen in den Flur hinein. Die klassische Musik war verstummt. An der Wand hing ein Schwarz-Weiß-Foto, das die Hausherrin in einem weißen luftigen Kleid zeigte. Lasziv hatte sie eine nackte Schulter leicht nach vorn gereckt und lächelte. Ein perfektes Foto.

»Sie war ein Model«, sagte Jan leise und deutete auf das Foto. »Klar, daher kommt sie mir bekannt vor.«

Links ging eine Treppe ab, die in die erste Etage hinaufführte, geradeaus lag das Wohnzimmer. Eine breite Fensterfront gab den Blick auf eine Rasenfläche mit ein paar alten Bäumen frei.

Das Wohnzimmer war sparsam, aber geschmackvoll möbliert.

Ein rotes Ledersofa, ein roter niedriger Tisch aus Metall, zwei schmale, ebenfalls rote Sessel und Bücherregale, an der Wand ein abstraktes Bild.

Birte blickte sich um. Leblos sah es aus, so als hätte eben eine gewissenhafte Putzfrau noch einmal feucht durchgewischt. Dann sprang plötzlich eine schwarze Katze fauchend unter dem Sofa hervor, und aus der ersten Etage hörte man ein Schreien und Keifen.

»Tot?«, schrie jemand. »Was soll das heißen?« Die Stimme eines Mädchens erkannte Birte. Offensichtlich war Lea, die Tochter, auch zu Hause. Dann antwortete Maike Sawatzki etwas, das nicht zu verstehen war, und eine Tür schlug krachend zu.

»Umgebracht!«, schrie das Mädchen. »Wieso hat er sich umgebracht? Du bist schuld – schuld!«

»Sie glaubt, Sawatzki hat sich umgebracht«, sagte Jan. Er hatte eine Zeitung vom Tisch genommen und verscheuchte die Katze damit, die, noch immer fauchend, durch die Tür raste und irgendwo in der Diele verschwand. »Mistvieh!«, murmelte er vor sich hin und ließ sich stöhnend in einen Sessel sinken.

Birte entdeckte ein Foto an der Wand, das den Toten mit seiner Frau und seiner Tochter zeigte. Ein blasser, freundlich aussehender Mann mit einer randlosen Brille und dunklen, etwas zu langen Haaren. Die Tochter war vielleicht zwölf, sie hatte die Zunge ausgestreckt und hatte feuerrot gefärbte Haare. Doch auch auf diesem Bild überstrahlte die Hausherrin mit ihrer Schönheit alles. Gedankenvoll blickte sie mit einem angedeuteten Lächeln in die Kamera, so als wären die beiden anderen gar nicht da.

Von oben war ein dumpfes Poltern zu hören, dann noch eins. »Schlampe!«, schrie die Tochter. »Pornobraut!«

Jans Augenbrauen zuckten in die Höhe. »Pornobraut!«

»Sollen wir hier warten und zuhören, wie sie sich die Köpfe einschlagen?«, sagte Birte.

»Du kannst ja nachsehen und dich heldenhaft zwischen Mutter und Tochter werfen«, erwiderte er. »Scheint ja eine ganz besondere Beziehung zu sein.«

Dann vernahmen sie Schritte, und wenig später erschien Maike Sawatzki in der Tür.

Ihre Wangen waren leicht erhitzt, eine blonde Strähne hing ihr im Gesicht. Sie lächelte ein wenig verlegen. »Tut mir leid«, sagte sie. »Unsere Tochter … ich musste ihr sagen, dass ihr Vater sich umgebracht hat … Sie hat sehr emotional reagiert … Sie ist sechzehn und …« Maike Sawatzki ging zu dem Regal, öffnete ein antik aussehendes Kästchen und nahm eine Schachtel Zigaretten heraus. Mit einer eleganten Bewegung steckte sie sich eine an.

»Frau Sawatzki«, sagte Jan leise. Birte beobachtete ihn. Diese Frau beeindruckte ihn. Er wollte ihr entgegenkommen, sie nicht zu sehr verletzen. »Wie kommen Sie darauf, dass Ihr Mann sich umgebracht hat?«

Sie hielt in der Bewegung inne und erstarrte, dann blickte sie sich um, als würde neben ihr jemand stehen, der ihr die unverständlichen Worte des Polizisten übersetzen konnte. Sie strich sich über das Haar. Birte registrierte, dass sie tief einatmete.

»Wieso«, sagte Maike Sawatzki dann, »was ist denn passiert? Haben Sie mir nicht sagen wollen, dass Thorsten tot ist?«

»Ihr Mann wurde erschossen«, erwiderte Jan. »In dem Parkhaus an der Kölnarena. Er wollte zu einem Eishockeyspiel.«

Maike Sawatzki warf die Zigarette vor sich auf die Fliesen und trat sie aus. Dann legte sie anmutig den Kopf zurück und gab ein Seufzen von sich, das echt und voller Trauer klang. »Irrsinn«, flüsterte sie. »Das ist ja alles Irrsinn.« Einen Moment später funkelte sie Jan mit ihren braunen Augen an. »Hat diese Frau ihn erschossen? Hat sie ihn abgeknallt, weil er unschuldig ist?«

Von oben war ein weiteres Türknallen zu hören, dann laute Musik. Ein dumpfer Beat dröhnte durch die Decke.

»Wir wissen noch nicht, wer Ihren Mann getötet hat«, sagte Birte. »Aber Sie haben einen Verdacht?«

»Allerdings.« Die Frau sah Birte nun genauso düster an wie Jan zuvor.

Die braunen Augen irritierten Birte. Vielleicht war das blonde Haar gefärbt, dachte sie. In Wahrheit war die Frau dunkelhaarig, sie hatte aber komplett ihren Typ geändert.

»Wir wissen, dass Ihr Mann kürzlich vor Gericht gestanden

hat«, übernahm nun Jan wieder. »Freispruch dritter Klasse, wie es in der Zeitung hieß. – Können Sie uns mehr dazu sagen? Und warum haben Sie gesagt, dass Sie Ihren Mann getötet haben?«

Die Frau sah ihn an und schwieg, dann sprang sie plötzlich auf, ging zu einem kleinen Schrank neben der Tür und kehrte mit einer Flasche Whiskey und einem Glas zurück, die sie vor sich auf den Tisch stellte.

»Ich habe ein paar Fehler«, sagte sie vor sich hin, während sie sich einschenkte. »Ich trinke manchmal zu viel und, nun ja … Manchmal gefallen mir andere Männer.« Mit einer heftigen Bewegung stürzte sie den Whiskey herunter und verzog das Gesicht. Für einen winzigen Moment sah sie älter und überaus verletzlich aus; es war, als hätte sie einen kurzen Blick hinter ihre Fassade gewährt. »Thorsten ist damit nicht immer gut zurechtgekommen, auch wenn ich mit meinen Geschichten stets sehr offen umgegangen bin.« Sie goss sich noch einen Schluck ein, an dem sie aber nur nippte. »Und dann hat er diese Affäre angefangen. Eigentlich wollte er mir nur eins auswischen, sich rächen, aber diese Person hat es ernst genommen, sie hat ihm geglaubt und hat ihn verfolgt …« Maike Sawatzki trank den zweiten Whiskey aus und blickte von Birte zu Jan. »Ich bin sicher, dass diese Person ihm aufgelauert und ihn erschossen hat.«

»Diese Person?«, fragte Jan behutsam.

»Christina Fetzer, eine alte verknöcherte Lehrerin, die sich in Thorsten verliebt hat. Als er sie abservieren wollte, hat sie ihn angezeigt. Versuchte Vergewaltigung – sie hat versucht, ihm eine Falle zu stellen.«

Von oben waren nun noch schnellere Beats zu hören.

Jan nickte. »Wir werden das alles überprüfen. Hat Ihr Mann etwas darüber gesagt, dass diese Christina Fetzer ihn verfolgt und vielleicht bedroht?«

Maike Sawatzki blickte erst in den Garten, dann visierte sie die Decke an. »Thorsten ist ausgezogen – schon vor einiger Zeit, als das mit dem Prozess losging. Er wollte uns damit nicht belasten. Er hat eine Wohnung im Uni-Center genommen, ganz nah an seiner Schule. Er war suspendiert, aber irgendwie wollte er jeden Tag seine Schule sehen. Manchmal hat er sich auch mit Schülern in der Pause getroffen.« Plötzlich begann sie zu schluchzen, zwei Tränen rollten über ihre Wange.

Birte beobachtete, dass Jan fast aufgesprungen wäre, um ihr ein Taschentuch zu reichen. Streng blickte sie ihn an. Ja, für solche Frauen war er empfänglich.

»Wir brauchen einen Schlüssel für seine Wohnung«, sagte Birte. »Und dann werden Sie Ihren Mann identifizieren müssen.«

Maike Sawatzki nickte. »Haben Sie etwas dagegen, wenn ich mich nun um unsere Tochter kümmere?«

Jan erhob sich mühsam in seinem blauen Trainingsanzug. »Nein«, sagte er, »aber eines müssen Sie uns noch verraten. Warum hat Ihre Tochter Sie Pornobraut genannt?«

Maike Sawatzki war aufgestanden. Sie richtete ihren Pullover und straffte sich. Für einen Augenblick wirkte es, als hätte sie Jans Frage gar nicht gehört. »Lea ist gelegentlich sehr drastisch in Ihrer Ausdrucksweise. Ich bin Filmproduzentin, und manchmal produziere ich auch erotische Filme. Ich habe ein kleines Studio in Fühlingen. Ja, damit verdiene ich das meiste Geld.«

4

Ich sollte mich nach Hause fahren lassen, dachte Schiller. Ein langes warmes Bad nehmen, dann mit Carla ein Glas Rotwein trinken. Er musste sich um sie kümmern, sie war noch nicht ganz über den Berg nach dem Unglück mit Gabriel Hagen. Jeden zweiten Tag ging sie zu dessen Grab auf den Melatenfriedhof. Ihre Art, Buße zu tun. Vor einer Woche hatte sie Schiller gestanden, dass sie manchmal mit Hagen sprach, so tat, als würde er ihr zuhören, und dass sie auch schon im Dom war, um eine Kerze für ihn aufzustellen. Hagen sei zwar jüdischen Glaubens gewesen, aber der Dom sei eindeutig für alle Menschen da.

Schiller spürte, dass Birte ihn von der Seite ansah. »Es ist Sonntag«, sagte sie. »Ich kann diese Christina Fetzer auch allein aufsuchen.«

Schiller nickte. »Was hättest du eigentlich gemacht, wenn dir heute keine Leiche vor die Füße gefallen wäre?«, fragte er.

Sie lächelte und kniff ihre blauen Augen zusammen. »Ich hätte ausgeschlafen, irgendwo in Sülz ausgiebig gefrühstückt, und dann hätte ich mir einen ganz speziellen Marathonläufer angeschaut.«

»Kein besonders interessantes Programm.« Schiller winkte ab. Dann klingelte sein Smartphone.

Der Name Therese blinkte auf seinem Display auf. Die alte Hebamme war so etwas wie seine Ersatzmutter geworden, nachdem seine Eltern, als er vierzehn Jahre alt gewesen war, bei einem Wohnungsbrand umgekommen waren. Danach war Schiller, weil er nicht zu seiner Tante nach Bad Godesberg hatte ziehen wollen, in ein Kinderheim eingewiesen worden, und nur Therese hatte sich um ihn gekümmert.

»Keine Sorge«, sagte Schiller, ohne Thereses Begrüßung abzuwarten. »Hat vielleicht nicht so ausgesehen, aber ich habe den Lauf überlebt.«

Therese kicherte, ein eigentümliches heiseres Krächzen, wie nur sie es zustande brachte. »Habe ich gar nicht daran gezweifelt«, sagte sie. »Hast aber ganz schön müde ausgesehen, vorhin … Nächstes Jahr solltest du einmal aussetzen, aber vielleicht ist Carla dann ja auch schwanger, oder ihr habt schon euer Kind. Dann hast du ohnehin keine Zeit mehr für solch einen Blödsinn.«

He, wollte Schiller entgegnen, was hat Carla dir da erzählt? In letzter Zeit hatten die beiden Frauen sich häufiger ohne ihn getroffen.

»Ich brauche deine Hilfe«, fuhr Therese mit ungewohnt ernster Stimme fort. »Es geht um Broder. Er hat ein paar Probleme. Heute Nacht – oder nein, heute in der Früh – ist er aus Holland gekommen. Mit dem Wagen. Leider haben sie ihn erwischt.«

Schiller hörte mit einem Ohr, dass Birte mit Nele telefonierte und sich offenbar die Adresse von Christina Fetzer geben ließ.

»Broder hat öfter Probleme«, erwiderte Schiller. »Was habe ich damit zu tun?«

Henning Broder war sein ältester Freund. Im Kinderheim hatten sie ein Zimmer geteilt. Eigentlich war Broder Maler, aber sein Geld verdiente er wohl eher mit Gelegenheitsarbeiten.

»Er hat in Holland eingekauft. Deine Kollegen haben ihn angehalten und dann einen Drogenhund geholt. Broder hatte eineinhalb Kilo Marihuana im Wagen. Nun haben sie ihn eingesperrt und wollen ihn nicht nach Hause lassen, weil er im Moment keinen festen Wohnsitz mehr hat.«

»Wohnt er immer noch in diesem besetzten Haus in der Moselstraße?«, fragte Schiller.

Therese kicherte. »Ich habe gesagt, dass er bei mir wohnt. Das hat man mir leider nicht geglaubt. Professor Goldmann hat einen Anwalt angerufen, damit Broder freikommt, aber vielleicht wäre es ganz gut, du würdest deinen Leuten sagen, dass Broder kein übler Mensch ist und auf jeden Fall kein Dealer, wie einer dieser Polizisten gesagt hat.« Sie schnaufte ins Telefon, um ihrem Ärger Luft machen.

»Eineinhalb Kilo Marihuana sind nun kleine Kleinigkeit«, erklärte Schiller. Birte hatte ihr Telefonat beendet und fuhr los. »Und vielleicht tut es Broder ganz gut, mal über ein paar Dinge nachzudenken.«

»Aber nachdenken kann er auch woanders. Dazu muss er nicht im Gefängnis sitzen.« Thereses Empörung steigerte sich noch. »Jan, tu etwas für ihn. Broder ist ein guter Mensch. Ruf deine Leute an, ja?« Nach einem letzten Schnauben legte sie auf.

Schiller steckte sein Telefon ein und blickte Birte an. »Broder ist mit eineinhalb Kilo Marihuana erwischt worden. Therese will, dass ich ihm helfe – als müsste ich nur irgendjemanden anrufen und er würde freigelassen.«

»Für diese Menge kann man leicht für ein bis zwei Jahre im Knast landen«, sagte Birte. Sie kannte Broder – er hatte ihnen einmal bei einem Fall geholfen.

Schiller bemerkte, dass sie auf die Luxemburger Straße eingebogen war und nun in Richtung Barbarossaplatz fuhr. »Du siehst fürchterlich aus«, sagte sie. »Vielleicht solltest du einmal einen ganzen Tag schlafen.«

Als sie an einer Ampel hielten, sah er die Schlagzeile auf dem Sonntagsexpress. »Droht ein Bandenkrieg in Köln?«, stand da in fetten Lettern. Der Mord an dem jungen Türken hielt die Stadt noch immer in Atem, aber darauf, dass sich irgendwelche Banden bekriegen würden, gab es keinen Hinweis. Morgen früh jedoch würde der zweite Mord der Aufmacher sein.

Für einen Moment schloss Schiller die Augen. Manchmal, wenn er erschöpft war, überfielen ihn Gerüche – wie sich sein Vater, der Motorradpolizist, nach der Rasur mit Kölnischwasser eingerieben hatte, der muffige Geruch nach Schweiß in den Gängen des Kinderheims und der Duft der Bäume im Beethovenpark, wo er sich oft mit Broder herumgetrieben hatte. Ohne Broder wäre er im Kinderheim verloren gewesen. Er war gerade vierzehn Jahre alt geworden, seine Eltern waren tot, und plötzlich musste er sich mit irgendwelchen Typen in einem Kinderheim auseinandersetzen, die ihn nachts aus dem Bett zerrten und in irgendwelche Abstellkammern einsperrten. Später hatten Broder und er sich in dasselbe Mädchen verliebt – Hilde.

Schiller stöhnte. Es war alles schon so lange her, und nun würde Broder vermutlich für eine Weile im Gefängnis sitzen.

Als er die Augen wieder aufschlug, war Birte am Chlodwigplatz. »Du fährst zu dieser Lehrerin, dieser Kollegin von

Sawatzki?«, fragte Schiller. »Weil du denkst, dass sie die Frau sein könnte, die anonym den Mord gemeldet hat?«

Birte nickte. »Ich habe mir das Band von Nele vorspielen lassen. Mit einer Stimmprobe kommen wir sicherlich weiter. Wenn sie Sawatzki aufgelauert hat, könnte sie doch etwas gesehen haben, oder nicht?«

Als Birte vom Ubierring abbog und auf das Eierplätzchen zusteuerte, überkam Schiller eine weitere Erinnerung. Hier hatte er bei einem Straßenfest Carla kennengelernt – vor über sieben Jahren. Eine kubanische Band hatte gespielt, in der eine Freundin von ihr gesungen hatte.

»Aufwachen!«, sagte Birte und stieß ihn lächelnd an. »Oder willst du im Auto warten?«

Schiller folgte ihr zu dem Eckhaus in der Teutoburger Straße. Die Gegend hatte sich überhaupt nicht verändert. Vor dem Café saßen noch ein paar Leute in Decken gehüllt, ein Hund rannte herrenlos über den Platz.

Christina Fetzer wohnte in der dritten Etage. Wie hatte die schöne Maike Sawatzki sie genannt? Eine alte verknöcherte Lehrerin? Eine glatte gehässige Übertreibung. Eine gepflegte schwarzhaarige Frau, die allenfalls Anfang fünfzig war, erwartete sie in der Tür. Sie trug ein schwarzes Gewand, das Schiller erst auf den zweiten Blick als einen Bademantel erkannte. Eine üppige Brust hob sich unter dem Stoff ab. Vielleicht hatte sie für ihre Größe von etwa ein Meter sechzig ein paar Pfund zu viel, aber sie war eine überaus attraktive Erscheinung.

Birte hielt ihr den Dienstausweis hin. »Frau Fetzer, wir sind von der Polizei. Wir haben ein paar Fragen an Sie.«

Wusste die Frau schon, warum sie kamen? Für einen Moment hatte Schiller den Verdacht. Christina Fetzer zeigte keine Überraschung, sondern bat sie mit einer Geste hinein.

»Es geht um Sawatzki?«, fragte sie dann und betrachtete Schillers Aufzug ein wenig verwundert. »Seinetwegen kommen Sie an einem Sonntagnachmittag?« Ihre Stimme war dunkel, leicht gehaucht. Sie hätte auch eine Sängerin sein könnte, dachte Schiller.

»Es ist etwas vorgefallen«, erwiderte Birte vage.

Sie wurden in ein weitläufiges Wohnzimmer geführt – dunkle konservative Möbel, eine große Wand voller Bücher.

»Bis letztes Jahr habe ich mit meiner Mutter hier gewohnt«, sagte Christina Fetzer, als müsste sie sich für ihre Einrichtung entschuldigen. »Sie ist dreiundneunzig und lebt nun im Altenheim. Rasch fortschreitende Demenz.«

Birte nickte, und Schiller nahm schwerfällig in einem abgewetzten gelben Sessel Platz. Jeder Muskel tat ihm weh. Morgen würde er sich nicht mehr rühren können. Einen Moment später meldete sein Mobiltelefon eine SMS. Carla, dachte er, sie fragte sich, wo er blieb, doch dann sah er, dass Cremer eine Nachricht geschickt hatte. »Fehlanzeige. Etliche Kameras im Parkhaus defekt. Nichts Verdächtiges zu sehen.« Ein paar Sekunden später klingelte auch Birtes Handy. Sie blickte auf das Display und nickte ihm zu. Auch ihr hatte Cremer die Nachricht geschickt.

Birte setzte sich nicht. »Frau Fetzer«, sagte sie, »wir können es kurz machen. Wo waren Sie heute gegen Mittag?«

Die Lehrerin atmete tief ein. »Was soll das?«, fragte sie. »Geht es nicht um Sawatzki? Er hat mich missbraucht – in jeder Hinsicht ... Aber vor Gericht ...« Sie verstummte abrupt und griff sich an den Hals, als könnte sie auf einmal nicht mehr atmen.

Schiller tat sie plötzlich leid – ein mittelalte Frau, die mit ihrer Mutter zusammengelebt und die dann eine Affäre mit einem Kollegen angefangen hatte, die völlig aus dem Ruder gelaufen war.

»Liebe Frau Fetzer«, sagte Birte. »Ich möchte von Ihnen nur wissen, wo Sie heute gegen Mittag waren.« Sie blickte die Lehrerin an und nickte ihr zu. »Wir wissen bereits, dass Sie ihm aufgelauert haben. Ein Zeuge hat Sie gesehen, wie Sie zum Deutzer Bahnhof gelaufen sind.« Eine Lüge und ein Schuss ins Blaue hinein, der für Birte völlig untypisch war, aber er tat seine Wirkung.

Christina Fetzer senkte den Blick. »Ich weiß, dass mir niemand glaubt, dass alle meinen, ich hätte mir die Verletzungen selbst beigebracht, dabei stimmt alles ... Er hat mich missbraucht, hat mich gezwungen ...« Sie begann zu husten und schüttelte den Kopf.

Birte setzte sich neben sie und legte ihr eine Hand beruhigend auf die Schulter. »Wir glauben, dass Sawatzki Ihnen Unrecht getan hat«, sagte sie leise. »Aber darum geht es nicht. Was war heute? Sie sind ihm gefolgt, nicht wahr? Wollten Sie ihn zur Rede stellen?«

Die Lehrerin blickte auf und nickte dankbar. Ein seltsamer Ausdruck stand in ihren Augen – Schmerz und Trotz, meinte Schiller zu erkennen. Eine große Träne rollte über ihre Wange. Ihr Lidschatten war verlaufen.

»Haben Sie die Polizei angerufen?«, fragte Birte sanft.

Christina Fetzer nickte wieder. »Er hat mir alles versprochen«, sagte sie. »Seine Frau zu verlassen, mich zu heiraten, alles … und als ich dann nicht mehr wollte, hat er mich gezwungen … aber der Richter … Ich kann nicht mehr arbeiten seither …«

Ein Hustenanfall schüttelte sie. Birte strich ihr behutsam über die Schulter.

»Wer hat Sawatzki erschossen?«, fragte sie. »Sie haben es nicht getan, nicht wahr?«

Schiller beobachtete, wie die Lehrerin verharrte. Ein leises Husten drang aus ihrem Mund, dann erstarrte sie und blickte vor sich hin. Sie schüttelte den Kopf. »Ich wollte noch einmal mit ihm reden«, sagte sie. »Deshalb stand ich da und habe auf ihn gewartet. Ich habe mir gedacht, dass er zum Eishockey geht. Er liebt dieses Spiel. Und dann ist er mit dem Wagen hinaufgefahren, an mir vorbei, obwohl er mich genau gesehen hat. Aber er hat mich nicht einmal angeschaut.« Sie verstummte für einen Moment, dann blickte sie Schiller an, aber nun nicht mehr eingeschüchtert, sondern voller Aggressivität. »Im Gerichtssaal hat er mich einen Moment lang triumphierend angeguckt, als hätte er mich besiegt, als könnte er sein altes Leben zurückhaben, aber das konnte er nicht. Wer weiß, vielleicht hätte ihn seine Frau sogar zurückgenommen, diese schöne, kühle Filmproduzentin, die ihn ständig betrügt …«

Schiller beugte sich vor. »Was haben Sie gesehen?«, fragte er mit harter Stimme. »Wer hat Sawatzki erschossen, wenn Sie es nicht waren?«

Christina Fetzer schüttelte Birtes Hand ab, die immer noch,

um sie zu besänftigen, auf ihrer Schulter gelegen hatte. Dann zog sie aus der Tasche ihres Bademantels ein Mobiltelefon hervor und legte es auf den Tisch. »Ja«, sagte sie. »Ich habe die Polizei angerufen, und ich habe den Mörder fotografiert. Aber eigentlich tut es mir nicht leid, dass Sawatzki tot ist. Nein, am liebsten hätte ich es selbst getan, doch leider besitze ich keine Waffe.«

»Gibt etwas Schlimmeres als eine betrogene Frau?«, sagte Birte, während sie zum Auto zurückgingen. »Wahrscheinlich hatte sie nichts anderes im Kopf als ihre Gedanken an Rache.«

Schiller antwortete nicht darauf. Christina Fetzer hatte den Täter gesehen, doch sie hatte nichts anderes getan, als mit ihrem Handy Fotos zu machen, wie eine rachsüchtige Voyeurin. Drei Bilder zeigten den toten Sawatzki, wie er neben seinem Auto in einer Blutlache lag, und nur eines den Täter, der die Auffahrt hinunterschritt – ein schwarzer Umriss, ein schattenhaftes Geisterwesen. Sie hatten das Handy beschlagnahmt, aber Schiller war sicher, dass sie mit dem Foto nicht viel würden anfangen können.

»Vielleicht kann man in der Kriminaltechnik immerhin feststellen, wie groß der Mann ist«, meinte Birte.

»Wie kommst du darauf, dass wir es mit einem Mann zu tun haben?«, fragte Schiller, doch natürlich hatte er selbst an einen Mann gedacht. Ardan, der Kurde – wie groß war er? Könnte Ardan dieser Schatten sein, der offenbar seelenruhig vom Tatort verschwand? »Wenn eine verdammte Kamera den Täter eingefangen hätte, hätten wir ihn morgen.«

»Ja«, sagte Birte. »Du kannst dich ja morgen bei der Pressekonferenz hinstellen und den Betreibern des Parkhauses die Schuld geben.« Sie lächelte nicht.

Schiller wusste, dass morgen die Hölle losbrechen würde. Zwei Morde innerhalb von vier Tagen. Zum Glück würde der tote Junge aus Chorweiler in der Türkei beerdigt werden, sonst hätten sie mit einem Großaufgebot den Friedhof schützen müssen.

»Und wenn Christina Fetzer einen Mord in Auftrag gegeben

hat und zusehen wollte, wie er in die Tat umgesetzt wurde?« Schiller wusste selbst, dass es höchst unwahrscheinlich war, dass die Lehrerin mit dem Mord zu tun hatte. Eher hätte sie aus einem Affekt heraus selbst getötet, als irgendwo jemanden aufzutreiben, der es für sie tat. Doch wer außer ihr konnte noch ein klares Motiv haben, Sawatzki zu töten?

Birte startete den Wagen. »Wir sollten uns zumindest ansehen, ob es bei der Lehrerin irgendwelche auffälligen Kontobewegungen gegeben hat.«

Am Chlodwigplatz ließ Schiller anhalten, um sich einen Kaffee zu besorgen. Ein paar Marathonläufer, die noch ihre Startnummer trugen, liefen über den Platz. Ein Straßenmusiker hatte sich neben der Bushaltestelle aufgebaut und sang erbärmlich falsch einen alten Song von Simon and Garfunkel.

Sein Smartphone klingelte, als er den halben Becher in einem Zug hinuntergestürzt hatte. Eine unbekannte Nummer blinkte auf. Zuerst hörte er ein kehliges Lachen, dann eine undeutliche Stimme. »He, Polizist«, sagte jemand, als würde er gleichzeitig ein Kaugummi kauen, »was ist los? Ist schon wieder jemand erschossen worden? Kriegt ihr nichts gebacken, oder was?«

Ardan, dachte Schiller, dieser Scheißkerl rief ihn an, um ihn zu verhöhnen.

»Hör zu, Ardan«, sagte er, »wenn du etwas damit zu tun hast, werde ich dir deinen kleinen Arsch aufreißen.«

»Nix da«, sagte Ardan. »Kölner Polizei ist Scheiße.« Dann lachte er höhnisch und legte auf.

5

»Ich werde mir diesen Ardan vornehmen«, sagte Jan. »Woher weiß er überhaupt schon von diesem zweiten Mord?«

Sie fuhren im Uni-Center in die siebenundzwanzigste Etage hinauf. Bevor sie aus Hamburg nach Köln gekommen war, hatte Birte sich auch eine Wohnung in diesem Hochhaus angesehen. Der Blick über die Stadt war atemberaubend gewesen, auch wenn sie nicht in Richtung Dom geschaut hatte, aber gleichzeitig war es ihr trostlos vorgekommen, allein in solch einem anonymen riesigen Betonklotz zu leben.

Die Wohnung, in der Thorsten Sawatzki die letzten Monate gelebt hatte, wies kein Türschild auf, der Schlüssel jedoch passte. Der widerwärtige Geruch von kaltem Zigarettenrauch schlug ihnen entgegen. Dass Sawatzki keine besonders schöne Zeit hinter sich hatte – um zu dieser Erkenntnis zu gelangen, reichte ein schneller Blick in das Apartment, das kaum dreißig Quadratmeter hatte. Er hatte auf einer grauen Couch geschlafen, vor der ein schmaler Holztisch stand. Zerfledderte Zeitungen, zwei volle Aschenbecher, drei schmutzige Gläser und etliche zerknüllte Zigarettenschachteln verrieten, womit Sawatzki seine Zeit verbracht hatte. Ein alter, zerschrammter Fernseher stand auf dem blanken Parkettboden, aus einem silberfarbenen Metallkoffer, der halb zugeklappt war, quoll schmutzige Wäsche. Eine Küche gab es nicht, sondern lediglich eine schmale Küchenzeile, auf der sich leere Plastikschalen stapelten. Wahrscheinlich irgendwelche Schnellgerichte vom Italiener oder Chinesen.

»O Mann«, sagte Jan, während er zum Fenster ging, vor dem ein Stativ mit einem Fernrohr aufgebaut war, »da ist aber jemand ganz tief gesunken.«

Das einzig Schöne in dieser heruntergekommenen Wohnung war ein gerahmtes Schwarz-Weiß-Foto an der Wand, das die lächelnde Maike Sawatzki zeigte, wie sie ihr Gesicht mit geschlossenen Augen der Sonne zuwandte. Warum hatte Sawatzki dieses Bild aufgehängt? Fast wirkte es, als hätte er sich quälen und sich jeden Tag vor Augen führen wollen, dass er sein Leben verpfuscht hatte.

Jan schaute Birte an und winkte sie zu sich. »Dieser irre Lehrer«, sagte er. »Sawatzi hat tatsächlich das Fernrohr auf seine alte Schule ausgerichtet. Das Schiller-Gymnasium, unten an der Berrenrather Straße. War früher auch meine Schule.«

»Jan Schiller auf seinem eigenen Gymnasium«, sagte Birte lächelnd und blickte durch das Fernrohr. Eine Front leerer Klassenzimmer war zu sehen, in jedem Raum waren die Stühle auf die Tische gestellt. Ein Bild deutscher Ordnung, das irgendwie zeitlos wirkte.

»Ja, sehr lustig«, entgegnete Jan. »Diesen Scherz habe ich vom ersten Tag gehört, und mein Deutschlehrer hat mich immer Goethe genannt, oder er hat mich mit einem schlecht nachgeäfften schwäbischen Dialekt an die Tafel gebeten. War auch sehr witzig. In der Neunten bin ich dann von der Schule geflogen – wegen Renitenz. Na, auf der Kreuzgasse war es auch nicht viel besser ...« Er hatte abgedreht und blätterte ein paar Schreiben durch, die zwischen den zerfledderten Zeitungen auf dem Tisch lagen. »Alles Schreiben vom Gericht. Die Fetzer hat ihm ganz schön die Hölle heißgemacht. Sawatzki hat auch Lavender als Anwalt engagiert, genau wie der erschossene türkische Junge.«

»Glaubst du, dass da ein Zusammenhang besteht?«, fragte Birte. Sie wandte sich gleichfalls um. »Nimmt sich jemand die Mandanten vor, die Lavender verteidigt hat?« Sie hatte den Anwalt zweimal vor Gericht erlebt – ein bärtiger Glatzkopf, der allen, selbst den Richtern, blasiert und arrogant entgegentrat und sie spüren ließ, dass er sich für viel klüger hielt als sie.

Jan zuckte mit den Schultern. Als es im nächsten Moment an der Tür klingelte, warf er Birte einen fragenden Blick zu.

»Vielleicht die Putzfrau«, entgegnete Birte und bemerkte selbst, wie fade dieser Scherz war. Sie öffnete die Tür und wich überrascht zurück.

Ein alter Mann stand da, in den Händen hielt er einen Kochtopf. »Suppe für Sawatzki«, sagte er, dann lächelte er unsicher. »Was ist los?«, fragte er. »Wo ist Thorsten?«

Jan tauchte neben Birte auf. »Professor Goldmann, was machen Sie hier?«

»Ist Thorsten tot?«, fragte der alte Mann betroffen und blickte suchend in den Raum.

Birte hatte sich nicht sofort an den Namen des Alten erinnert – Professor Richard Goldmann, ein Historiker, der mit Therese befreundet war und mit ihr im Wochenrhythmus absonderliche Ideen entwarf. Vor einiger Zeit hatten sie die Befreiungsfront Deutz gegründet – sie wollten Deutz von Köln loslösen, um gegen die Korruption und den Klüngel in der Stadt zu protestieren. Nachts waren sie umhergezogen und hatten Fassaden mit Parolen besprüht. Mit solchen Aktionen hatten sie es immerhin bis in die Lokalpresse gebracht. Broder hatte auch zu ihrer Gruppe gehört.

»Wo ist Thorsten?«, fragte der alte Professor noch einmal, diesmal ungeduldig und lehrerhaft.

Jan nahm ihm den Kochtopf ab. »Sie kommen manchmal hierher und bringen Sawatzki etwas zu essen? Woher kennen Sie ihn?«

Goldmann kniff die Augen hinter seinen Brillengläsern zusammen. Seine wenigen Haare hatte er sich über den Schädel gekämmt, als könnte er damit die Glatze verdecken; hinter seinem riesigen rechten Ohr klemmte ein Hörgerät. »Hör zu, Jan«, sagte er ungehalten, »warum bist du hier? So kurz nach dem Marathonlauf?« Er deutete auf den Trainingsanzug. »Hat diese schreckliche Frau ihn umgebracht?«

Goldmann wohnte in der zweiundvierzigsten Etage, in einer Wohnung, die einen wunderbaren Panoramablick über ganz Köln bot. In einem weitläufigen Wohnzimmer stand ein schwarzer Flügel, eine Wand wurde von einer riesigen Bibliothek eingenommen, an einer anderen hingen drei Gemälde, die offenbar von einem Künstler stammten.

»Drei Campendonks«, sagte Goldmann voller Besitzerstolz, nachdem er Birtes Blick bemerkt hatte. »Mehr kann ich mir leider von meiner kargen Pension nicht leisten. Den einen habe ich erst vor zwei Wochen gekauft. War lange Zeit verschollen, mein Lieblingsbild …«

Jan stellte den Kochtopf in einer kleinen, modern eingerichteten Küche ab, dann führte Goldmann sie in sein Arbeitszimmer. Ein alter, massiger Schreibtisch war mit Büchern übersät, als würde der Professor noch immer lehren. In Regalen drängten sich Bücher in Zweierreihen. Goldmann nahm in einem Lesesessel Platz, um den zwei Stühle gruppiert waren. Wenn man aus dem Fenster schaute, hatte man den mächtigen Dom im Blick.

»Das schönste Zimmer der Wohnung, mein Refugium«, sagte Goldmann, »ich war viele Jahre Atheist, aber wenn ich hier sitze, auf den Dom blicke … Mit einem alten Freund, der so eine Art Beichtvater geworden ist, mache ich mir manchmal den Spaß, Gottesbeweise zu finden, so nach der Art von Thomas von Aquin … Wo es Bewegung gibt, muss es einen ersten Beweger gegeben haben … Wer hat das erste Licht in die Welt getragen? Und was hat es mit den Gottesteilchen auf sich? … Na ja, solche Spinnereien eben.« Er winkte müde ab. »Wenn man den Dom so sieht, könnte man ihn auch für einen Gottesbeweis halten.«

Birte setzte sich, während Jan zum Fenster ging und hinausblickte.

»Erzählen Sie uns von Sawatzki«, sagte Birte. »Wieso bringen Sie ihm etwas zu essen?«

Der alte Professor nahm seine Brille ab. »Hat diese furchtbare Frau ihn erschossen?«, fragte er, doch als Birte nicht antwortete, fuhr er fort. »Vor ein paar Wochen habe ich ihn im Fahrstuhl getroffen – eine depressive, heruntergekommene Gestalt. Ich habe ihn gleich erkannt. Ich vergesse nie ein Gesicht. ›Proseminar Politische Kunst in der Weimarer Republik – Wintersemester 1991‹, habe ich zu ihm gesagt. Sawatzki war sehr überrascht. ›Genau, Herr Professor‹, hat er gesagt. ›Eine Arbeit über Wieland Herzfelde. Sie haben mir nur eine Vier gegeben.‹ – ›Ja‹, habe ich gesagt, ›weil Sie mehr über dessen Bruder John Heartfield als über Herzfelde geschrieben haben. Thema verfehlt.‹ So haben wir uns angefreundet. Ich habe mich ein wenig um ihn gekümmert, aber ich habe es nicht geschafft, dass er dieses blöde Fernrohr aus seiner Wohnung genommen hat. Jeden Vormittag hat er da gesessen und zu seiner Schule hinübergeguckt. ›Krank‹, habe ich gesagt, ›das ist krank. Sie müssen wieder ins Leben zurückfinden.‹ – Die Hühnersuppe hat übrigens Therese gekocht.« Er setzte seine Brille wieder auf und blickte zu Jan hinüber. »Ich kann gar nicht kochen.«

Jan hatte sich vom Blick auf den Dom gelöst. Er stöhnte auf, als er sich ungelenk setzte. »Sawatzki ist in dem Parkhaus an der Kölnarena erschossen worden«, sagte er. »Hat er Ihnen erzählt, was mit dieser Frau wirklich passiert ist?«

Goldmann atmete tief ein und schloss für einen Moment die Augen. Es wunderte Birte ein wenig, dass Jan ihn immer noch siezte, aber nein, dieser Mann war kein gewöhnlicher Gelehrter, er war eine Art Enfant terrible, ein Sonderling mit Schrullen und Macken, doch in allem, was er tat, eine Respektsperson.

»Therese würde jetzt loslaufen und im Dom eine Kerze aufstellen«, sagte Goldmann. »Werde ich vielleicht auch nachher tun. Meine Frau ist vor zehn Wochen gestorben, sie hat fast acht Monate im Wachkoma gelegen. Für sie habe ich auch schon Kerzen aufgestellt. Als Kind habe ich gedacht, dass ich niemals erwachsen werde, und nun sitze ich hier … ein alter Clown.« Er hob die Hände, dann kehrte ein Lächeln auf sein Gesicht zurück. »Andererseits habe ich noch mächtig viele Ideen … Vielleicht heiraten Therese und ich noch – auf unsere allerletzten Tage. Na, sie wird ja erst dreiundachtzig.«

Jan begann sich neben Birte ungeduldig auf dem Stuhl zu räkeln. »Hat Sawatzki Ihnen etwas über den Prozess erzählt? Was wirklich passiert ist?«, fragte er noch einmal.

Goldmann blickte ihn an. »Sawatzki war unschuldig«, sagte er. »Davon bin ich absolut überzeugt. Er hat dieser Frau keine Gewalt angetan, allenfalls hat er selbst nicht gewusst, wie seine Gefühle ihr gegenüber aussahen, aber vergewaltigt hat er sie auf keinen Fall. Hat sie ihn getötet?«

»Nein«, erwiderte Birte. »Nein, das glauben wir nicht.«

6

Er musste sich eingestehen, dass es manchmal in seinem Kopf ganz schön durcheinanderging. Er war nicht immer der Sanftmütige, manchmal war er so zornig, dass er an seinem Tisch saß und nichts anderes tat, als Flüche vor sich hin zu murmeln. Dann verkrampfte sich sein Gesicht, und er spuckte stumme hässliche Worte aus. Wenn er einen Spiegel gehabt hätte, wäre er wahrscheinlich vor sich selbst erschrocken. Auch seine Hände zitterten dann. Nach zwanzig Minuten war er so erschöpft, dass er in eine Art Starre verfiel.

Das Problem bestand nicht darin, dass Gott tot war. Nein, es war viel schlimmer. Gott schaute einfach nicht mehr hin; er war fern, desinteressiert, hatte sich von allem Irdischen abgewandt. Man musste selbst für Gerechtigkeit sorgen.

Manchmal nachts fühlte er sich wie Hieronymus Bosch – dann sah er die Bilder, die der vor knapp fünfhundert Jahren gemalt hatte. Wie war das beim »Jüngsten Gericht«? Gott schwebte über allem, doch unter ihm erlebten die Menschen, zumeist nackt und kreatürlich, Höllenqualen. Stundenlang konnte er sich dieses Gemälde ansehen. Eine grausliche Schönheit sprach aus diesem Bild – und die Erkenntnis, dass die Menschen nichts wert waren. Und Gott in einer anderen Sphäre existierte.

Einmal hätte er fast selbst angefangen zu malen, aber dann kam der Richter in ihm hervor und zerriss die Leinwand.

Gut, dass ihn keiner dabei beobachtet hatte.

Das vermied er besonders – beobachtet zu werden. Und es half ihm nun bei allem, was er tat.

Unauffällig zu sein hatte man ihn schon in seiner Kindheit gelehrt. Unauffällig und höflich sein. Er sah das grobporige Gesicht seines Vaters und dessen ernste Miene vor sich. Hatte sein Vater jemals etwas anderes getragen als eine graue Hose und ein graues Jackett? Er konnte sich nicht erinnern. Aber auch wenn Kevelaer ein heiliger Ort war, wurde hier genauso gestorben wie anderswo, und dann war sein Vater zur Stelle: der pietätvolle, schweigsame Bestatter der Stadt, Tag und Nacht erreichbar, selbst am Heiligen Abend oder in der Silvesternacht.

Manchmal war er auch das ängstliche Kind, dann erinnerte er sich, wie er zum ersten Mal bei einem Toten hatte Wache halten müssen; er war neun Jahre alt, und er trug schon solch eine Uniform wie sein Vater. Selbst vornehme weiße Handschuhe besaß er, und die Leute nannten ihn »den kleinen Bestatter«. Neben einem Toten hatte sein Vater ihn auf einen Stuhl gesetzt. Der Tote war der Friseur vom Marktplatz gewesen, ein hagerer Mann mit dichtem schwarzen Haar, das seltsamerweise immer ungekämmt ausgesehen hatte.

»Ich bin gleich zurück«, hatte sein Vater gesagt, doch er war nicht gekommen. Neunjährig und voller Angst hatte er da gehockt und nicht gewagt, den Toten anzuschauen. Aus den Augenwinkeln hatte er gemeint zu erkennen, dass der Tote ihm Grimassen schnitt, dass sein wächsernes Gesicht sich stetig wandelte; mal grinste der Friseur, mal verzog er den Mund, als wolle er gleich loslachen. Es war gruselig, und die Stille im Kopf wurde immer lauter. Schließlich begann der Tote zu stöhnen und zu jammern. Er schlug sich die Hände auf die Ohren, presste die Zeigefinger in den Gehörgang, doch der Tote hörte nicht auf, Laute von sich zu geben. So mussten auch die Gequälten bei Hieronymus Bosch jammern. Schließlich war der Vater doch zurückgekehrt und hatte ihn mit einem strengen Nicken aufgefordert, den Toten bei den Füßen zu packen, damit sie ihn die enge Treppe hinuntertragen konnten.

Das Gewicht des Toten lag noch immer in seinen Händen. In dieser Nacht hätte er seinen Vater ermorden können, doch stattdessen wurde er, der kleine Bestatter, am nächsten Tag zum nächsten Verstorbenen gerufen – einer alten Frau, die einen hässlichen Buckel gehabt hatte und die in seinen Träumen wieder lebendig geworden war.

Dem Vater und den Toten hatte er nur entkommen können, indem er Kevelaer verließ. Nicht einmal auf dem Friedhof besuchte er seinen Vater noch.

Ja, manchmal war er auch das ängstliche Kind aus Kevelaer, dessen größtes Glück es war, den Kuchenlöffel abzulecken, den seine Mutter ihm mit einem stummen Lächeln hinhielt.

Aber dann gab es wieder Momente der Klarheit. So wie

eben am Rhein, als die Sonne hervorkam und sich ein goldener Schimmer auf das Wasser legte.

Es war zu einfach gewesen. Den Mann verfolgen, ihm in dem Parkhaus auflauern und ihn erschießen und das Papier mit dem Richterspruch hinterlegen. Diesmal hatte er ihn nur nach seinem Namen gefragt. »Sind Sie Thorsten Sawatzki, der Vergewaltiger?« »Ja«, hatte der Mann mit einem Zittern in der Stimme gesagt. »Ja, das bin ich.« Gegen die Bezeichnung »Vergewaltiger« hatte er also keinen Einspruch erhoben.

Doch kaum hatte er abgedrückt, hatte er den Schmerz in den Augen des Mannes gesehen, der nicht von dem Schuss herrührte, sondern von der Erkenntnis, dass sein Leben zu Ende war. War Sawatzki vielleicht gar nicht schuldig gewesen? Doch kein Begünstigter einer lauen, lausigen Justiz?

Die Zweifel kamen ihm erst, als er nicht mehr der Richter war, sondern wieder der Sanftmütige. Es ist falsch, sagte der Sanftmütige, du kannst nicht durch die Stadt laufen und Menschen erschießen, von denen es heißt, dass sie irgendwie Schuld auf sich geladen haben. So sieht die Gerechtigkeit nicht aus.

Aber wie sieht die wahre Gerechtigkeit aus?, fragte der Richter.

Der Sanftmütige gab lange keine Antwort, und vermutlich war es dann auch ein anderer, der an seiner statt antwortete. Die Gerechtigkeit verlangt eine einzige große Tat. Eine Tat im Namen der Gerechtigkeit, die jeder sieht. Ein großer Schuldiger muss gefunden und gerichtet werden.

Ein großer Schuldiger?

Dieser Gedanke trieb ihn lange um. Kein türkischer Junge, der einen Mitschüler getötet hatte, kein Lehrer, der das Leben einer Kollegin zerstört hatte und davongekommen war. Ja, die Stimme in seinem Kopf hatte recht.

Ein großer Schuldiger musste gerichtet werden, um der Gerechtigkeit Genüge zu tun und die Welt ein wenig besser zu machen.

Dann würde das Schreien und Jammern in seinem Kopf endlich für immer aufhören.

Am Abend, als im Radio von dem Toten an der Kölnarena

berichtet wurde und es hieß, die Polizei habe noch immer keine heiße Spur, wusste er endlich, wer der große Schuldige war. Und nun war er sicher: Mit einer großen, einmaligen Tat würde er die ganze Stadt in Aufruhr versetzen und zu einer besonderen Erkenntnis zwingen.

7

Schiller schleppte sich die Stufen in die dritte Etage hinauf. Jeder Muskel tat weh. Es war bereits dunkel geworden. Er würde sich in die Badewanne legen, sich von Carla einen Kaffee bringen lassen, und vielleicht würde er noch in dem warmen Wasser langsam einschlafen, zumindest wegdämmern, an nichts mehr denken, nicht an den Toten aus dem Parkhaus, nicht an den Scheißkerl Ardan, der ihn verhöhnt hatte, oder an Professor Goldmann, der ihnen den Rat gegeben hatte, Sawatzkis Wohnung zu durchsuchen. Sawatzki habe ein Tagebuch geführt, er habe sich alles von der Seele geschrieben.

Als er die Tür aufschloss, hörte er Stimmen, dann ein tiefes, kehliges Lachen, das er kannte und das ihn zugleich verstörte.

»Totaler Driss«, sagte eine Männerstimme. »Ich greife also zum Dach, fingere da herum, weil ich das Schiebedach aufmachen will. Peng! Dann fällt mir ein, dass ich ja Elas Wagen habe und gar nicht in meinem alten Volvo sitze. Verdammt! Es gibt gar kein Schiebedach.« Wieder ein Lachen. »Na, ich weiß gar nicht, ob ich es über mich gebracht hätte, das ganze schöne Gras aus dem Auto zu werfen.«

Schiller versetzte der Tür zur Küche einen Stoß. Carla führte eine Flasche Reissdorf Kölsch zum Mund, und Therese schraubte an ihrer Thermoskanne herum, die sie stets bei sich führte, während Broder einen tiefen Zug aus seiner Zigarette nahm.

»Na, kiffst du jetzt schon in unserer Küche«, sagte Schiller unfreundlich.

Broder nickte ihm lächelnd zu und nahm gleich noch einen Zug. Er war rasiert, und seine langen dunklen Haare, die schon von einzelnen grauen Strähnen durchsetzt waren, wirkten ungewohnt gepflegt. Wahrscheinlich hatte man ihn in der U-Haft erst mal unter die Dusche gezerrt. Selbst seine Hände mit den immer zu langen Fingernägeln waren sauber, und er trug ein weißes Hemd und blaue Jeans ohne Farbflecken oder Spuren von Öl.

»Kommst du endlich«, sagte Carla. Sie lächelte gleichfalls.

Ihre leicht geröteten Wangen verrieten, dass sie schon die eine oder andere Flasche Kölsch getrunken hatte.

Schiller verharrte in der Tür. Wann hatte er Carla zuletzt so gesehen – so gelöst und in Gesellschaft? Fast musste er Therese und Broder dankbar sein.

»Du solltest auch noch ein Bier trinken«, krähte Therese. »Soll ja nach so einem Mörderlauf gesund sein. Oder hat Goldmann dir auch etwas von meiner Hühnersuppe abgegeben?« Klar, sie wusste mal wieder Bescheid. Wahrscheinlich hatte der alte Professor sie angerufen, kaum dass Birte und Schiller durch die Tür waren.

Schiller taumelte zu dem Stuhl neben Broder und ließ sich vorsichtig nieder. »Finde ich ja toll, dass du deine letzten Stunden in Freiheit mit uns verbringst«, sagte er zu Broder. »Was rauchst du denn da?«

Broder hob die Zigarette in die Luft und sah sie mit großen Augen an. »Ich bin der Marlboro-Mann«, sagte er theatralisch. »Freiheit und Abenteuer.«

»Wieso haben sie dich rausgelassen?«, fragte Schiller. Er ergriff die Bierflasche, die Carla ihm hinhielt, und nahm einen Schluck. Normalerweise trank er kein Kölsch, und es schmeckte ihm auch nicht.

»Habe Pech gehabt«, erklärte Broder. »Eigentlich darf einem alten Hasen so etwas nicht passieren. Aber eure Drogengesetze sind auch Scheiße. Sehe ich etwa wie ein Dealer aus?« Er klopfte sich mit einer Faust an die Brust. »Alkohol ist ein viel größeres Problem als Marihuana. Das weiß doch jeder.«

Schiller schob die Reissdorf-Flasche zu Carla zurück. »Warum bist du hier?«, fragte er Broder ernst. »Kann mich nicht erinnern, dass du mal in unserer Küche gesessen hast.«

Therese kicherte. »Broder hat immer viel zu tun – malen, an Skulpturen bauen, Häuser besetzen und unsere Befreiungsfront Deutz …«

»Eineinhalb Kilo Marihuana – das ist kein Kavaliersdelikt«, unterbrach Schiller sie.

Broder grinste und drückte seine Zigarette aus. Für einen winzigen Moment konnte Schiller in den hageren Gesichtszügen wieder den ewig grinsenden Jungen erkennen, der ihn im Kinderheim mehr als einmal aus brenzligen Situationen gerettet hatte. Dabei hatte Broder ein noch viel schlimmeres Schicksal gehabt. Als er mit dreizehn aus der Schule gekommen war, hatte er seine Mutter auf dem Sofa gefunden, vollgepumpt mit Schlaftabletten, aber sie hatte noch gelebt. Erst als der Krankenwagen eintraf, den er voller Panik gerufen hatte, war sie gestorben. Später hatte er ein Mädchen überfahren und war für eine Zeit vollkommen aus dem Tritt geraten. Er hatte nicht mehr gesprochen und wie ein Einsiedler hinter einer Kirche in Nippes gelebt und Müll gesammelt. Therese hatte ihn gerettet.

»Hör zu«, sagte Therese. Sie ergriff Schillers Hand, als wäre er ein kleiner Junge, und zog an ihr, um seine Aufmerksamkeit auf sich zu ziehen. »Dass Broder anders als andere ist, wissen wir beide. Er ist nun mal kein Beamter, aber in den Knast gehört er nun gar nicht. Ich habe Lavender engagiert, und der hat gemeint …«

»Dieser verdammte Anwalt …« Schiller zog seine Hand zurück. Gab es in ganz Köln nur einen einzigen Rechtsanwalt, oder war Lavender einfach immer der Erste, der zur Stelle war, wenn etwas Besonderes passierte?

»Lavender ist der Beste. Bei seiner zweiten Frau habe ich die kleine Lisa auf die Welt geholt, wog kaum zweitausend Gramm …«

»Was hat dieser Anwalt gemeint?«, fragte Schiller und richtete seine Augen wieder auf Broder.

Broder strich sich über die Wange, dann blickte er seine Hand an, ganz erstaunt, weil er gar keinen Bart mehr ertastet hatte.

»Jan«, mischte sich plötzlich Carla ein. »Es ist so, dass Broder für eine Weile bei uns wohnen muss. Er braucht eine feste Adresse, wo man ihn erreichen kann, und außerdem muss er sich jede Woche einmal auf der Wache melden, weil er sonst …«

Schiller beobachtete, wie Broders Mund sich teilte, wie seine erstaunlich weißen Zähne zum Vorschein kamen – ein unschuldiges, reines Lächeln glitt auf seine Lippen.

»Du willst hier wohnen?«, fragte Schiller und spürte ein Erstaunen, das ihn atemlos machte.

»Nur für ein paar Wochen, bis Lavender alles geregelt hat«, erklärte Broder mit fester Stimme. »Carla hat gesagt, dass ich am besten in ihr Bügelzimmer ziehe. Sie hat sogar gemeint, dass ich da meine Staffelei aufstellen kann. Das Zimmer ist zwar recht dunkel, aber ich kann es ja mal probieren.«

Er lag neben Carla, er roch ihr Haar, spürte, wie sie atmete. Manchmal schnarchte sie auch leise. Eine wundervolle Ruhe ging von ihr aus, die ihn aber nicht erfasste, obwohl er todmüde war und ihm jeder Muskel wehtat. Musik drang gelegentlich herüber, dann hörte er Schritte im Flur, Wasserrauschen in der Küche. Er war es nicht gewöhnt, dass sich noch jemand in der Wohnung aufhielt. Und ausgerechnet Henning Broder. Es war, als wäre ein Stück Kindheit und Jugend zurückgekehrt. »Wir sind wie zweieiige Zwillinge«, hatte ihm Broder einmal gesagt. »Du bist der Ordentliche, der Erfolgreiche, ich hingegen bin der Anarchist, dem nie etwas gehören wird.« Und vielleicht stimmte es tatsächlich. Er verkörperte das Recht, während Broder sich nie an etwas gehalten hatte.

Vorsichtig zog Schiller seinen Arm unter ihrem Kopf zurück, damit Carla nicht aufwachte, dann ging er in das Bügelzimmer hinüber. Musik klang ihm entgegen. Ein alter Song von Led Zeppelin, den Broder schon im Kinderheim jeden Tag gehört hatte – »Stairway To Heaven«. Zaghaft klopfte er an und öffnete dann die Tür, ohne eine Antwort abzuwarten. Der Leuchter unter der Decke und zwei Klemmlampen waren angeschaltet und ließen den kleinen Raum beinahe wie eine Bühne aussehen.

Broder stand vor einer Staffelei, einen Pinsel in der Hand, und blickte ihn lächelnd an. Es roch nach Farbe. In einem Aschenbecher qualmte eine Zigarette vor sich hin, zwei leere Bierflaschen standen daneben. »Sorry«, sagte er, »ich bin die letzten Tage gar nicht zum Malen gekommen – muss mich noch ein wenig entspannen.« Er wandte sich um und drehte die Musik an einem uralten Rekorder leiser.

Schiller blickte auf das Bild – ein wilder Strudel aus Farben, in dem er ein Frauengesicht zu erkennen glaubte. »Ich will nicht, dass du Carla Ärger machst«, sagte er.

Broder hob die Hand mit dem Pinsel. »He«, sagte er, »Carla hat mir angeboten, hierzubleiben. Wusste ja, dass es dir nicht gefällt, aber ist immerhin besser als Knast.«

»Für wen hast du so viel Marihuana gekauft?« Schiller suchte nach einem Stuhl, aber auf dem einzigen im Raum stand ein abgeschrammter Metallkoffer, in dem sich wohl Broders Habseligkeiten befanden.

»Mann, nur für mich – es sollte meine letzte Tour werden. Ich wollte seriös werden. Ich male jetzt für Leute, die viel Geld bezahlen. Doro besorgt mir Aufträge.«

»Wer ist Doro?«

»Sie arbeitet für eine fette Galerie – Richertzhagen in der Breite Straße. He, Jan, alles klar ... Ich mache keine krummen Sachen mehr. War ja eigentlich immer ein braver Junge.« Broder wedelte mit dem Arm. Schiller sah, dass er ein Tattoo hatte, einen langen Schriftzug, der sich über die Innenseite seines Unterarms zog.

Broder bemerkte seinen Blick und streckte ihm den Arm entgegen. »Therese«, stand da in bunten Buchstaben. »Ich weiß, wem ich zu verdanken habe, dass ich überhaupt noch lebe.«

Einen Moment lang spürte Schiller Erschrecken, dann Verwunderung. So viel Anhänglichkeit hätte er Broder nicht zugetraut.

»Sobald Lavender alles geklärt hat, bin ich wieder weg«, fuhr Broder fort. Er widmete sich wieder seinem Bild. Led Zeppelin war nun verstummt. Aus dem Rekorder drang ein leeres Rauschen. »Und ich habe Carla versprochen, ihr ein Bild zu malen. Ich würde gerne ein Porträt von ihr machen.«

Schiller dachte an eine der letzten Erinnerungen, die er an Broder hatte. Nachdem sie mit Ach und Krach ihr Abitur geschafft hatten, hatten sie morgens um fünf betrunken auf einer Bank im Beethovenpark gelegen, sie hatten sich unentwegt auf die Wange geküsst und sich geschworen, sich niemals alleinzulassen. Wenig später war er zur Polizei gegangen und hätte Broder beinahe festnehmen müssen, als der einen Kiosk überfallen und dabei einen Schraubenzieher mit seinen Initialen vergessen hatte.

»Gehst du manchmal zu Hildes Grab?«, fragte Broder plötzlich.

Hilde war eine gemeinsame Freundin aus dem Kinderheim gewesen; nein, das stimmte nicht, wie Schiller sich eingestehen musste; Hilde war die erste Frau gewesen, die er geliebt hatte. Ihr gemeinsames Kind hatte Hilde abgetrieben, in einer Praxis in Ossendorf. Da war er neunzehn gewesen und Hilde achtzehn. Aber ihm behagte nicht, daran zu denken.

»Nein«, sagte Schiller leise. »Ich gehe nie zu ihrem Grab.«

Broder nickte. »Als ich fünfzehn war, war ich sicher, dass ich nicht älter als fünfundzwanzig werden würde. Und nun? Sieh mich an! Ich bin zweiundvierzig und sehe aus wie fünfzig. Und ich denke jeden Tag an Hilde und an ein paar andere Tote ... Merkwürdig, nicht wahr?« Er hob wieder die Hände. »Zum Glück ist Therese noch am Leben. Ich fürchte den Tag, an dem ich vor ihrem Sarg stehen werde.«

Schiller schnürte sich unwillkürlich die Kehle zu. Broders Anwesenheit rührte eindeutig an zu viel Vergangenem. Er wollte nicht an den Tod seiner Eltern denken, nicht an das Kinderheim und nicht an Hilde. »Ich werde morgen mit Lavender sprechen«, sagte er. »Vielleicht finden wir ja eine andere Lösung. Dann musst du nicht in unserem Bügelzimmer hausen.«

8

If I lay here, would you lay with me and forget the world? Martins Lieblingslied – »Chasing Cars« von Snow Patrol. Ja, das war ihr mit ihm gelungen: die Welt zu vergessen und nur zu zweit zu sein. Sehnsucht überkam sie, tief und schmerzvoll, als sie in ihrer Wohnung diesem Song zuhörte. Meist vermied sie es, dieses Lied anzustellen. Jan hatte natürlich nicht an ihren Geburtstag gedacht, aber er hatte ja auch mit den Vorbereitungen für seinen Marathon genug zu tun gehabt, dann der zweite Mord. Ein scheußlicher Tag. Sie war vor vier Tagen fünfunddreißig geworden – längst nicht mehr jung. Janett hatte angerufen, dann ihre Mutter, der sie vorgeschwindelt hatte, sie würde abends mit Freunden und Kollegen bei einem Italiener feiern. Außerdem hatte sie drei Postkarten von ehemaligen Kollegen aus Hamburg bekommen. Patrick, der nach einem Unfall nur noch im Innendienst eingesetzt werden konnte, schrieb, sie müssten mal wieder gemeinsam zum FC St. Pauli zum Millerntor gehen.

In der Küche öffnete sie eine Flasche Rotwein und ging dann mit einem vollen Glas ins Wohnzimmer zurück. Gary Lightbody sang immer noch »Cashing Cars«. An ihrem dreiunddreißigsten Geburtstag war sie mit Martin von den Landungsbrücken die Elbe hinaufgelaufen, zehn, zwölf Kilometer, eigentlich viel zu weit für seinen schon geschwächten Körper. Danach waren sie müde und abgerissen in einem teuren Fischlokal eingekehrt und hatten sich darüber amüsiert, dass sie gleich von zwei livrierten Kellnern bedient worden waren.

Als das Lied endlich verklungen war, bemerkte sie, dass zwei Anrufe eingegangen waren. Lars Becker, der Schauspieler, den sie bei einem Mordfall kennengelernt hatte, gratulierte ihr und fragte sie, ob er vorbeikommen könne, er sei wieder in der Stadt und habe einen freien Abend. Der zweite Anrufer war Rainer Hinrichs, der Pressesprecher der Kölner Polizei. »Birte, nachträglich alles Gute zum Geburtstag – hätte richtig was aus uns werden können, aber nun … Scheiße …« Etwas fiel zu Boden. Hinrichs war offenbar betrunken. Nach einem schrecklichen One-Night-Stand hatte er sich eingebildet, dass sie ein Paar waren. »Na ja, egal … Ich bin jetzt seit einer Woche in dieser verdammten Kur. Vier Wochen noch … Bad Wildungen ist echt ein Kaff.« Er rülpste, dann legte er auf. Wenigstens würde ihr seine Anwesenheit noch für eine Weile erspart bleiben.

Mit dem Glas in der Hand wandte sie sich zum Fenster und erstarrte. Zwei gelbe Augen starrten sie an, dann hörte sie ein lautes Miauen. Eine Katze war irgendwie auf ihren Balkon gelangt.

Als sie die Tür öffnete, hockte da ein mageres weißes Fellbündel und drückte sich an ihre Beine. Wie lange war das Tier wohl schon auf ihrem Balkon gewesen? Birte strich der Katze über den Rücken, worauf sie sofort zu schnurren begann. War sie vom Dach gefallen und hatte sich auf ihre Balkonbrüstung gerettet? Als Birte sich aufrichtete und ins Wohnzimmer zurückkehrte, folgte das Tier ihr zögernd. Schneeweiß war die Katze, ihre gelben Augen blickten sie angstvoll an. Dann schrie sie leise, und Birte meinte zu wissen, was sie ihr sagen wollte. Hunger – die Katze hatte Hunger.

In der Küche suchte sie aus dem fast leeren Kühlschrank ein paar Reste Käse und Schinken zusammen und legte sie auf eine alte Untertasse, die sie der Katze hinstellte.

Mein verspätetes Geburtstagsgeschenk – von Martin, dachte Birte, während sie die Katze beobachtete, die das wenige Fressen gierig in sich hineinschlang.

Als Birte erwachte, lag sie auf der Couch. Die Katze hatte sich zu ihren Füßen zusammengerollt. Ihr Handy klingelte. Es war Viertel vor acht. Mühsam erhob Birte sich, und auch die Katze sprang von der Couch.

»Bist du schon unterwegs?«, fragte Jan. Es klang, als säße er im Auto. Er war kaum zu verstehen.

»Nein, noch nicht«, sagte sie schläfrig, während sie beobachtete, wie die Katze sich streckte und sich dann einmal um sich selbst drehte, als müsste sie sich orientieren. Tänzerin, dachte Birte unwillkürlich, ich werde sie Tänzerin nennen und mich um sie kümmern.

»Dann sieh zu, dass du in die Gänge kommst«, erklärte Jan. »Es gibt Neuigkeiten. Wir haben es mit einem Serientäter zu tun – vielleicht mit einem Rechtsradikalen.« Ohne eine Entgegnung abzuwarten, unterbrach er die Verbindung.

Mit einem Rechtsradikalen? Bisher hatte es in Köln mit solchen Leuten kaum ernsthafte Probleme gegeben. Als Birte in Richtung Bad ging, folgte Tänzerin ihr und gab ein lautes Klagen von sich, nachdem sie ihr die Tür vor der Nase zugeschlagen hatte. Klar, Tänzerin hatte Hunger und Durst. Ein wenig Milch und eine halbe Salami hatte sie noch im Kühlschrank.

Als sie aus dem Bad kam, saß die Katze auf dem Teppich, genau auf dem Flecken, auf den die ersten Sonnenstrahlen fielen, und putzte sich. Einen Moment schaute Birte ihr fasziniert zu und war fast versucht, Nele im Präsidium anzurufen, um sich einen Tag Urlaub zu nehmen. Sie müsste ein paar Dinge für Tänzerin besorgen, und außerdem wäre wohl nichts entspannender, als die Katze zu beobachten. Doch kaum hatte sie diesen Gedanken gedacht, meldete sich ihr Smartphone wieder.

»Ach ja!«, sagte Jan. »Pressekonferenz ist um zehn, und der Präsident will, dass wir beide dabei sind … Und, tut mir leid, hatte ganz vergessen, dir zum Geburtstag zu gratulieren. Also, wünsche nachträglich alles Gute – glückliche Fünfunddreißig, schönes Mädchen.«

Jan stand am Fenster und blickte zum Dom hinüber. Ihr Büro roch nach frischem Kaffee und Kölnischwasser. Sie hatte es ihm bisher nicht abgewöhnen können, diese aufdringlich duftenden Erfrischungstücher zu benutzen, wenn er müde war oder schlechte Laune hatte. Angeblich erinnerte der Duft ihn an seinen toten Vater, der in seinen Augen so eine Art Superbulle gewesen war.

Als Jan sich umdrehte, sah sie, dass er kaum geschlafen haben konnte.

»Schmerzen?«, fragte sie und nahm sich auch einen Kaffee.

Jan nickte. »Blumen bringe ich dir morgen mit«, sagte er und warf ihr eine Kusshand zu.

Birte winkte ab. Sollte sie ihm von der Katze erzählen? Nein, dann müsste sie ihm auch den Namen nennen, den sie dem Tier gegeben hatte, und das kam ihr plötzlich wie ein Geheimnis vor.

»Schultke und seine Leute haben gute Arbeit geleistet.« Jan setzte sich an seinen Schreibtisch und hob eine dünne Akte hoch. »Beide – der türkische Junge und der Lehrer – sind mit derselben Waffe erschossen worden. Eine alte polnische Militärpistole, Pistolet Vis wz 35, Kaliber 9 mm Parabellum. Nach 1945 wurde die Waffe nicht mehr gebaut.« Er nahm einen Schluck Kaffee und verzog das Gesicht, offenbar, weil der schon kalt geworden war. »Ein Mitglied der rechten Terrorgruppe, das sich letztes Jahr erschossen hat, hat mit solch einer Waffe im Jahr 2004 dreimal auf einen Polizisten gefeuert und ihn schwer verletzt.«

»Wie viele Pistolen dieser Art könnten noch in Umlauf sein?«, fragte Birte.

Jan zuckte mit den Schultern. »Das weiß keiner. Die SS und die Wehrmacht haben diese Waffe in den letzten Kriegsmonaten benutzt. Vielleicht gibt es auch noch welche in Polen. Nicht einmal der Verfassungsschutz hat herausgefunden, woher die Rechtsradikalen die Waffe hatten.«

»Wieso sollte ein Rechtsradikaler diese Morde begangen haben? Um Unruhe zu schüren – um zu zeigen, dass dieser Staat verletzlich ist?«

»Vielleicht. Und es scheint ja zu funktionieren. Zu der Pressekonferenz haben sich drei Kamerateams und Journalisten aus ganz Deutschland angemeldet. Gab heute eine dicke Schlagzeile im Express. ›Hat der Richter von Köln wieder zugeschlagen?‹ Der Bibelspruch, den wir bei dem toten Lehrer gefunden haben, ist also schon bei der Presse gelandet. Der Oberbürgermeister möchte auch ein paar Worte sprechen, über die Zusammenarbeit zwischen Stadt und Polizei, blablabla …« Jan blickte auf die Uhr. »Ich muss mit aufs Podium. ›Präsenz zeigen‹, hat Fitschen gesagt. Ich glaube, er hat richtig Schiss.«

Fitschen war als Kriminaldirektor ihr Vorgesetzter. Er war äußerst ehrgeizig, und wenn er eines gar nicht schätzte, dann, zugeben zu müssen, dass sie mit ihren Ermittlungen im Dunkeln tappten.

»Könnte auch vorteilhaft sein, wenn wir den Verdacht auf rechtsradikale Kreise lenken«, sagte Birte.

»Ja«, erwiderte Jan, »allerdings nur, wenn wir das BKA und den Verfassungsschutz auf der Matte stehen haben wollen – wollen wir aber nicht.«

Nele Krach erschien in der Tür – wie immer wirkte sie ausgeschlafen und voller Tatendrang. Sie hatte ihre langen blonden Haare zu einem Zopf geflochten und lächelte Birte an. Ein zarter Glanz lag auf ihren Lippen. »Jan hat mir erst vorhin gesagt, dass du Geburtstag gehabt hast.« Sie ging auf Birte zu, um sie zu umarmen. »Blumen und Sekt kommen später.« Dann wandte sie sich Jan zu. »Hast du dir extra für die Pressekonferenz ein neues Hemd angezogen?«, meinte sie ironisch. »Na, wahrscheinlich kommst du ja ins Fernsehen. Sogar mich haben sie draußen schon interviewen wollen.«

9

Fitschen und Neuendorf, der Polizeipräsident, bestanden auf dem großen Auftritt. Schiller musste im großen Saal des Präsidiums ihre Ermittlungsergebnisse vortragen. Er konzentrierte sich auf die polnische Waffe und beschrieb eingehend die Ergebnisse der kriminaltechnischen Untersuchung; dass mit einer solchen Waffe auch Rechtsradikale Straftaten verübt hatten, erwähnte er nur beiläufig. Trotzdem gab es Nachfragen, die Neuendorf jedoch mit dem Hinweis auf den frühen Stand der Ermittlungen beiseitewischte. Klar, niemand im Präsidium wollte dem LKA die große Bühne bereiten. Birte saß in der ersten Reihe und lächelte ihm ermutigend zu. Sie wusste, dass er solche Auftritte hasste. Nur ein falsches Wort, und die gesamte Presse würde über sie herfallen. Schiller vermied es auch, den Schützen als »Richter von Köln« zu bezeichnen, aber bei den Journalisten hatte diese Bezeichnung längst die Runde gemacht.

Glauben Sie, dass der Richter von Köln ein Einzeltäter ist? Wissen Sie etwas über die Motive des Richters von Köln? Gehen Sie davon aus, dass der Richter von Köln noch weitere Morde plant? Welche Vorkehrungen treffen Sie, um neue Anschläge zu verhindern?

Als Schiller das Foto, das Christina Fetzer mit ihrem Handy gemacht hatte, auf eine Leinwand projizieren ließ, wusste er im nächsten Moment, dass er einen schweren Fehler begangen hatte. Ein Mann neben Birte begann zu lachen, dann fielen andere mit ein. Schließlich lachte der gesamte Saal, über hundert Leute. Neuendorf neben ihm zuckte entsetzt zusammen, und Fitschen griff hektisch nach seinem Glas Wasser.

»Mehr haben Sie uns nicht zu bieten?«, rief ein fetter Mann mit Kinnbart aus der dritten Reihe. »Einen unförmigen schwarzen Flecken? Glauben Sie, so etwas bringen wir auf der ersten Seite?«

Nein, mehr hatten sie nicht zu bieten. Als er das Podium verließ, war Schiller nass geschwitzt, fast wie gestern nach dem Marathonlauf. Fitschen und Neuendorf wirkten ebenfalls erschöpft, nur der Oberbürgermeister lächelte in alle Richtungen und ließ sich bereitwillig fotografieren. Er hatte offenkundig das Gefühl, mit seinem allgemeinen Gerede von »Ganz Köln muss und wird zusammenhalten« etwas erreicht zu haben.

Schiller sah, dass er während der Pressekonferenz eine SMS erhalten hatte. »Scheißbullen – Nichtskönner«, stand da. »Heute Abend gibt es Randale auf dem Ring. Wir lassen uns nichts mehr gefallen. A.«

Ardan wollte offenbar richtig Ärger machen.

Als er Birte die SMS zeigte, verzog sie nur das Gesicht. »Darum müssen wir uns später kümmern«, sagte sie. »Wir haben einen Einsatz. Jemand hat bei Sawatzki im Uni-Center eingebrochen.«

Schiller spürte, wie sich allmählich eine unbändige Wut in ihm aufbaute. Sie mussten diesen Scheißkerl, der sie zum Gespött von Journalisten und der ganzen Stadt machte, möglichst schnell finden. Man brauchte nicht viel Phantasie, um sich die nächsten Schlagzeilen vorzustellen: »Polizei jagt einen schwarzen Fleck!«, »Polizei hat Angst vorm schwarzen Mann!«, »Der Richter in der schwarzen Robe hält die Polizei zum Narren!«.

Und nun auch noch dieser Einbruch. Schiller überließ Birte das Steuer. Sie schien deutlich bessere Laune zu haben. Vielleicht weil Rainer Hinrichs, der erste Pressesprecher der Kölner Polizei, der ihr fast ein halbes Jahr nachgestellt hatte, in eine Kur nach Bayern gefahren war. Zum Glück wusste Birte nicht, dass Schiller ihm handfest gedroht hatte. Wenn du sie nicht endlich in Ruhe lässt, lasse ich dich auffliegen. Ich habe Fotos, wie du vor Birtes Tür lauerst, wie du sie abpasst und sie belästigst. Du fliegst raus, wenn ich das alles Fitschen auf den Tisch lege. Er hatte keine Ahnung, ob Hinrichs ihm geglaubt hatte, aber zumindest war der nun für einige Zeit von der Bildfläche verschwunden.

Ein junger Kriminaltechniker aus Schultkes Team, dessen Namen Schiller nicht kannte, stand vor Sawatzkis Tür und war dabei, das Schloss zu untersuchen, das fast vollständig aus seiner Verankerung gerissen worden war.

»Sieht nicht gerade nach einem professionellen Einbruch aus«, sagte Schiller.

Der junge Beamte schnaubte. »Nee«, erwiderte er, »da hat einer ganz simpel das Brecheisen angesetzt und so lange herumhantiert, bis die Tür aufgesprungen ist. Muss einen Heidenlärm verursacht haben. Ein Wunder, dass niemand etwas mitbekommen hat, aber in solchen Hochhäusern guckt wohl keiner auf den anderen.«

Schiller nickte Birte zu, dann gingen sie in die Wohnung. Das Sofa mit dem Bettzeug und den Tisch, der davor gestanden hatte, hatte der Einbrecher umgekippt. Papiere, drei Bücher, Zeitungen und die wenigen Kleidungsstücke, die sich in Sawatzkis Koffer befunden hatten, lagen verstreut auf dem Boden. Ein trostloses Bild.

»Was mag sie gesucht haben?«, fragte Schiller.

»Sie?« Birte ging zur Küchenzeile herüber. Die zwei Schränke standen offen und verrieten, dass Sawatzi außer ein paar Tassen und Gläsern kein Geschirr besessen hatte. »Du glaubst, Christina Fetzer ist hier eingedrungen?«

»Es gibt doch nur eine Person, die hier etwas gesucht haben könnte. Wahrscheinlich hat die Lehrerin Angst gehabt, Sawatzkis Tagebuch könnte in die falschen Hände geraten. Oder denkst du, unser Mann aus dem Parkhaus hat dieses Chaos angerichtet? Erst erschießt er Sawatzki, dann bricht er einen Tag später in eine leere heruntergekommene Wohnung ein? – Nein.« Schiller ging zum Fenster und blickte durch das Fernrohr auf die Schule hinunter. Sawatzki hatte offensichtlich einen bestimmten Klassenraum im Blick gehabt – und da sah er sie. Christina Fetzer lehnte am Fenster und blickte zu ihm hinauf. Hatte die Lehrerin nicht behauptet, sie könne nicht mehr arbeiten? Aber es befanden sich auch keine Schüler in dem Raum. Das Klassenzimmer war leer, die Stühle standen auf dem Tisch. Wahrscheinlich weil Herbstferien waren. Als hätte sie seinen Blick bemerkt, wich Christina Fetzer unvermittelt zurück und verschwand aus dem Blickfeld.

»Aber sie hat das Tagebuch nicht gefunden«, fuhr Schiller fort. »Sie steht unten in der Schule und guckt, was hier passiert.«

Schiller überließ Birte das Fernrohr, doch Christina Fetzer ließ sich nicht mehr blicken. Dann nahm er sein Telefon hervor und rief Therese an. Sie meldete sich mit einem heiseren Lachen. »Jung«, sagte sie. »Ich weiß schon, was du sagen willst. Aber Broder weiß Bescheid, er wird keine Zigarette mehr anrühren oder andere Sachen rauchen, solange er bei euch …«

»Nein«, unterbrach Schiller sie. »Über Broder will ich jetzt nicht reden. Ruf Goldmann an und sag ihm, er soll das Tagebuch in Sawatzkis Wohnung bringen. Wir warten hier auf ihn.«

»Ich weiß gar nicht, ob Richard da ist. Er ist gerade dabei –«

»Er ist bestimmt zu Hause.« Schiller unterbrach die Verbindung und lächelte Birte an. »Ich wette, in spätestens fünf Minuten haben wir das Tagebuch.«

Hatte Sawatzki in den letzten Monaten etwas anderes getan, als zu schreiben und durch das Fernrohr auf seine Schule zu starren? Fünf Minuten, nachdem er Therese angerufen hatte, stand Goldmann vor der Tür. Er trug einen grauen zerschlissenen Bademantel, der so kurz war, dass man seine fahlen Beine sehen konnte. Seine wenigen Haare waren zerzaust. Er machte ein mürrisches Gesicht. Unter dem Arm trug er drei dicke schwarze Kladden.

»Therese hat mich geweckt«, knurrte er. »Habe die ganze Nacht gearbeitet. Ihr könnt von Glück sagen, dass ich gestern Thorstens Tagebücher aus der Wohnung geholt habe. Dachte mir schon, dass so etwas passieren würde.« Er drückte Schiller die Kladden in die Hand und machte Anstalten, sich wieder abzuwenden.

»Sie haben einen Schlüssel für die Wohnung?«, fragte Birte.

Der alte Professor nickte. »Habe ich mir gleich geben lassen. Thorsten war ein Selbstmordkandidat. Er ist übrigens unschuldig. Steht in den Büchern.« Er deutete mit einem knöchernen Finger auf die Kladden. »Ich habe ein bisschen geblättert. Die Hexe hat sich Haare von ihm besorgt, hat sie dann in ihr Bett gelegt. Außerdem hat sie ihm Taschentücher gestohlen. Er hat ihre Wohnung nur zweimal betreten – und zum Äußersten ist es wohl gar nicht gekommen. Der arme Kerl!« Er wedelte mit der Hand.

Schiller schlug die erste Kladde auf und erschrak. Sawatzki

hatte eine besondere Handschrift gehabt – ein wüstes Gekrakel, winzige Buchstaben, die ineinanderflossen. Das einzige Wort, das Schiller lesen konnte, war »Lavender« – der Name des Anwalts. »Diese Sauklaue haben Sie lesen können?« Er blickte Goldmann an.

Lächelnd breitete der alte Mann die Arme aus. »Ich war Professor – Hunderte von Klausuren habe ich lesen müssen. Aber Sie haben recht: Sawatzki ist ein besonderer Fall. Für ein paar Stellen habe ich eine Lupe benutzen müssen.«

»Kennen Sie diesen Lavender?«, fragte Schiller. »Offenbar ist dieser Anwalt bisher die einzige Verbindung zwischen dem toten türkischen Jungen und Sawatzki.«

»Jeder kennt Lavender und dessen Sohn – in Köln haben die beiden überall ihre Hände im Spiel«, erwiderte Goldmann. »Ist aber auch ein richtig guter Anwalt.«

Von der Tür war die Stimme des Kriminaltechnikers zu vernehmen. »Tut mir leid«, erklärte er, »die Wohnung ist gesperrt.«

»Aber mein Mann … er hat hier gewohnt …«, versuchte eine Frau einzuwenden.

Birte warf Schiller einen fragenden Blick zu. Ja, er hatte die Stimme auch erkannt. Er eilte zur Tür. Maike Sawatzki hatte ihr blondes Haar streng zurückgekämmt, sie trug ein schwarzes langärmeliges Kleid und sah wie eine schöne, trauernde Witwe aus. Sie lächelte matt, als Schiller sie hereinbat.

»Mein Mann …«, sagte sie wieder, nun in einem angespannten Flüsterton. »Ich bin nie hier gewesen … Ich habe ihn im Stich gelassen, aber er wollte es so … Man konnte nicht mehr mit ihm reden.«

Schiller berührte sie sanft am Arm und führte sie in den Wohnraum. »Es ist eingebrochen worden«, sagte er, während Goldmann ihm zunickte und dann aus der Wohnung verschwand, als wäre es ihm peinlich, in einem zerschlissenen Bademantel Sawatzkis schöner Frau zu begegnen.

»Im Internet steht: Rechtsradikale haben meinen Mann erschossen?« Mit strenger Miene sah Maike Sawatzki sich in dem Zimmer um, dann hatte sie das Fernrohr entdeckt und eilte darauf zu. Sie blickte hindurch und seufzte.

»Wir wissen noch nicht, wer Ihren Mann getötet hat«, erklärte Birte. Schiller spürte, dass sie die Frau nicht sonderlich leiden konnte – und deren modischen Traueraufzug als überaus unpassend empfand. »Wir wissen lediglich, dass eine ähnliche Waffe schon einmal bei einem Schusswechsel mit einem Rechtsextremisten benutzt worden ist.«

»Hatte Ihr Mann Schüler aus rechtsradikalen Kreisen?«, fragte Schiller. »Welche Kontakte hätte er zu solchen Leuten haben können?«

Maike Sawatzi blickte auf die Kladden, die Schiller noch immer in der Hand hielt. Für einen winzigen Moment verengten sich ihre Augen. Sie kannte diese Kladden, aber sie hatte keine Ahnung, was ihr Mann alles notiert hatte, folgerte Schiller aus diesem Blick.

Aus der schwarzen Handtasche, die sie über der rechten Schulter trug, zog sie ein Foto und hielt es Schiller hin. »Er hat Rechtsradikalen in dieser Stadt eine Menge Gründe gegeben, ihn zu hassen.«

Zuerst erkannte Schiller nur den ehemaligen Oberbürgermeister auf dem Bild; er hielt eine Schaufel in der Hand und lächelte ganz wie ein Politprofi in die Kamera, neben ihm stand ein schnauzbärtiger, etwa vierzigjähriger Mann, der ebenfalls lächelte und mit seiner linken Hand den Stiel der Schaufel umklammerte. Die beiden Männer wurden von etwa zehn anderen umringt – und da direkt hinter dem alten Oberbürgermeister war Sawatzki zu sehen. Er trug eine Krawatte und ein weißes Hemd, ein sehr offiziell wirkendes Outfit. Er war der Einzige auf dem Foto, der unbewegt in Richtung Kamera starrte.

»Bei welcher Gelegenheit ist dieses Foto entstanden?«, fragte Schiller.

Maike Sawatzki schnaufte ein wenig abfällig. »Mich hat Thorsten nicht mitgenommen – er wusste nicht, ob Frauen ein Kopftuch tragen sollten, und das wollte ich natürlich nicht. Außerdem … nun ja, ich habe wegen meiner Firma einen gewissen Ruf. Thorsten gehörte dem Vorstand des interkulturellen Fördervereins ein, der sich für den Bau der Moschee in Ehrenfeld eingesetzt hat. Dieses Foto wurde im November 2009 geschossen, am Tag der Grundsteinlegung. Drei Tage später kam der erste Drohanruf. Eine Woche später hatten wir ein totes Kaninchen in der Post.«

10

Trost – wo konnte man in diesen Zeiten noch Trost finden? Früher hatte der Richter in Musik Trost gefunden oder in einem Gedicht. »Mondlicht im Baugerüst« von Rolf Dieter Brinkmann etwa. Brinkmann hatte in den sechziger Jahren in Köln gelebt – ein wilder, unbeherrschter Mann, der gern um sich geschrien hatte. Kritikern hatte er sogar gedroht, sie niederzuschießen.

Den ersten Trost hatte er empfunden, wenn er die Jungfrau Maria sah, die sanft und mit einem milden Lächeln ihr Kind im Arm wiegte. Stumm hatte er vor der Statue gekniet, die kühle Stille der Kirche eingeatmet und sich in die Rolle des Kindes hineingeträumt. Ach, hatte er gewünscht, würde ihn auch jemand manchmal so im Arm halten! Doch ihn hielt niemand im Arm. Seine Mutter strich ihm allenfalls über den Kopf, und den Vater musste er auf Kondolenzbesuchen begleiten, um Särge zu tragen oder Trauernden stumm beim Weinen zuzusehen.

Viel später hatte er einmal neben einer nackten Frau gesessen und nur ihre Brüste gestreichelt, über eine Stunde lang. Auch das war tröstend gewesen, selbst wenn er die Frau dafür bezahlt hatte.

Nun gab es keinen Trost mehr.

Damit musste der Richter sich abfinden. Trost lag allein in der Tat. Gerechtigkeit sorgte für Trost – und dafür, dass die Schreie in seinem Kopf für eine Weile verstummten. Wild loderte das Feuer da. Explosionen brannten sich in seine Gehirnwindungen, Schreie stachen ihm von hinten in die Augen. Sein ganzer Kopf war eine Bombe, die jeden Moment in die Luft fliegen würde.

Der Richter hatte zwei Menschen getötet, aber das hatte dem Sanftmütigen nur wenig Erleichterung verschafft. Er hatte sich die falschen Opfer ausgesucht. Nun aber hatte der Richter den großen Schuldigen gefunden.

Im Internet stand alles über ihn. Der große Schuldige war auch in Kevelaer geboren – welch ein merkwürdiger Zufall! Allerdings schon vor zweiundsiebzig Jahren. Mit sieben war er Ministrant geworden; mit kaum siebzehn dann hatte er sich in den Sommerferien zu Fuß nach Lourdes aufgemacht, um die

Jungfrau Maria zu ehren. Mit neunzehn hatte er sein Studium begonnen, und mit fünfundzwanzig hatte er bereits seine Promotion abgeschlossen. Eine Bilderbuchkarriere! Nun verdiente er mehr als zwölftausend Euro im Monat und trug ein halbes Dutzend Ehrentitel.

Das Foto neben seinem offiziellen Lebenslauf zeigte einen ältlichen grauhaarigen Mann, der sich nicht traute, wirklich zu lächeln, daher verzog er lediglich die schmalen Lippen ein wenig. Seine Brille war unmodern und viel zu groß für den kleinen Kopf. Dass er überaus scharfsinnig und voller Entschlusskraft war, konnte man allenfalls in den wachen braunen Augen erkennen. Das rote Käppchen trug er mit aufgesetzt wirkender Würde und feierlichem Ernst und nicht wie eine alberne Insignie.

Der Richter erinnerte sich daran, wie er diesem Mann einmal bei einer flüchtigen Begegnung die Hand geschüttelt hatte, eine weiche, saubere Hand, die noch nie harte Arbeit verrichtet hatte. Damals war Rudolf Laer gerade zum Erzbischof von Köln ernannt worden. Er hatte ihn auf den ersten Blick gehasst, dieses pathetische Gehabe, wie er die Huldigungen der Gläubigen entgegennahm, ohne auch nur einen Menschen wirklich anzusehen, und dann seine alberne, hohle Rede über die Kraft des Gebetes, die eigentlich nur aus Plattitüden und Wiederholungen bestanden hatte.

Ja, der Erzbischof von Köln war der große Schuldige. Er schwafelte über Gott und die Welt und betrog die Menschen – und er hatte das furchtbare Feuer im Kopf des Richters entzündet. Rudolf Laer würde für all das büßen, und zwar am besten mitten im Dom, während der heiligen Messe, damit jeder sehen konnte, wie der Richter das Urteil vollstreckte.

11

Ein Rechtsradikaler lief mit einer polnischen Waffe durch die Stadt und erschoss aus fremdenfeindlichen Motiven einen türkischen Jungen und einen Lehrer, der sich für den Bau der Moschee eingesetzt hatte? Birte hatte ihre Zweifel, aber außer diesem vagen Verdacht hatten sie nichts in der Hand. Eine Anzeige hatte Sawatzki wegen der Drohungen, die er angeblich erhalten hatte, nicht erstattet, und in seinen Tagebüchern hatte er auch nichts darüber geschrieben. Auf fast fünfhundert Seiten war von ihm und der Lehrerin die Rede. Gelegentlich erwähnte er auch seine Frau, die ihn offenbar schon vor der Affäre aus dem gemeinsamen Schlafzimmer verbannt hatte und die er an manchen Stellen »Misses Kaltherz« nannte. Das Drama einer Ehe und eine aus dem Ruder gelaufene Liebesaffäre offenbarten sich in diesen Zeilen. Schon bei ihrem zweiten privaten Kaffee hatte Christina Fetzer versucht, ihn über seine Ehe auszufragen, aber Sawatzki hatte nicht kapiert, dass sie sich in die Vorstellung hineinsteigerte, er könne für sie der Retter aus ihrer Einsamkeit sein.

»Ardan, der Scheißkerl, dreht richtig auf.« Jan setzte sich mit einem Kaffee an seinen Schreibtisch vor sie. »Nele hat wieder brillante Arbeit geleistet. Im Internet kursieren Aufrufe, der Kölner Polizei die Arschkarte zu zeigen. Und überall ist nun die Rede davon, dass rechte Kreise hinter den Morden stecken. Um sieben will man sich am Tanzbrunnen treffen und dann hier zum Präsidium ziehen. Fitschen hat schon zwei Hundertschaften angefordert, um die Kalker Hauptstraße abzuriegeln. Außerdem sollen die Zugänge zum Rheinpark überwacht werden. Ein Hubschrauber wird in wenigen Minuten starten, um zu sehen, wo sich Leute zusammenrotten. Das haben wir alles diesem Scheißkerl zu verdanken.«

»Dieser Ardan ist wütend. Erst wird sein Bruder getötet, dann kommt der Junge, der dafür verantwortlich ist, davon, und dann …«

»Ich weiß, was Ardan denkt«, unterbrach Jan sie wütend. »Er will uns Ärger machen, ein Klugscheißer … Ich sollte ihn mir vornehmen, und wer weiß, vielleicht steckt er doch hinter diesen Morden. Nun reden alle von Rechtsradikalen – und er ist aus dem Schneider. Niemand verdächtigt ihn mehr.«

»Jan«, versuchte Birte ihn zu besänftigen, »es gibt keinen Anhaltspunkt, dass er etwas mit diesen Morden zu tun hat.«

Bert Cremer erschien in der Tür. Er trug eine neue Lederjacke, die Birte an ihm noch nie gesehen hatte. Seit er sich von seiner Frau getrennt hatte, wirkte er wie befreit und schien plötzlich auch auf seine Kleidung zu achten. Er war vor zwei Wochen achtunddreißig geworden. Von Nele wusste Birte, dass er neuerdings im Internet auf Partnersuche ging.

»Auch auf Türkisch gibt es Aufrufe zu einer Demo im Internet – und das LKA möchte sich Schultkes Untersuchungen ansehen, aber noch hat niemand gesagt, dass sie den Fall an sich reißen wollen.« Er stöhnte auf und blickte auf die Uhr. »Wenn ihr nichts dagegen habt … Ich habe eine Verabredung, bei den Kranhäusern, müsste mich noch ein wenig frisch machen.«

Jan winkte verärgert ab. »Klar, mach dich frisch – wir halten hier die Stellung. Mal sehen, wie viele Demonstranten es bis zu uns schaffen.«

»Wird wahrscheinlich nicht so wild«, erwiderte Cremer und verschwand mit einem freundlichen Nicken.

»Geiler Idiot!«, zischte Jan ihm hinterher.

Birte verzog das Gesicht, dann fiel ihr ein, dass seit ein paar Stunden eine Katze allein in ihrer Wohnung saß. Mochte der Himmel wissen, was das Tier inzwischen alles angestellt hatte. Und Futter hatte sie auch noch nicht besorgt. Es war fast halb sechs.

»Vielleicht sollten wir auch gehen«, sagte sie. Jan war zum Fenster getreten und starrte mit finsterer Miene hinaus, als erwartete er jeden Moment, den Demonstrationszug um die Ecke biegen zu sehen. »Ich werde Sawatzkis Tagebücher mitnehmen und zu Hause durcharbeiten.«

»Ich bleibe«, erwiderte Jan, ohne den Blick zu wenden.

Als Birte das Präsidium verließ, sah sie, wie ein Polizeihubschrauber tief über die Kölnarena Richtung Rhein flog.

Wie alt mochte die Katze sein, die sie nun beherbergte? Ein ganzes Regal voller Katzenfutter fand sie im Supermarkt am Hermeskeiler Platz. Futter für junge Katzen, für Katzen, die nur in der Wohnung lebten, Gourmet-Fressen in winzigen Dosen portioniert, Trockenfutter, Futter für Seniorenkatzen, selbst Pudding für Katzen konnte man kaufen.

Als sie die Haustür aufschloss, bemerkte sie den großen Zettel neben der Eingangstür. »Wer hat Milly gesehen? Seit Samstagabend ist sie von einem Ausflug über das Dach nicht zurückgekehrt.« Daneben das unscharfe Foto einer weißen Katze und eine Handynummer.

Kein Zweifel. Milly war die Katze, die auf ihrem Balkon gelandet war. Birte schrieb sich die Telefonnummer auf den Handrücken. Fast bedauerte sie, dass das kleine Katzenintermezzo nun bereits zu Ende war, ehe es richtig begonnen hatte.

Einen Moment lauschte sie, ob irgendein Geräusch aus der Wohnung drang, bevor sie den Schlüssel ins Schloss schob. Nein, nichts war zu hören. Wahrscheinlich hatte Milly sich irgendwo hungrig und einsam zusammengerollt und hielt ein Nickerchen. Die Tür ließ sich kaum aufdrücken. Eine zerfetzte Zeitung lag im Weg – und eine Jeans, die am Morgen noch ordentlich im Schlafzimmer über einem Sessel gelegen hatte.

Birte begann Böses zu ahnen. Milly hatte sich damit vergnügt, die Wohnung zu verwüsten. Sie hatte einen Zeitungsständer zerfleddert, hatte sich eine Jeans und einen Pullover hervorgenommen, um ihre Krallen an ihnen zu erproben. Im Wohnzimmer war eine Vase zu Bruch gegangen, und der weinrote Vorhang vor dem großen Fenster zum Innenhof war herabgefallen. Milly selbst hockte auf der gläsernen Vitrine, in der Birte die letzte Geige aufbewahrte, die Martin gebaut hatte, und starrte sie mit ihren gelben Augen feindselig an.

Was für ein verdammtes Mistvieh! Birte legte die Tasche mit den Kladden und dem Katzenfutter ab und griff zum Telefon.

»Ja?«, meldete sich eine Männerstimme.

»Ihre verdammte Katze hat meine Wohnung verwüstet. Sie können Sie abholen – bitte sofort!«

Der Mann, der wenig später auftauchte, mochte Mitte dreißig sein; er hatte schwarzes kurzes Haar, das schon mit grauen Strähnen durchsetzt war, ein markantes Kinn, dunkle, forschende Augen und eine gekrümmte, etwas zu lange Nase – er sah gut aus, keine Frage, und so, voller Selbstbewusstsein, bewegte er sich auch. Er reichte Birte mit einem Lächeln die Hand, nannte seinen Namen, den sie aber nicht richtig verstand, und sah sich in der Wohnung um. Er furchte die Stirn. »Eigentlich ist Milly nicht so temperamentvoll«, sagte er. »Wahrscheinlich hat sie sich gelangweilt – oder Sie haben sie gereizt.«

»Ja, wahrscheinlich«, erwiderte Birte voller Sarkasmus. »Aber …«

»Keine Sorge, ich komme für den Schaden auf.« Er nahm die Jeans vom Boden und besah sie sich. Doch irgendwie kam Birte diese Geste zu intim vor, als wollte er etwas über sie erfahren, indem er ihre Kleidung scannte. Sie riss ihm die Jeans aus der Hand, was er mit einem Hochziehen der Augenbrauen und einem spöttischen Lächeln quittierte. Er war barfuß, registrierte sie, offenbar hatte er sich gleich aufgemacht.

»Sie sind die Polizistin, nicht wahr? Ich habe Sie schon ein paarmal gesehen.« Aus dem Wohnzimmer gab Milly plötzlich einen langen, klagenden Ton von sich. Zusammengekauert und nun die jammernde Prinzessin spielend, hockte sie immer noch auf der Vitrine.

»Ja, ich bin Polizistin – und ich hatte einen langen, anstrengenden Tag. Am besten nehmen Sie jetzt Ihre Katze und lassen mich …«

»Aber gerne – komm, Milly.« Mit vorgestreckten Armen ging der Mann auf Milly zu, und sie sprang tatsächlich hinein, als wäre sie das anschmiegsamste Wesen der Welt. Der Mann lächelte Birte triumphierend an. »Milly ist eigensinnig, wie alle Katzen. Wahrscheinlich hatte sie Hunger, und ihr war langweilig. Tut mir aufrichtig leid.« Er ließ die Katze zu Boden und zog eine Visitenkarte aus der hinteren Hosentasche. »Schicken Sie mir einfach die Rechnung. Mein Büro regelt das dann.« Seine dunklen Augen tasteten sie auf, während

Milly zur Tür schritt und Birte, so kam es ihr jedenfalls vor, missbilligend anfunkelte.

Beim Blick auf die Karte spürte Birte, wie sich ihr Magen zusammenzog. Dr. Pierre Lavender, Rechtsanwalt, Sachsenring 24–26, stand da.

»Ja, ich bin der Sohn …« Lavender hatte sie beobachtet und lachte. Dann erlaubte er es sich, sie kurz an der Schulter zu berühren. »Macht mir aber nichts aus – der Sohn zu sein.«

»Sie arbeiten mit Ihrem Vater zusammen?«, fragte Birte. Das Logo auf der Karte lautete L & L.

Lavender nickte, während Milly von der Wohnungstür ein langes, entrüstetes Miauen herüberschickte. »Mein alter Herr sucht sich meistens die Rosinen aus – das andere übernehme ich, wenn es sich um klassisches Strafrecht handelt.«

»Wer von Ihnen hat Sawatzki verteidigt?«

»Das war mein Fall.« Lavender wandte sich zur Tür. »Wir konnten im letzten Augenblick eine Verurteilung verhindern. Da haben Ihre Kollegen versagt – unzureichende Spurensuche, Voreingenommenheit einer Beamtin, eine schlechte Gutachterin …« Er breitete die Hände aus. »Kann ich Ihnen mal ausführlich erklären, wenn Sie es genauer wissen wollen.«

»Dass Sawatzki erschossen wurde, wissen Sie bereits, nicht wahr?«

Pierre Lavender nickte. »Ehrlich gesagt, hoffe ich nicht, dass diese Frau dahintersteckt. Dann würde das Drama weitergehen.« Er machte ein bekümmertes Gesicht und sah zur Tür. Milly stand miauend davor und bedachte ihn mit einem Blick voller Empörung. Sie war offensichtlich eine kleine Tyrannin.

»Tut mir leid – Milly wird ein wenig ungeduldig, aber vielleicht …« Er breitete wieder die Hände aus und grinste selbstbewusst.

Birte spürte eine plötzliche Anspannung. Nein, dachte sie, er wird mich nicht zum Essen einladen, ein Prominentenanwalt, Kölner Schickeria, wahrscheinlich auf Du und Du mit dem Oberbürgermeister und dem Polizeipräsidenten …

Ihr Telefon riss sie aus den Gedanken. Das Diensthandy. Sie eilte ins Wohnzimmer zurück. Gab es tatsächlich Ärger am

Präsidium? Hatten es Demonstranten geschafft, bis nach Kalk vorzudringen?

Nach dem dritten Klingeln nahm sie das Gespräch an. Jan war am Apparat.

12

Schiller starrte auf den Vorplatz hinaus. Seine Laune war am Nullpunkt. Ardan – wieso ging dieser Typ ihm so gegen den Strich? Am liebsten wäre er in die Keupstraße gefahren und hätte den Laden auseinandernehmen lassen, in dem Ardan immer abhing. Und wenn diese Demonstration in Gewalt umschlug, würde er auch dafür sorgen, dass man dort alles durchsuchte. Gemeinsame Vorbereitung von Straftaten, Gründung einer kriminellen Vereinigung, Planung von Anschlägen gegen die Polizei … Es ließen sich eine Menge Gründe für eine Anklage finden. Woher nahm dieser verdammte Ardan sich das Recht, eine illegale Demonstration gegen die Kölner Polizei auszurufen? Schillers Wut steigerte sich weiter. Hatte Ardan gewusst, dass Sawatzki sich für den Bau der Moschee eingesetzt hatte? Hatte er diesen möglichen rechtsradikalen Hintergrund eher gesehen als die Polizei?

Ein Hubschrauber flog tief und dröhnend über das Präsidium in Richtung Deutzer Bahnhof. Unten vor dem Eingang hielt der erste Mannschaftswagen. Bereitschaftspolizisten in voller Montur stiegen aus und wirkten angespannt. Hatte es schon einmal so etwas gegeben – dass sie das Präsidium schützen mussten? Nein, nicht seit Schiller bei der Polizei war.

Schiller wandte sich ab und kehrte zum Schreibtisch zurück. Der Kaffee war inzwischen kalt geworden. Während Eirte zu Hause die Kladden durchging, hätte er sich den Hintergrund Sawatzkis vornehmen müssen. Wie viele konkrete Drohungen hatte es gegeben? Wie hatte der Einsatz des toten Lehrers in dem Förderverein der Moschee konkret ausgesehen? Aber Schiller spürte seine Müdigkeit. Der Lauf gestern hatte ihn über Gebühr angestrengt. Wahrscheinlich war es an der Zeit, sich von dem Gedanken zu verabschieden, jedes Jahr den Köln Marathon mitzulaufen. Er wurde alt … und Carla sprach vom Kinderkriegen, von einem Hauskauf …

Dann, als er schon daran dachte, gleichfalls nach Hause zu fahren, auch wenn Ardans Leute einen riesigen Tumult veranstalten sollten, fiel ihm ein, dass Broder in seiner Wohnung saß – rauchend, grinsend und malend. Verflucht, nicht einmal in seinen eigenen vier Wänden würde er seine Ruhe haben.

Wieder war der Hubschrauber zu hören, dann ein Martinshorn, ein zweites folgte. Der nächste Mannschaftswagen rauschte heran. Fehlte nur noch, dass man Barrikaden aufbaute.

Nele steckte den Kopf zur Tür herein. »Sieht aus, als würden eine Menge Leute zusammenkommen«, sagte sie. »Die U-Bahnen aus Mülheim sind voller junger Türken. Auch vom Neumarkt wird ein starkes Aufkommen von jungen Passanten gemeldet. Der Aufruf wird nun auch auf Internetseiten von diversen Clubs gezeigt. Könnte sich wirklich etwas zusammenbrauen … Und nur …« Sie verstummte, wohl weil sie Schillers düstere Miene bemerkt hatte.

»Ja, wirklich großartig«, sagte er matt. »Und wenn unser verrückter Schütze noch einmal zuschlägt, könnte das Chaos ausbrechen.«

Im nächsten Moment ging auf seinem Smartphone eine SMS ein. »Wir sind richtig viele. A.«, stand da. Ardan, das Arschloch – er wollte offenbar den Kleinkrieg haben.

Schiller versuchte sich zu konzentrieren. Wo war der Zusammenhang zwischen den beiden Morden? Gab es überhaupt einen, oder spielte da jemand den Rächer, weil offenbar Schuldige vor Gericht davongekommen waren? Das war Schillers erste Vermutung gewesen. Zwei Gerichtsverfahren, ein sehr mildes Urteil und ein zweifelhafter Freispruch, zwei Artikel in der Zeitung, die der Schütze ziemlich sicher gelesen hatte.

Wieder war ein Martinshorn zu hören. Nele telefonierte nebenan. Schiller spürte, dass er sich nicht konzentrieren konnte. Er nahm seine Jacke und ging zur Tür. Niemand konnte ihn daran hindern, in den Rheinpark zu fahren und sich diese Demonstration anzusehen, und wenn Ardan nur ein falsches Wort über die Lippen kam, eine Beleidigung der Polizei, ein Aufruf zur Gewalt, würde er ihn noch an Ort und Stelle verhaften.

Ganz gegen seine Gewohnheit verabschiedete er sich nicht von Nele, sondern schlich zum Fahrstuhl und fuhr hinunter. Vier Bereitschaftspolizisten hatten sich vor dem Eingang postiert, zwei andere standen an der Kalker Hauptstraße und beobachteten mit starrer Miene den Verkehr.

Schiller ging zu seinem Passat hinüber, doch kaum hatte er den Wagen gestartet, klingelte sein Telefon.

Nele war am Apparat. »Eine Schießerei am Dom«, sagte sie hastig. »Vermutlich ein Toter.«

Schiller brauchte fast eine halbe Stunde, bis er zum Dom vorgedrungen war. Die Zufahrt zum Bahnhof war bereits abgesperrt. Er parkte auf einer Busspur und lief dann zur Domplatte hinauf. Etwa dreißig uniformierte Polizisten mühten sich, den Platz zu räumen und die Menschenmenge in Richtung Hohe Straße und Bahnhof abzuleiten. Die Stimmung war aggressiv, einige Jugendliche versuchten, sich zu widersetzen. Flaschen flogen, Fäuste streckten sich gen Himmel. Dann hallte eine mechanische Stimme über den Platz, die wenig beruhigend klang. Der Einsatzleiter machte aus seinem Streifenwagen eine Durchsage und forderte zum sofortigen Verlassen des Platzes auf. Pfiffe und laute Protestrufe ertönten, als der Einsatzleiter geendet hatte.

Nachdem Schiller seinen Ausweis gezückt hatte, wurde er zur Südseite verwiesen. Dort seien die Schüsse gefallen. Immerhin war es gelungen, ein Absperrband zu spannen und das Areal vor dem Römisch-Germanischen Museum zu räumen. Zwei nervöse Polizisten winkten Schiller vorbei. Sirenen näherten sich aus der Ferne, und wieder war das Dröhnen des Hubschraubers zu hören, der Kurs auf den Dom genommen hatte. In der Dämmerung war er jedoch nicht zu erkennen. Solch eine Atmosphäre der Anspannung kannte Schiller nicht. Für gewöhnlich nahm man in Köln alles nicht so wichtig – Demonstrationen liefen hier nicht aus dem Ruder. Doch nun schien alles anders zu sein.

Ein Notarztwagen war bereits eingetroffen. Schiller sah durch das hintere Fenster, wie zwei Ärzte sich über einen Mann beugten, von dem nicht viel mehr als ein dunkler Haarschopf zu sehen war. Ein Hauptwachtmeister, zwei Schritte entfernt, blickte Schiller misstrauisch an.

Er wies sich erneut aus. »Wer ist das Opfer?«, fragte er.

»Ein junger Italiener, vielleicht zwanzig Jahre alt«, erwiderte der Uniformierte. »Er hat hier vor dem Südeingang gelegen. Ein Zeuge hat gemeint, dass jemand auf ihn geschossen hat, als er gegen den Zaun gepisst hat.«

»Wo ist dieser Zeuge?« Schiller sah sich um. Drei Beamte hielten sich direkt vor dem Museum auf und beobachteten argwöhnisch ein paar Skater, zwei weitere postierten sich mitten auf dem Platz und wiesen Passanten zurück.

Der Polizist zuckte mit den Schultern. »Sorry«, erwiderte er. »Es ging ein wenig drunter und drüber. Wir hatten alle Mühe, die Zufahrt für den Krankenwagen frei zu machen, aber ich bin sicher, dass meine Kollegen den Zeugen irgendwo festhalten.«

»Gibt es weitere Zeugen? Eine Täterbeschreibung?« Schiller sah, wie Birte über den Platz eilte.

Dann sprang der Motor an, und der Rettungswagen rollte langsam am Dom-Hotel vorbei in Richtung Alter Markt. Schiller konnte nicht sagen, warum, aber er hatte das Gefühl, als ginge von dem Wagen eine trostlose Ruhe aus, als ginge es nicht mehr darum, ein Menschenleben zu retten, sondern einen Toten, dem man nicht mehr hatte helfen können, abzutransportieren. Erst als der Rettungswagen die Domplatte verlassen hatte, schaltete der Fahrer die Sirene an.

»Hat der Verrückte wieder zugeschlagen?«, fragte Birte atemlos.

»Ich weiß es nicht«, erwiderte Schiller. Vom Portal des Doms wehte ein Pfeifkonzert herüber. Offenbar versuchte der Einsatzleiter noch immer, die Passanten zum Verlassen des Platzes zu bewegen. Dann setzten die Kirchenglocken ein, laut und wuchtig.

»Wer schießt auf jemanden, der hier seine Notdurft verrichtet?«, fragte Schiller.

Birte furchte die Stirn. Sie musste nicht antworten. Wenn es tatsächlich der Richter gewesen war, der geschossen hatte, dann hatte sich dessen Irrsinn noch einmal gesteigert.

Der junge Italiener hieß Adriano Cerrato, er war dreiundzwanzig Jahre alt, ein Student aus Genua, ein Rucksacktourist, der zwei Stunden zuvor ohne Begleitung aus Stuttgart mit dem Zug nach Köln gekommen war, um sich den Dom anzusehen. Zwei Kugeln hatten ihn in den Rücken getroffen, eine erwischte ihn am rechten Schulterblatt, die andere riss von hinten ein Loch in die Lunge.

Als Schiller mit Birte in der Uniklinik eintraf, erhielten sie die Mitteilung, dass er noch lebe und operiert werde, doch kaum hatten sie sich die wenigen Dinge angesehen, die der Italiener bei sich gehabt hatte, seine Papiere, seine Kleidung, den Rucksack, der neben ihm gelegen hatte, kam eine OP-Schwester und überbrachte ihnen die Nachricht, dass die Ärzte ihn nicht hatten retten können.

Wahnsinn – konnte es ein anderes Wort dafür geben? Zwei Zeugen hatten sie gefunden, die den Italiener im Blick gehabt hatten, wie er seinen Rucksack absetzte, dann an seiner Khakihose nestelte und gegen den Zaun urinierte. Eine Sekunde später sackte er zu Boden. Hätte er den Rucksack beim Pinkeln aufbehalten, wäre er vermutlich noch am Leben. Den Schützen hatte niemand gesehen. Nicht einmal eine verwackelte Handyaufnahme existierte von ihm.

Aber sie hatten die beiden Kugeln, die den jungen Italiener getötet hatten. Schultke und seine Techniker würden herausfinden, ob sie zu der polnischen Waffe des Richters passten.

Es war kurz nach zweiundzwanzig Uhr, als sie die Uniklinik verließen. Schiller hatte Birte noch nie so niedergeschlagen gesehen, er selbst fühlte sich auch wie durch die Mangel gedreht. Wortlos gingen sie zu dem Passat hinüber. Nele würde die Meldung des Todes an die Polizei in Genua weiterleiten, damit die Eltern vom traurigen Schicksal ihres Sohnes erfuhren. Von einem Verrückten in Köln erschossen, weil er … Schiller dachte diesen Gedanken immer wieder und konnte ihn nicht zu Ende denken.

»Vielleicht sollten wir den Fall doch an das LKA abgeben«, sagte Birte, während Schiller den Wagen aufsperrte. »Das alles geht über unsere Kräfte.«

Schiller setzte sich hinters Steuer, doch er startete den Motor nicht. Noch wussten sie nicht, ob der Richter wieder zugeschlagen hatte – aber seine Intuition sagte ihm, dass es kein anderer gewesen sein konnte. Dass es kein Bekennerschreiben gab, bedeutete lediglich, dass er diesmal spontan gehandelt hatte. Einen kleinen Verstoß gegen die Ordnung hatte er mit zwei Schüssen geahndet.

»Nein«, erwiderte Schiller nach einigem Zögern. »Es ist unsere Stadt und unser Fall. Wir müssen den Scheißkerl finden.« Er starrte vor sich hin und sah, dass zwei Journalisten vom Express sich der Klinik näherten. Hatte man schon herausgefunden, dass der Italiener gestorben war? Solche Nachrichten ließen sich nicht lange unter Verschluss halten. Schiller konnte sich leicht die Schlagzeile am nächsten Morgen vorstellen. Tod beim Pinkeln. Tourist am Dom erschossen! Eine schlimmere Nachricht konnte es in der Stadt nicht geben. Im Rathaus würde man durchdrehen.

»Fahren wir zurück ins Präsidium?«, fragte Birte. Ihr Gesicht war in der Dunkelheit nicht zu erkennen. »Möglicherweise haben die Kriminaltechniker etwas herausgefunden. Und wir müssen herausfinden, ob es in der Nähe Videokameras gab, die etwas aufgezeichnet haben. Und dann sollten wir einen Zeugenaufruf an die Presse formulieren und …«

»Nein«, sagte Schiller. »Ich fahre dich zu deinem Wagen, und dann schlafen wir ein paar Stunden. Morgen wird es eine Pressekonferenz geben. Bis dahin wissen wir hoffentlich, ob es der Richter war.«

Der Richter – nun hatte er diesen Namen auch übernommen, fiel ihm auf.

Dann, als er zum Zündschlüssel greifen wollte, klingelte sein Telefon. Neles Name leuchtete auf dem Display. Plötzlich fragte er sich, was eigentlich aus der Demonstration geworden war. Waren Ardans Leute bis zum Präsidium gedrungen? Hatte es Ausschreitungen gegeben?

»Du hast Post bekommen«, sagte Nele. »Habe vorhin deine Mails gecheckt, weil ich eine Nachricht von Schultke erwartet habe.«

»Ja und?«, fragte Schiller. Er ließ den Wagen an und bog auf die Kerpener Straße ab.

»Der Richter hat dir geschrieben.«

Was veranlasste den Richter, seine Tat zu erklären? War es Eitelkeit? Oder eine seltsame Art von Geltungssucht? Zumindest schien diese E-Mail zu offenbaren, dass er allein handelte. Ein verbitterter einsamer Mann, den irgendetwas dazu gebracht hatte, innerhalb von vier Tagen drei Menschen zu töten – so stellte Schiller sich den Täter vor.

Die E-Mail war zwei Stunden und elf Minuten nach der Tat aus einem Wettbüro am Eigelstein abgeschickt worden, in dem es auch zwei Internetanschlüsse gab. Nele hatte gleich zwei Beamte hinübergeschickt, um etwaige Zeugen ausfindig zu machen und zu kontrollieren, ob eine Überwachungskamera installiert war. Doch der Richter schien auf solche Dinge zu achten, ein intelligenter, umsichtiger Täter mit Ortskenntnissen – keine Kamera, keine brauchbaren Zeugen, weil die meisten Besucher des Wettbüros sich ein Pferderennen aus Hongkong angesehen hatten.

Richter.von.Köln@gmx.de
Sehr geehrter Herr Hauptkommissar Jan Schiller,
der Richter möchte sich für seine letzte Tat entschuldigen. Es ist unverzeihlich. Der Richter hat aus einem Impuls heraus eine Kurzschlusshandlung begangen. Es ist ein blasphemischer Akt, gegen ein Gotteshaus zu urinieren. Das hat den heiligen Zorn des Richters hervorgerufen. Doch er wird sich von nun ab besser in der Gewalt haben. Er wird nur noch wirklich Schuldige bestrafen. Ehrenwort.
Mit hochachtungsvollen Grüßen
Der Richter von Köln

»Was soll das?«, fragte Birte. Sie saßen zu dritt in ihrem Büro zusammen. Nele hatte starken Kaffee gekocht. Sie sah müde aus, kein Wunder, sie war seit über sechzehn Stunden im Büro. »Wieso redet er so geschwollen? Als wären er und der Richter gar nicht ein und dieselbe Person.«

»Vielleicht fühlt es sich für ihn so an – ein Irrer, der Stimmen hört, dem jemand Befehle erteilt …« Schiller seufzte. Nein, wie ein Irrer wirkte dieser Richter nicht, eher, als würde er sich im Nachhinein von seinen Taten distanzieren müssen. »Heiliger

Zorn – Ehrenwort … Möglicherweise helfen uns diese Vokabeln, ein Profil des Täters zu erstellen. Nele, das LKA sollte sich das Schreiben ansehen.«

»Nach rechtsradikalen Gedanken klingt es jedenfalls nicht«, erklärte Nele. »Und noch etwas ist interessant. Den Account Richter.von.Köln hat er schon vor zwei Tagen anonym eingerichtet, von einem Anschluss am Neumarkt, einem Copyshop, aber erst heute hat er eine E-Mail abgeschickt.«

»Er will in die Öffentlichkeit«, sagte Birte. »Er möchte sich erklären … dass er die Welt rettet, etwas in dieser Art. Und er hat gewissermaßen angekündigt, dass er weitermachen wird.«

Schiller nickte. »Ja, er wird nicht aufhören, und er verfolgt alles, was über ihn in der Zeitung steht oder im Internet zu finden ist. Sonst würde er kaum meinen Namen kennen.« Er kippte den letzten Rest Kaffee hinunter. Sein Telefon meldete, dass eine SMS eingegangen war. Carla fragte zum dritten Mal nach, wann er endlich komme. Gleich, wollte er antworten. Bin schon unterwegs. Es war fast Mitternacht, doch dann wurde die Tür geöffnet. Fitschen wankte herein. Für einen Moment glaubte Schiller, der Kriminaldirektor sei betrunken, aber es war nur Erschöpfung, die ihn schwanken ließ.

»Wir sitzen in der Scheiße«, raunte er und griff nach einem Stuhl, um sich zu setzen.

Birte und Nele blickten ihn erstaunt an. Solch eine Ausdrucksweise passte nicht zu Fitschen. Er war erst Anfang vierzig, aber die Korrektheit in Person. Er trat immer im Anzug auf, mit weißem Hemd und Krawatte. Einzig sein unmoderner Schnauzbart verlieh ihm einen Hauch von Individualität.

Niemand sagte etwas.

Fitschen wischte sich über das Gesicht. Er griff in seine Tasche, holte eine zerdrückte Schachtel hervor und steckte sich eine Zigarette an. Schiller hatte ihn noch nie rauchen sehen. Nele hielt dem Kriminaldirektor eine Untertasse für die Asche hin. Er nickte ihr dankbar zu.

»Mit wem haben wir es zu tun?«, fragte er heiser. Er blickte Schiller an. »Einem Verrückten? Einem Serienkiller? Oder ist das alles knallharte Berechnung? Will uns da jemand fertigmachen und zeigen, wie unfähig die Kölner Polizei ist? Aber warum, verdammt?« Die letzten Worte begleitete er mit einem Achselzucken.

Schiller spürte plötzlich Mitgefühl für Fitschen. Stundenlang hatte er mit Neuendorf und dem Oberbürgermeister zusammengesessen und beraten, und morgen musste er vor die Presse treten. Er würde die Zielscheibe für alle Schüsse auf die Kölner Polizei abgeben.

»Der Innenminister aus Düsseldorf hat angerufen, sämtliche Fraktionsvorsitzende aus dem Landtag haben sich gemeldet. Selbst der Innenminister aus Berlin hat seinen Sprecher losgeschickt. Jeder gibt ein Statement ab und stellt superschlaue Fragen. … Was ist plötzlich in Köln los? Wieso knallt da einer völlig durch? Ist das ein Rechtsextremer? Könnt ihr diesen Mistkerl nicht stoppen?« Fitschen nahm einen tiefen Zug aus seiner Zigarette. »Neuendorf wollte an jeder Ecke in der Innenstadt Polizisten aufstellen lassen. Der Innenminister ist auf die glorreiche Idee gekommen, auf den Rheinbrücken Kontrollpunkte einzurichten, für Personenkontrollen und um Touristen ein Gefühl der Sicherheit zu geben … Alles Schwachsinn!« Er drückte seine Zigarette auf der Untertasse aus und lächelte matt. »Soll Köln eine Polizeistadt werden? Nein, auf keinen Fall. Wir fassen diesen Kerl auch so – habe ich Neuendorf versprochen.« Fitschen nickte seinen Worten hinterher.

Schiller überlegte, ob nun der Moment gekommen war, Fitschen von der E-Mail zu berichten. Statt etwas zu sagen, reichte er dem Kriminaldirektor lediglich wortlos die ausgedruckte E-Mail.

Fitschen warf einen kurzen Blick darauf. Dann starrte er Schiller mit geröteten Augen an. »Wissen wir, ob er noch weitere Mails verschickt hat? An den Express oder an den Stadt-Anzeiger?«

»Das glaube ich nicht.« Schiller bemerkte selbst, wie unsicher er klang. Die Wahrheit war: Sie wussten es nicht.

»Ich habe vor etwa einer Stunde noch die Homepage vom Express gecheckt«, warf Nele ein. »Da werden nur die Schüsse am Dom erwähnt. Nicht einmal, dass der Italiener gestorben ist, ist bisher publik gemacht worden.«

»Neuendorf wird gleich morgen früh mit dem Verleger telefonieren. Eine Berichterstattung, die alles bis ins Letzte ausschlachtet, können wir nun gar nicht gebrauchen. Wir müssen eine Panik in der Stadt verhindern.« Fitschen erhob sich langsam. »Wir sind ein gutes Team«, sagte er. »Wir schaffen das.«

Dann schlurfte er zur Tür hinaus, wie ein Boxer, den man in seinem wichtigsten Kampf windelweich geprügelt hatte.

Die Zülpicher Straße lag völlig verlassen da. Kein Mensch war auf der Straße zu sehen. Es war Viertel vor eins. Schiller hatte kurz vor der Palanterstraße einen Parkplatz gefunden. Auch die Pizzeria an der Ecke hatte bereits geschlossen. Dienstagnacht. Köln wirkte friedlich, eine harmlose schlafende Stadt, in der niemand Angst zu haben brauchte. Nur das Bettenhaus der Uniklinik war hell erleuchtet. Schiller wusste, dass er zu erschöpft war, um sofort schlafen zu können. Er ging die Palanterstraße hinunter, bog dann in die Marsiliusstraße ein. Eine Katze lief über die Straße und schaute ihn kurz an. In fast allen Häusern waren die Fenster dunkel. Nur hinter einer Tür drang leise Musik hervor – eine Frau sang zur Gitarre. Es klang beinahe wie ein Schlaflied.

Schiller hob den Kopf. Witterung, dachte er, irgendwie müsste er ein Wolf sein und Witterung aufnehmen können. Wo saß der Richter? Hockte er irgendwo und schrieb E-Mails oder dachte über sein nächstes Opfer nach? Er hätte ihm zurückschreiben können. »Ich kriege Sie, Sie Arschloch.«

Auf der Zülpicher Straße sah er die Schlagzeile auf der Dienstagsausgabe vom Express. »Feiger Mord am Dom. Junger Tourist stirbt durch Schüsse«. War also doch etwas durchgesickert.

In seinem Küchenfenster brannte noch Licht. Carla wartet seit Stunden auf mich, dachte Schiller gerührt, doch als er die Wohnungstür aufschloss, hörte er Stimmen. Er verharrte kurz. Broder sagte etwas, dann antwortete eine Männerstimme, die Schiller nicht kannte.

Großer Gott, er würde Broder rausschmeißen, wenn der jetzt auch noch seine Kumpanen anschleppte.

Carla saß mit ihrem Laptop am Küchentisch, registrierte

Schiller durch die halb offene Tür. Sie hatte die Homepage vom Express aufgerufen.

»Es ist das Zeichen einer kranken Gesellschaft, wenn ein Irrer durch die Stadt läuft und auf Menschen schießt«, sagte der unbekannte Mann mit starkem kölschen Akzent.

Schiller schob die Tür auf. »Du bist noch wach«, sagte er zu Carla, als wären Broder und der andere Mann gar nicht da.

Sie lächelte und sprang auf, um ihn auf die Wange zu küssen. »Wir haben auf dich gewartet.«

»Was ist nur aus unserem schönen Köln geworden!«, rief Broder. Seinem Tonfall war nicht anzumerken, ob er es ernst oder eher ironisch meinte.

Der zweite Mann war deutlich älter als Broder, vermutlich über sechzig, mit braun gefärbten, künstlich gelockten Haaren, einer leicht gebräunten Haut, als würde er zu oft ins Sonnenstudio gehen, und einer riesigen Nase, die sein Gesicht beherrschte. Er streckte Schiller seine fleischige Hand entgegen. »Ich bin der Max«, sagte er.

»Max hat früher die Tür an der Friesenstraße gemacht«, mischte sich Broder ein.

Sie tranken Rotwein, bemerkte Schiller. Selbst Carla, die selten Alkohol zu sich nahm, hatte ein Glas vor sich stehen, und Broder und Max hatten mindestens eine Schachtel Zigaretten geraucht, wie ein voller Aschenbecher verriet.

»Eigentlich bin ich Musiker, Bassist«, erklärte Max, »aber dann war ich eine Zeit lang Türsteher. Mache ich heute noch manchmal auf der Roonstraße.« Er grinste und griff nach seinem Glas.

Schiller warf Carla einen Blick zu. Nichts behagte ihm nun weniger, als hier mit Broder und einem von dessen merkwürdigen Freunden zu sitzen und Rotwein zu trinken. Lass uns gehen, sagte sein Blick, ich bin müde, und ich will nur neben dir liegen, dein Haar riechen und ein paar Stunden schlafen.

»Was ist mit diesem toten Jungen?«, fragte Carla. Sie hatte seinen Blick offenbar nicht registriert. »Hat dieser Verrückte wieder geschossen?«

Schiller nickte. Er setzte sich und schloss für einen Moment die Augen. Als er sie öffnete, steckte Broder sich wieder eine Zigarette an. Seine Hände waren voller Farbflecken.

»Finde ich eigentlich gut, dass in Köln die Anarchie ausbricht«, sagte er und inhalierte. »Passt in diese Stadt.«

»Scheiß auf die Anarchie«, widersprach Max. »Da macht einer Ärger – das passiert in dieser Stadt. Willst du morgen weggeballert werden, nur weil einer meint, dass du die falschen Bilder malst?«

Broder grinste. »Ich male die richtigen Bilder – da kannste mal sicher sein.«

Nun lachten beide Männer, als hätten sie einen Witz gemacht, den nur sie verstehen konnten.

Carla beugte sich zu Schiller vor und berührte ihn am Arm. »Es war dieser Verrückte, nicht wahr? Er hat geschossen.«

Schiller nickte. »Höchstwahrscheinlich. Er hat mir eine E-Mail geschrieben.« Kaum hatte er die Worte ausgesprochen, bereute er es sogleich. Vor Broder und Max durfte er solche internen Dinge nicht ausbreiten.

»Scheiße«, sagte Max. »Er schreibt E-Mails – dieser Serienkiller?«

Schiller wollte widersprechen. Ein Serienkiller war der Richter nicht, zumindest noch nicht.

»Habt ihr eine Idee, wie ihr diesen Kerl kriegt?« Max hatte es die Röte ins Gesicht getrieben, so sehr brachte ihn dieser Fall auf. »Wenn noch ein oder zwei Morde passieren, traut sich kein Kölner mehr in die Stadt. Mir klääve am Lääve. Von Touristen ganz zu schweigen – die kommen dann gar nicht mehr.«

»Wir verfolgen mehrere Spuren«, erwiderte Schiller vage. Noch einmal blickte er Carla auffordernd an. Es war zehn Minuten nach eins. Gegen sieben wollte er wieder im Präsidium sein.

»Ihr braucht eine Strategie«, erklärte Max und sprach das Wort in breitestem Kölsch wie eine Zauberlosung aus. »Ohne die richtige Strategie kriegt ihr den Kerl nicht. Der schießt auf Leute, die er nicht kennt, die ihm einfach unsympathisch sind.«

Broder zog wieder an seiner Zigarette. »Max, du bist ja ein super Klugscheißer. Schiller wird schon wissen, was er tut. Er hat schon mehrere Mörder gekriegt. Und was soll das überhaupt für eine Strategie sein?«

»Ein Lockvogel.« Max kippte den Rest Rotwein aus seinem Glas hinunter. »Schiller braucht einen Lockvogel – einen, auf den dieser Serienkiller abfährt, wenn er in der Zeitung über ihn liest.«

Broder lachte lauthals, während Max sich schwerfällig erhob. »Geile Idee. Und wer soll dieser Lockvogel sein?«

Max ergriff Carlas Hand und küsste ihre Fingerspitzen. »Danke für den Abend«, hauchte er, als hätte er ein Rendezvous mit ihr gehabt, dann nickte er auch Schiller zu. Sein ledriges Gesicht verzog sich zu einem Lächeln, als er sich Broder zuwandte.

»Du könntest der Lockvogel sein, Broder. Mach einen Deal mit der Polizei. Du spielst den Lockvogel, wenn sie dich vor dem Knast bewahren.«

13

»P. L.«, stand – ganz geheimnisvoll – auf dem obersten Klingelknopf. Birte hatte noch nie darauf geachtet. Die Wohnung mit der großen Dachterrasse, zwei Etagen über ihrer. Irgendwann, vor ein paar Wochen hatte dort eine Party stattgefunden; jedenfalls waren Musik und Stimmen herübergeklungen, und einmal hatte sie vom Innenhof aus dort oben eine schlanke schwarzhaarige Frau gesehen, die rauchend am Geländer gestanden und vor sich hin gestarrt hatte.

Für einen Moment war Birte versucht, auf den Klingelknopf zu drücken. »Erzählen Sie mir etwas, Pierre Lavender – von Sawatzki und von der Lehrerin. Oder nein, erzählen Sie mir eine amüsante Geschichte, die nichts mit einem Verbrechen zu tun hat.« Doch so ein Gedanke war natürlich Unsinn. Es war kurz nach halb eins. Lavender lag vermutlich in teurer Daunenwäsche neben seiner schlanken schwarzhaarigen Frau und träumte etwas Schönes.

Mit dem Fahrstuhl fuhr Birte zu ihrer Wohnung hinauf. Obwohl sie hundemüde war, würde sie Mühe haben, in den Schlaf zu finden. In den Radionachrichten waren die Schüsse am Dom die Hauptmeldung gewesen. Schultke und seine Leute arbeiteten am Limit, vier Kriminaltechniker waren immer noch dabei, den Tatort nach Spuren abzusuchen, obwohl sie alle wussten, dass sie nichts finden würden. Der Richter war ein Phantom, aber wieso war er am Donnerstag so plötzlich aufgetaucht und hatte nun seinen dritten Mord begangen?

In ihrer Wohnungstür klemmte in Augenhöhe eine Visitenkarte. Das gewichtige Logo L & L erkannte sie sofort. Darunter stand in schwarzer Tinte gut lesbar geschrieben: »Gehen wir mal essen? P. L.«

Ja, dachte sie und spürte, dass sie unwillkürlich lächelte, ja, P. L., wir gehen mal miteinander essen, aber erst, wenn ich diesen Fall gelöst habe.

Als ihr Smartphone sie weckte, hatte sie das Gefühl, höchstens zwei Stunden geschlafen zu haben. Es war noch dunkel draußen, kein Laut war zu hören, doch es war bereits zwanzig vor sieben. Jans Name leuchtete auf dem Display auf.

»Jan«, hauchte sie in den Apparat, »ich hoffe, es gibt keine schlechten Nachrichten.«

»Nein«, erwiderte er, »wir haben aber gleich einen Termin. Ich hole dich in zwanzig Minuten ab.«

»Was für einen Termin?« Mühsam richtete Birte sich auf, doch Jan hatte die Verbindung bereits unterbrochen. Er hatte völlig wach geklungen, so, als wäre er mindestens seit einer Stunde auf den Beinen, fiel ihr auf, während sie ins Bad schlurfte.

Schon dreizehn Minuten später klingelte es.

»Beeil dich«, rief Jan durch die Gegensprechanlage, als hätte sie ihn warten lassen.

Er war unrasiert, ein rauer Dreitagebart, der seine stechend blauen Augen besonders zur Geltung brachte, er roch nach Kaffee, und seine schlechte Laune war ihm zehn Meilen gegen den Wind anzumerken.

»Schöne Träume gehabt?«, fragte er mürrisch.

Birte antwortete nicht darauf. Sie verwarf auch den Gedanken, ihm von Pierre Lavender zu erzählen, dass der Anwalt zwei Etagen über ihr wohnte und sie mit ihm gesprochen hatte. »Wohin fahren wir?«, fragte sie stattdessen. »Warum tust du so geheimnisvoll?«

»Ich dachte, ich lade dich mal zu einem Kaffee ein, nachträglich zum Geburtstag«, war seine Antwort, während er schon startete. Sie fuhren den Klettenberggürtel in Richtung Ehrenfeld hinunter. Es herrschte reger Verkehr. Birte wusste, dass sie immer ein Nordlicht sein würde, Hamburg war und blieb ihre Stadt. Manchmal hatte sie so ein heftiges Heimweh, dass sie sich im Internet Bilder vom Hafen und den Landungsbrücken ansah. Aber immerhin kannte sie sich mittlerweile ziemlich gut in Köln aus.

»Du hast mich so früh abgeholt, um mit mir zu Franks Café zu fahren?« Birte beobachtete verwundert, wie Jan auf dem Ehrenfeldgürtel scharf abbog, um auf die Gegenspur zu gelangen. Franks Café war nicht viel mehr als ein besserer Kiosk, aber Jan liebte diesen Ort. Nirgendwo trank er seinen Kaffee lieber.

Jan parkte direkt vor der Tür, halb auf dem Gehsteig. Mit einem Lächeln forderte er sie auf, auszusteigen. »Ich habe einen Überraschungsgast für dich eingeladen.«

Frank war ein Mann mit blondem schütteren Haar und noch jungenhaften Zügen, obwohl er bestimmt Mitte dreißig war. Mit seinem Zwillingsbruder Niko, den Birte erst einmal gesehen hatte, führte er sein Café und sorgte dafür, dass es fast rund um die Uhr geöffnet hatte. Wenn der FC Köln gewonnen hatte, wehte draußen die Vereinsfahne im Wind.

Lässig winkte Frank herüber und meinte: »Heute habe ich Kaffee aus Peru. Ist besonders bekömmlich.« Dann deutete er mit dem Daumen in die hintere Ecke seines Lokals.

Da, an dem letzten der drei schmalen, hässlichen Resopaltische, die Frank kürzlich gegen Stehtische getauscht hatte, kauerte ein Mann vor seinem Kaffee, den Birte nicht sogleich erkannte – der Überraschungsgast. Gerald Fitschen war im normalen Dienstalltag so etwas wie die fleischgewordene Korrektheit – sein dunkles Haar, das allmählich an den Seiten grau wurde, war immer ordentlich gescheitelt, er trug stets ein weißes Hemd, und er sprach langsam und so gewählt, dass es einem leicht auf die Nerven gehen konnte. Von ihm hieß es, dass er in seinen Dienstwagen nicht einmal seine Frau hatte einsteigen lassen, weil er ihn ja lediglich zu dienstlichen Zwecken nutzen dürfe. Auf seinem Schreibtisch stand eine ganze Batterie von gerahmten Fotos, seine Frau, die Kunstlehrerin an einem Gymnasium war, seine zwei Kinder, ein Junge und Mädchen, zwölf und dreizehn Jahre alt, und seine Eltern, eine Hausfrau und ein braver Verwaltungsbeamter aus dem Hunsrück.

Fitschen blickte mit rot unterlaufenen Augen auf. Wenn er überhaupt geschlafen hatte, dann allenfalls ein, zwei Stunden. Er nickte Birte zu. »Sie hatten recht«, sagte er zu Jan. »Der Kaffee ist wirklich gut. Nur Apfelkuchen wollte ich um diese Zeit nicht essen.«

Jan setzte sich. »Etwas anderes hat Frank nicht im Angebot. Aber wir können uns ja ein paar Stücke einpacken lassen.« Er lächelte Birte an, die sich gleichfalls einen der groben Holzstühle heranzog, den Frank offenbar irgendwo auf dem Sperrmüll ergattert hatte.

Frank brachte den Kaffee. »Schöne Scheiße – die Sache da am Dom«, nuschelte er. »Aber wahrscheinlich ist der Express dann schon um neun ausverkauft.«

Jan bedeutete ihm, dass er nun wieder hinter seinen Tresen verschwinden könne, und dann kam auch ein Arbeiter in orangefarbener Kluft herein, schnappte sich eine Zeitung und blickte verstohlen zu ihnen herüber.

»Du wunderst dich vielleicht, dass wir uns hier treffen«, begann Jan und schaute Birte an.

»Nein, kein bisschen«, gab sie ironisch zurück. Sie nippte an ihrem Kaffee und spürte, dass Fitschen sie beobachtete. »Ist doch gemütlich, hier so in trauter Runde zu sitzen.«

»Wir brauchen eine Strategie«, erklärte Jan, »und ich habe eine, habe ich mir heute Nacht ausgedacht. Ist nur nicht ganz ungefährlich und ziemlich ungewöhnlich. Wir haben es mit einem skrupellosen Täter zu tun, den irgendetwas dazu bringt, auf Leute zu schießen, die er für schuldig hält. Was ihn genau antreibt, wissen wir nicht – eine unbändige Wut, der Willen, diese schmutzige Welt ein wenig sauberer zu machen. Irgendetwas in dieser Art. Dass er seine Opfer persönlich kannte, können wir beinahe ausschließen. Dem jungen Italiener ist er mit ziemlicher Sicherheit noch nie begegnet. Er hat auf ihn geschossen, weil der etwas getan hat, was ihn störte – er hat gegen Kölns heiligstes Gebäude gepinkelt …«

»Alles gut und schön, Schiller«, unterbrach ihn Fitschen, »aber worauf wollen Sie hinaus?«

Jan nahm einen Schluck Kaffee. Der orangefarbene Arbeiter hatte den Kiosk wieder verlassen. Frank sortierte gemächlich Zeitungen ein.

»Ich glaube, dass wir zweigleisig fahren müssen«, erwiderte Jan. »Wir betreiben die normale Ermittlungsarbeit mit Hochdruck weiter, aber damit werden wir nicht weit kommen. Wir müssen anders vorgehen, verdeckt ermitteln, um an den Täter heranzukommen.«

Fitschen wischte sich über seinen Schnauzbart und blickte

Jan düster an. »Sie wollen ein Team verdeckter Ermittler haben? Aber wo sollen die ermitteln?«

»Nein«, sagte Jan ernst und voller Entschiedenheit. »Wir bauen einen Lockvogel auf. Wir konstruieren eine Geschichte, die wir in den Stadt-Anzeiger setzen. Ein Mann, der vor einundzwanzig Jahren eine Frau vergewaltigt und getötet hat, konnte aufgrund neuer DNA-Methoden zwar überführt werden, aber er kommt vor Gericht davon, weil das Gericht die Tötungsabsicht nicht beweisen kann. Somit liegt kein Mord vor, sondern nur Totschlag, und die Tat ist nach zwanzig Jahren verjährt. Der Vergewaltiger ist frei. Kann es eine größere Ungerechtigkeit geben?«

»Diese getürkte Geschichte soll der Stadt-Anzeiger bringen – und wer soll der Lockvogel sein? Willst du das machen? Das ist Wahnsinn! Jeder, der sich auf so etwas einlässt, schwebt in Lebensgefahr.« Birte begriff, warum Jan ihr und Fitschen diese Idee nicht im Präsidium unterbreitet hatte.

»Ich kann das nicht machen«, entgegnete Jan völlig ungerührt. »Mich wird der Täter mittlerweile kennen. Klar, die Sache birgt gewisse Risiken. Wir dürfen unseren Lockvogel Tag und Nacht nicht aus den Augen lassen. Er muss eine schusssichere Weste tragen. Vielleicht sollte er auf der Straße auch einen gepanzerten Hut aufsetzen, der als normales Kleidungsstück durchgeht. Aber das ist die einzige Möglichkeit, an den Täter heranzukommen.«

Sie schwiegen für ein paar Momente. Immer wieder kamen Kunden herein, die Zeitungen oder Zigaretten kauften, die sie aber nicht weiter beachteten. Frank hatte auch das Radio angestellt, Popmusik lief, sodass ihr Gespräch nicht mitgehört werden konnte.

»Wer soll dieser Lockvogel sein?«, fragte Fitschen dann heiser. Man sah ihm an, wie schwer es ihm fiel, diese Frage zu stellen – das war alles weit am Rand von normaler Polizeiarbeit, aber in zwei Stunden würde er sich auf ein Podium setzen und verkünden müssen, dass sie keine Spur vom Täter hatten, nur einen schwarzen Schatten auf einem Handyfoto, mit dem sie sich schon einmal lächerlich gemacht hatten.

»Wir müssen mit dem Lockvogel einen Deal eingehen.« Jan musterte Fitschen mit zusammengekniffenen Augen. »Es geht um einen Straftäter, ihm droht wegen Drogenvergehen eine mehrjährige Haftstrafe. Wir müssen ihm etwas anbieten – keinen Knast, wenn er uns hilft.«

»Wie soll das gehen?«, fragte Fitschen keuchend.

»Die Staatsanwältin – die Wimschneider – müssen wir auf unsere Seite ziehen. Die Drogen wurden für den Eigenbedarf erworben, der Typ ist Künstler, raucht seit über zwanzig Jahren Haschisch, eigentlich harmlos …«

Birte spürte ihr Entsetzen, das ihr wie ein Stich in die Brust fuhr. »Broder … Du willst deinen alten Freund Broder zum Lockvogel machen?«

Jan nickte und grinste verlegen. »Eigentlich war es seine Idee«, sagte er. »Broder macht es, wenn er dafür nicht in den Knast kommt.«

»Darf man hier rauchen?«, fragte Fitschen und kramte, ohne eine Antwort abzuwarten, eine Schachtel Zigaretten hervor.

Jan ließ sich von Frank ein paar Blätter Papier geben, dann begann er zu notieren, wie ihre Aktion Broder ablaufen sollte. Auch Fitschen verlor seine Zurückhaltung. Er rauchte seine zweite Zigarette und schien vollkommen in Jans Plan aufzugehen. Sie brauchten eine Legende für Broder, mussten einen Artikel über ihn und sein Foto in die Zeitung bringen, dann benötigten sie eine Wohnung, die sie zumindest akustisch überwachen konnten und die sich von außen gut bewachen ließ.

Birte hielt sich an ihrem Kaffee fest, sie beteiligte sich nicht an den Planungen. Jan, lag ihr auf der Zunge zu sagen, was ist, wenn Broder stirbt, wenn wir ihn nicht schützen können? Wie willst du mit dieser Schuld weiterleben? Reicht es dir nicht, dass dein Freund Gabriel Hagen, der alte Schriftsteller, ermordet worden ist, als er einen Tierquäler fassen wollte? Doch sie brachte keinen Einwand über die Lippen. Ihr Magen zog sich zusammen. Der starke schwarze Kaffee verursachte ihr Übelkeit.

»Natürlich müssen wir für die größte Geheimhaltung sorgen«, sagte Jan. »Im Präsidium dürfen nur Nele und Cremer von dieser

Aktion erfahren. Jeder andere Beteiligte wird zum absoluten Stillschweigen verdonnert.«

Fitschen nickte. »Dafür, dass die Wimschneider dichthält, werde ich sorgen«, warf er ein. Irgendwie schwangen nun Zuversicht und Dankbarkeit in seiner Stimme, als hätte Jan ihm einen Weg gewiesen, wie er aus dem Schlamassel herauskam, ein Phantom fassen zu müssen.

Frank brachte einen neuen Kaffee, er schaute Birte an, als ahne er, wie unwohl sie sich fühlte. Sie schüttelte den Kopf. Kein Kaffee mehr! Wie sollte man einen Mann wie Broder vor dem Richter schützen? Sie erinnerte sich, wie einmal Patrick, ihr liebster Kollege, in Hamburg angeschossen worden war, weil sie einen magersüchtigen Drogendealer nicht gründlich genug durchsucht hatte. Plötzlich hatte der Kiffer eine Pistole aus dem Hosenbund gezogen und geschossen. Eine Kugel hatte Patricks Arm durchschlagen und wichtige Nervenbahnen zerfetzt. Später hatte er nur noch im Innendienst eingesetzt werden können, und sie war fast wahnsinnig geworden vor Schuldgefühlen. Was Jan und Fitschen da planten, war Wahnsinn, nichts anderes.

»Ich möchte da nicht mitmachen«, hörte sie sich leise sagen. »Ich glaube nicht, dass man einen Lockvogel vor dem Richter schützen kann. Wenn er es will, wird er ihn töten.«

Jan, der irgendetwas von »passiver Bewaffnung des Lockvogels« phantasiert hatte, verstummte abrupt und legte seinen Kugelschreiber beiseite, während Fitschen seine Zigarette ausdrückte und sie ernst anschaute.

»Frau Hauptkommissarin Jessen«, erklärte der Kriminaldirektor förmlich, »ich verstehe Ihre Bedenken, auch mir –«, doch Jan unterbrach ihn rüde, als wäre er Fitschens Vorgesetzter.

»Das ist eine Ausnahmesituation, kapierst du das nicht?« Wütend funkelte er sie an. »Ganz Köln dreht durch, wenn wir diesen Kerl nicht schnappen. Die Menschen werden sich nicht mehr auf die Straße trauen, oder sie werden sich bewaffnen. Und die Presse wird über uns herfallen. Die Kölner Polizei – eine Lachnummer. Willst du das? Willst du, dass Leute wie dieser Ardan sich über uns lustig machen? Oder hast du eine bessere

Idee?« Die letzten Worte hatte er in einem sarkastischen Tonfall ausgesprochen.

So kannte sie ihn nicht – so autoritär und selbstherrlich.

Fitschen versuchte es noch einmal, nun mit sanfterer Stimme: »Ich habe mich überzeugen lassen, dass wir zu ungewöhnlichen Maßnahmen greifen und gewisse Risiken eingehen müssen, wenn wir eine Chance haben wollen, den Täter unschädlich zu machen.«

Birte beachtete ihn gar nicht, sie starrte Jan an. »Du wirst Broder umbringen«, sagte sie, »deinen besten und ältesten Freund. Er ist so blöd, sich auf diesen Deal einzulassen, weil er nicht versteht, was das alles bedeutet. Er hält es für ein Spiel, um dem Knast zu entgehen. Aber du bist nicht blöd. Du solltest wissen, um was es geht.« Dann stand sie auf und stürmte auf die Straße hinaus.

14

Als Schiller das Café verließ, war Birte verschwunden. Eine Sekunde lang hatte er gemeint, sie würde am Passat stehen und auf ihn und Fitschen warten, doch nein, so war sie nicht. Wahrscheinlich hockte sie in einer rumpelnden Straßenbahn und zockelte schlecht gelaunt nach Kalk ins Präsidium. Sollte sie die offiziellen Ermittlungen leiten, die zu nichts führen würden …

Zum ersten Mal hatte er einen richtigen Streit mit ihr, und er würde es nicht schaffen, sie auf seine Seite zu ziehen. Sie war stur, doch diesmal hatte sie unrecht.

Schiller hatte nicht geglaubt, dass es so leicht sein würde, Fitschen, diesen Prinzipienreiter, zu überzeugen. Nein, in Wahrheit hatte er ihn gar nicht überzeugt: Es war die Verzweiflung, die den Kriminaldirektor hatte einknicken lassen.

Die Schlagzeilen waren verheerend, wie man leicht sehen konnte, wenn man sich in Franks Laden umschaute. In allen Zeitungen war man sich sicher, dass der Richter wieder zugeschlagen habe – nun sei ein unschuldiger italienischer Junge erschossen worden. In den Kommentaren wurde der Polizei Unfähigkeit und Untätigkeit vorgeworfen. Niemand stellte die Frage, wie man diese Tat hätte verhindern können.

Fitschen fuhr in seinem BMW an ihm vorbei und hupte kurz. Nun würde der Kriminaldirektor der Staatsanwältin einen Hausbesuch abstatten. Schiller kehrte zu Frank ins Café zurück und ließ sich ein Stück Apfelkuchen bringen.

»Ihr sitzt in der Scheiße«, sagte Frank tonlos, während er ihm den Kuchen hinstellte. Ein Ausbund an Verständnis und Mitgefühl war Frank nie gewesen. Das hatte wohl auch Angelika, seine Ehefrau, vertrieben. Sie arbeitete nun in einem Wellnesshotel in der Eifel. »Möchte nicht in deiner Haut stecken.«

»Danke für deinen Zuspruch«, erwiderte Schiller. Er zog sein Smartphone hervor, dann überlegte er es sich anders. An das winzige Display hatte er sich noch nicht gewöhnt. Er ging mit dem Kuchen zu einem altertümlichen Computer hinüber, der auf einem kleinen Tisch hinter der Eingangstür stand. Bei Frank bekam man fast alles zu kaufen, Milch, Mehl, Tiefkühlpizza und Ravioli in Dosen, und man konnte faxen und im Internet surfen.

Schiller loggte sich ein. Dann tippte er die Adresse des Richters. Als Betreff schrieb er »feiges Arschloch«. Es konnte nichts schaden, den Richter ein wenig zu reizen, wenn man ihm eine Falle stellen wollte.

Wie soll man so ein Schwein wie Sie ansprechen? Einen feigen und kaltblütigen Mörder. Sie haben drei Menschen getötet – zuletzt einen harmlosen Jungen aus Italien, der nichts weiter wollte, als den Dom zu besichtigen. Und dann verstecken Sie sich hinter albernen Rechtfertigungen und Ausflüchten. Sie sind der gemeinste und hinterhältigste Mörder in der Geschichte Kölns. Ich bin schon vielen Verbrechern begegnet, aber niemand war feiger und heimtückischer. Wer sind Sie? Ein selbstherrlicher, einsamer Mann, dem die Frau davongelaufen ist? Der sich allen anderen Menschen überlegen glaubt? Der sich auf einem wahnwitzigen Feldzug befindet?
Wir werden Sie kriegen, Arschloch!
Jan Schiller, Hauptkommissar

Nachdem er auf »Senden« gedrückt und die Adresse des Richters gelöscht hatte, damit kein anderer Nutzer des Computers zufällig auf sie stieß, fühlte er sich für einen Moment erleichtert, als hätte er schon etwas erreicht. Dann rief er Carla an.

»Würdest du einen Kaffee kochen und Broder wecken?«, bat er sie. »Ich bin in dreißig Minuten da.«

Wenn Broder etwas passieren würde, wäre er erledigt – insoweit musste er Birte doch recht geben, aber Broder würde nichts geschehen. Die Kölner Polizei gegen einen Scheißkerl; es konnte nicht sein, dass sie diesen Kampf verloren.

Auf der Sülzburgstraße war kein Parkplatz zu finden, selbst an einem Dienstagmorgen nicht. Sie dürften Broder keinen Moment unbewacht lassen – Cremer und er, sie würden das nicht allein schaffen. Er würde Brasch engagieren, seinen ehemaligen Kollegen, der sich nun als Privatdetektiv durchschlug.

Außerdem würde Fitschen noch mindestens drei weitere fähige und verschwiegene Kollegen abkommandieren müssen.

Plötzlich, als Schiller in der Schleidener Straße parkte, fiel ihm etwas anderes ein. Ein unvermuteter, schriller Gedanke. Wann hatte er Carla zuletzt gesagt, dass er sie liebte? Dass sie das Wichtigste in seinem Leben war? Er nahm sein Smartphone und schrieb ihr eine SMS. »Nur so: Ich liebe Dich. J.«

Broder saß mit nassen, zurückgekämmten Haaren wie ein entspannter Mafiaboss in seiner Küche und rauchte. Die ganze Wohnung stank schon nach ihm – nach Farben und Zigaretten.

»Carla musste in ihre Praxis«, sagte er und prostete ihm mit seinem Kaffeebecher zu. »Wir können nun über alles reden. Vor allem darüber, dass ich was Schriftliches brauche. Kein Knast und so weiter. Den Deal mit der Staatsanwaltschaft. Außerdem muss ich wissen, wie lange diese Nummer als Lockvogel dauert. Ich bin gerade gut im Geschäft. Habe eine Menge Aufträge für Bilder.«

Was sollen das denn für Aufträge sein?, wollte Schiller entgegnen, doch es wäre wenig sinnvoll, Broder in schlechte Stimmung zu versetzen. »Würde es dir was ausmachen, weniger zu rauchen?«, fragte er stattdessen.

Broder nickte eifrig und zog an seiner Zigarette. Gleichzeitig ging eine SMS ein. »Liebe dich auch«, schrieb Carla.

»Wir müssen noch ein paar Details klären, aber wir machen den Deal«, sagte Schiller, obwohl er noch keine Nachricht von der Staatsanwältin hatte. »Du entgehst dem Knast. Kriegst vielleicht ein paar Monate offenen Vollzug. Wir lancieren für den Donnerstag oder Freitag einen Artikel im Stadt-Anzeiger. Bis dahin haben wir dir auch eine Wohnung organisiert. Irgendwie müssen wir deinen Namen und deine Telefonnummer noch registrieren lassen. Und wir dichten dir ein Café an, in dem du Stammgast bist und deine Freiheit feierst. Da kann der Richter dich abpassen.«

»Es muss aber ein guter Laden sein, wenn ich da den ganzen Tag hocken soll«, entgegnete Broder. »Das mit dem offenen Vollzug gefällt mir übrigens nicht. Ist in meinen Augen auch Knast. Also, Vorstrafe ja, Knast nein. Das ist die klare Ansage. Am besten rede ich darüber noch mit Lavender.«

»Lass deinen blöden Anwalt aus dem Spiel.« Schiller registrierte, dass eine weitere SMS eingegangen war. Nele fragte, wo er bleibe und ob er nicht an der Pressekonferenz teilnehme.

»Magenbeschwerden – komme später«, schrieb er zurück. Sollte doch Birte sich einmal auf das Podium setzen und sich grillen lassen.

Der Gedanke an das Café gefiel ihm – ja, es würde manches erleichtern, wenn sie den Richter an einen Ort locken könnten, den sie kannten und für einen Zugriff präpariert hatten. Gleichzeitig war es ein nicht zu unterschätzender Gefahrenpunkt; es durfte kein großes Café sein, in dem sich nicht allzu viele Menschen aufhielten. Ein Querschläger durfte keinen Unbeteiligten treffen. Frank, fiel ihm ein, eigentlich konnte das Ganze nur bei ihm stattfinden. Drei schmale Tische, die man aus dem Hinterzimmer durch einen Spiegel über der Eingangstür im Auge behalten konnte, und bei Frank hatte er keine Bedenken, ihn einzuweihen. Ein Nachteil war, dass sein Kiosk unmittelbar am Ehrenfeldgürtel lag. Viel Verkehr, viele Fußgänger draußen. Trotzdem, die Vorteile überwogen. Und Frank hatte auch noch eine Wohnung im Haus, die er selten nutzte, weil er seit einiger Zeit ein Haus am Stadtwald hatte. Möglicherweise konnte man Broder in der Wohnung einquartieren. Als Belohnung dürfte Frank beim nächsten Sommerfest der Polizei das Catering übernehmen.

»Wir brauchen ein Foto von dir«, sagte Schiller. »Am besten machen wir das gleich vor deinem Lieblingscafé. Dann müssen wir uns einen anderen Namen für dich überlegen und die Geschichte für den Artikel ausarbeiten.«

In der Nacht war Broder noch Feuer und Flamme gewesen, sich als Lockvogel zur Verfügung zu stellen. Nun wirkte er mürrisch, aber er war kein Frühaufsteher, wahrscheinlich benötigte er erst einmal ein Quantum an Nikotin und Kaffee, um auf Touren zu kommen.

»Ich brauche das schriftlich – kein Knast«, wiederholte er hartnäckig. Dann drückte er seine Zigarette aus. »Mit Carla hast du wirklich Glück gehabt – habe ich ja immer schon gewusst. Aber vielleicht heirate ich auch bald, kaufe mir ein Haus mit

Atelier in der Eifel. Monschau – ein hübsches Städtchen. Da laufen jede Menge Holländer und Belgier rum, die Geld haben, um sich ein paar schöne Bilder zu leisten.« Broder grinste herausfordernd, als wolle er Schiller zu ein paar Fragen verleiten. Wer will dich denn heiraten? Und wieso willst du Junkie auf einmal Kinder kriegen?

»Klasse«, sagte Schiller und grinste genauso spöttisch. »Dann kannst du für die Legende ja den Namen deiner Frau annehmen. Und wie viel Kinder willst du haben – zwei oder drei?« Er zog einen Kugelschreiber und die Papiere hervor, auf denen er mit Fitschen die Grundzüge ihrer Aktion skizziert hatte.

»Fünf Kinder«, erwiderte Broder. »Das erste heißt Jan – ein kleiner kauziger Junge, der sich im Dunkeln fürchtet und der versucht, an Regenrohren Wände hochzuklettern. Außerdem spielt er gerne Räuber und Gendarm und muss dann immer der Oberpolizist sein.«

»Schön, dass du so witzig bist.« Schillers Telefon klingelte. Fitschens Nummer leuchtete auf. Er nickte Broder entschuldigend zu und verließ dann die Küche.

»Schiller«, sagte Fitschen. »Ich muss gleich in die Pressekonferenz. Heute haben wir Rekordbesuch – über zweihundert Journalisten, darunter vierzehn Italiener, sogar CNN und ein japanisches Team sind angerückt. Schöne Scheiße!« Es war zu hören, wie er an einer Zigarette zog. »Ich habe mit der Wimschneider gesprochen. Sie hat mir keinen Blankoscheck ausgestellt, aber gemeint, ungewöhnliche Situationen erfordern ungewöhnliche Maßnahmen. Bereiten Sie alles vor, und sagen Sie Ihrem Freund, dass er nicht in den Knast muss. Zur Not erklären wir, dass jemand einen Schreibfehler gemacht hat, was die sichergestellte Menge von Marihuana angeht. In Wahrheit war die Menge viel kleiner – eineinhalb Gramm statt eineinhalb Kilo.« Wieder inhalierte er tief. »Alle sind total nervös. Um elf haben Neuendorf und ich einen Telefontermin mit dem Innenminister. Wünschen Sie mir Glück!« Dann legte Fitschen mit einem tiefen Seufzer auf.

Bereiten Sie alles vor! Fitschen, der korrekteste Polizeibeamte Kölns, deckte ihre Aktion. Noch vor vier Tagen wäre so etwas unvorstellbar gewesen, doch da war auch noch kein skrupelloser Mörder durch die Stadt gelaufen. Nun musste Schiller mit Frank sprechen und dafür sorgen, dass möglichst rasch ein Artikel im Stadt-Anzeiger erschien. Oertel, der Chef der Lokalredaktion, ein bärtiger Lockenkopf mit einer stadtbekannten Vorliebe fürs weibliche Geschlecht, war früher Polizeireporter gewesen, einmal hatte er Schiller sogar eine ganze Woche lang begleitet. Mit ihm musste Schiller unter vier Augen sprechen.

Als er aus dem Wohnzimmer in den Flur trat, hörte er, wie die Wohnungstür zugezogen wurde. War Carla noch einmal zurückgekehrt, weil sie etwas vergessen hatte? Aber wieso hatte sie sich dann nicht gemeldet?

In der Küche lag Broders letzte Zigarette auf seiner Untertasse und qualmte vor sich hin. Er selbst war verschwunden. Auf das oberste von Schillers Papieren war eine hastig hingekritzelte Notiz zu lesen. »Muss kurz weg«, hatte Broder geschrieben. »Melde mich.«

Schiller fluchte. Auf Broder war einfach kein Verlass – er hätte es eigentlich wissen müssen. Wahrscheinlich hatte der Mistkerl nicht einmal ein Handy dabei. Während Schiller zum Fenster eilte, um zu sehen, in welche Richtung Broder das Haus verließ, klingelte sein Telefon wieder.

»Vielleicht haben wir den Richter«, erklärte Nele atemlos. »Wir haben einen Tipp bekommen – irgendein Verrückter soll die ganze Nacht mit sich selbst geredet und dann Schüsse abgegeben haben.«

»Wer kümmert sich darum?«, fragte Schiller. Wahrscheinlich war es falscher Alarm – der erste von vielen, die nach den zahlreichen Artikeln in allen Zeitungen folgen würden. Wieso sollte der Richter die ganze Nacht vor sich hin quatschen und dadurch auf sich aufmerksam machen? Von Broder war nichts zu sehen. Die Zülpicher Straße lief er offenbar nicht hinunter.

»Birte ist schon rausgefahren«, erwiderte Nele. »Vielleicht willst du dir diesen Kerl ja auch ansehen.«

»Nein«, sagte Schiller. »Will ich nicht.«

15

Ja, musste der Richter sich eingestehen. Er hatte eindeutig falsch gehandelt, unüberlegt, aus einem Impuls heraus. Aber so etwas kam vor. Der Richter musste lernen, nicht zu wütend zu werden. Doch auch für seine Wut gab es eine Erklärung. Dieser dunkelhaarige Junge hatte ihn provoziert, erst hatte er zwei blonde Mädchen angeglotzt und ihnen etwas vermutlich Anzügliches hinterhergerufen, dann hatte er mit großer Geste seinen Rucksack abgelegt, seine Hose geöffnet und im hohen Bogen, beinahe triumphierend, gegen den Dom gepinkelt. Und niemanden hatte es gestört. Das war der viel größere Skandal.

Wo war die Welt hingekommen, wenn man so etwas durchgehen ließ?

Der Richter hatte zweimal gefeuert. Dann war er weitergegangen, hatte die Schreie ignoriert und sich im Dom-Hotel ein Drei-Gänge-Menü servieren lassen.

Man hatte ihn ausgesucht höflich bedient, was ihn einigermaßen beruhigt hatte.

Wenig später hatte er die Sirenen gehört, und als er nachfragte, was draußen passiert sei, hatte man sich nicht getraut, ihm die Wahrheit zu sagen. Wahrscheinlich eine Demonstration, hatte der Kellner erwidert, komme auf der Domplatte häufiger vor, da demonstrierten alle naselang Kurden oder Chinesen oder Iraner. Dabei hatte der Mann ironisch gelächelt.

Der Richter hatte es sich schmecken lassen. Er war auch nicht unruhig geworden, als zwei uniformierte Beamte gekommen waren und ihn befragt hatten, ob er vor dem Dom etwas Verdächtiges wahrgenommen habe.

Etwas Verdächtiges? Nein, er habe hier in aller Ruhe sein Abendessen zu sich genommen.

Dann hatten die Beamten sich entschuldigt und waren wieder abgezogen.

Erst der Sanftmütige hatte ihm später Vorwürfe gemacht. Wieso schießt du auf einen pinkelwütigen Italiener? Der Junge ist vermutlich tot, verdammt. Hatten wir uns nicht geeinigt, dass du den einen großen Schuldigen töten solltest?

Um den Sanftmütigen zu beruhigen, hatte er die E-Mail an den Polizisten geschrieben, der offenbar die Ermittlungen leitete – einen bleichen, gehetzt wirkenden Mann. So hatte er jedenfalls im Fernsehen bei der Pressekonferenz ausgesehen. Keiner hatte den Richter in dem Wettbüro beachtet. Die Unauffälligkeit war sein größter Schutz. Auch auf der Domplatte hatte ihn anscheinend niemand wahrgenommen.

Aber eigentlich hatte er versagt. Er hatte den großen Schuldigen nicht bestraft, er hatte nicht einmal herausgefunden, wann der große Schuldige im Dom eine Messe lesen würde. Der Domschweizer, den er gefragt hatte, hatte nur mit den Achseln gezuckt und erklärt: »Der Herr Erzbischof hat viele Schafe, um die er sich kümmern muss.« Eine Antwort, die den Richter richtig wütend gemacht hatte. Vielleicht hätte er sonst gar nicht auf den Wildpinkler geschossen. So gesehen kam dem Domschweizer die Hälfte der Schuld zu.

Zurück in seinem Zimmer, waren die Schreie wieder in seinem Kopf. Er wimmerte wie ein kleines Kind. Er hatte Angst, er hörte die Explosionen, er nahm sich vor, das Zimmer nie wieder zu verlassen. Nicht einmal Mahler konnte ihn beruhigen – das Adagietto aus der fünften Sinfonie verklang, ohne ihn zu trösten.

Er brauchte die halbe Nacht, um sich zu beruhigen.

Dann übernahm der Sanftmütige wieder. Er dachte an Margret und an seine Mutter, sie hätte ihm die Hand auf die Stirn gelegt und gefragt, ob er Fieber habe. Und vielleicht hätte sie ihm einen Kuchen gebacken, und er hätte den Löffel ablecken dürfen. An Margret, seine Jugendliebe, hatte er schon lange nicht mehr gedacht.

Er hatte immer Angst vor dem Tod gehabt, fiel ihm ein, der Tod war meistens hässlich, und er wartete überall, und man sollte ihn nicht anfassen, selbst mit sauberen weißen Handschuhen nicht. Die Angst vor Gott hatte er verloren. Gott schaute weg, verlor sich irgendwo in den Tiefen des Universums.

Die Schreie in seinem Kopf verhallten erst, als er sich wieder um den Erzbischof kümmerte und im Internet nach neueren Informationen suchte. Rudolf Laer lebte im erzbischöflichen

Haus in der Kardinal-Frings-Straße, ein paar hundert Meter vom Dom entfernt. Da hatte er eine schöne Wohnung, in die sogar der Papst schon zu Besuch gekommen war. Genau dort musste der Richter ihn abpassen, um all den Schreien in seinem Kopf zu entkommen.

16

Ihr Ärger über Jan verrauchte nicht. Sah er nicht, was er da anrichtete? Auf dem Silbertablett würde er seinen Freund Broder als Opfer darbieten, aber vielleicht würde der Richter die Falle wittern und nicht darauf eingehen.

Birte ließ sich mit einem Taxi zum Präsidium fahren. »Gehören Sie auch zu diesem Haufen?«, fragte sie der Fahrer, ein junger Türke, als er vor dem Eingang hielt und ihr das Wechselgeld reichte. Ohne ihre Entgegnung abzuwarten, sagte er: »Dann kriegen Sie mal den Arsch hoch und schnappen Sie sich diesen Irren.«

»Wir tun unser Bestes«, gab sie viel zu leise und defensiv zurück.

Nele und auch Bert Cremer waren schon im Büro. Drei Kriminalassistenten saßen bei ihm, um die Berichte der Beamten von der Domplatte auszuwerten. Aber bisher Fehlanzeige. Niemand hatte etwas gesehen, und Videoaufzeichnungen vom Bahnhof und vom Römisch-Germanischen Museum zeigten auch keine Auffälligkeiten.

»Schultke hat sich für ein paar Stunden hingelegt«, sagte Nele, während sie Birte eine schmale Akte hinlegte. »Aber eines ist nun ganz sicher. Der Richter hat geschossen. Die zwei Kugeln, die den Italiener getötet haben, stammen höchstwahrscheinlich aus seiner polnischen Radom-Pistole.«

»Er hat nur diese eine Waffe.« Birte blickte nachdenklich zum Dom hinüber. »Was ist das für ein Mann? Doch ein Rechtsradikaler, der ausgerastet ist? Zumindest ist er absolut kaltblütig. Es müssen Hunderte von Menschen am Dom gewesen sein, als er abgedrückt hat.«

Nele nickte. »Wir haben allein über sechzig Zeugen befragt. Ich habe auch einen Bericht vom Verfassungsschutz über die rechte Szene in Köln angefordert. Vielleicht ist ja ein Hinweis dabei. Und noch etwas … Zwei Ermittler vom LKA haben sich angekündigt. Sieht so aus, als wollten sie sich einschalten. Fitschen konnte ich noch nicht erreichen.«

Der Herr Kriminaldirektor, hätte Birte am liebsten erwidert, hat sein Handy abgestellt, weil er mit Jan einen aberwitzigen Plan schmiedet.

Dann wurde Nele an ihr Telefon gerufen. Dreißig Sekunden später tauchte sie erneut im Türrahmen auf. »Ein Notruf ist unter 110 eingegangen. Jemand glaubt, dass der Richter in seinem Haus wohnt. Und Schüsse sollen auch gefallen sein.«

Ein Streifenwagen parkte bereits vor dem Haus. Zwei blutjunge uniformierte Beamte standen unschlüssig neben einem älteren Mann, der einen grauen Kittel trug. Die Rosenstraße war eine schmale, hässliche Straße. Ganz in der Nähe hatte sie ihre eine, fatale Nacht mit Hinrichs verbracht, erinnerte Birte sich, als sie ausstieg.

Der Mann in dem Kittel schaute sie missmutig an, nachdem sie sich vorgestellt und ihren Ausweis gezückt hatte. Dann deutete er zu einem Fenster in der ersten Etage. »Sie sind jetzt die Oberpolizistin? Da wohnt er – hat die ganze Nacht geredet, gesungen und geredet, irgendwas Kirchliches, heilige Maria, so ein Zeug, und dann hat er geschossen, zweimal, hat sich jedenfalls so angehört.«

»Wer wohnt denn da genau?«, fragte Birte.

»Ich bin der Hausmeister, wohne im Parterre, schon seit dreißig Jahren«, erwiderte der Mann, als hätte er ihre Frage nicht gehört. »Ich glaube, dass der alte Schafmeister allmählich durchdreht. Neulich nachts tropfte Wasser durch die Decke, und dann hat er mit seinem Auto einen Unfall gebaut – ist einem hintendrauf gefahren, Totalschaden.«

Birte blickte die beiden Polizisten an und verdrehte die Augen. Der ältere der beiden Jungspunde grinste zurück. »Vielleicht klingeln wir einfach mal«, sagte er dann.

»Wollen Sie nicht Verstärkung holen?«, fragte der Hausmeister. »Mit dem Schafmeister ist nicht zu spaßen.«

»Wir verschaffen uns erst einmal einen Eindruck«, erklärte Birte. »Können Sie uns die Haustür aufschließen?«

Der Mann nickte. »Früher hat Schafmeister auch einen Hund gehabt, einen bissigen Dackel«, sprach er vor sich hin, »und seine Frau habe ich schon lange nicht mehr gesehen.«

»Wie alt genau ist denn dieser Herr Schafmeister?«, fragte Birte, während sie sich dem Hauseingang näherten.

»Anfang siebzig«, erwiderte der Hausmeister, »aber sie ist bedeutend älter, wahrscheinlich weit über achtzig.«

Ein altes wunderliches Ehepaar wurde nun für gemeingefährlich gehalten, dachte Birte. Das war die andere Seite der drei Morde des Richters – auf einmal erschien selbst ein kleiner Familienstreit verdächtig und gefährlich.

Das Treppenhaus roch muffig, ein roter abgenutzter Teppich spannte sich über die Holztreppe. Vier Parteien wohnten nur im Haus. Nicht viel Arbeit für einen Verwalter.

Birte schob sich an den beiden Polizisten vorbei und war im Begriff, auf den Klingelknopf zu drücken, als aus dem Inneren der Wohnung ein Knall ertönte.

»Da schießt tatsächlich jemand!«, rief der jüngere Polizist hinter ihr.

Birte zog ihre Dienstpistole und klingelte. »Herr Schafmeister – machen Sie auf«, rief sie, doch hinter der Tür war kein Geräusch mehr zu hören.

»Vielleicht sollten wir Verstärkung anfordern – das SEK«, zischte der jüngere Beamte.

Birte lauschte. Nun meinte sie, ein Wimmern zu hören, ein leises Murmeln, als bete da jemand vor sich hin. »Kriegen wir die Tür auf?«, fragte sie den stämmigeren der beiden Polizisten.

Der Mann nickte, dann zupfte er an seiner Mütze und warf sich gegen die Tür, die jedoch nicht nachgab.

»He«, rief der Hausmeister, der drei Stufen tiefer im Treppenhaus verharrte und sie misstrauisch beäugte. »Was machen Sie da? Wer ersetzt mir den Schaden?«

Birte beachtete ihn gar nicht, und der Beamte schnaufte einmal und rammte dann seine Schulter ein zweites Mal gegen die Holztür. Diesmal brach ein Scharnier, sodass die Tür nach innen kippte. Ein kräftiger Tritt, dann konnten sie eindringen. Aber etwas ließ Birte und die Polizisten innehalten. Irritiert blickte Birte in die Wohnung hinein. Ein schmaler Flur mit einem altmodischen Läufer aus Bast, ein alter Garderobenständer und ein brauner Lederkoffer waren zu sehen, doch nicht dieses

Bild und das Murmeln, das nun deutlicher zu hören war, hielten sie zurück. Ein widerwärtiger Geruch drang aus der Wohnung, der ihr den Atem raubte und der nur eines bedeuten konnte.

Der Beamte neben ihr hatte sogleich ein Taschentuch ergriffen, das er sich vor die Nase presste, und schaute sie fragend an. Offenbar wusste er diesen Gestank nicht einzuordnen.

»Was macht der Schafmeister da?«, schnauzte der Hausmeister von der Treppe. »Das stinkt ja bestialisch.«

»Rufen Sie die Rechtsmedizin.« Birte wandte sich an den zweiten Polizisten, dann nahm sie einen langen Atemzug und tauchte förmlich in die Wohnung hinein.

Das Murmeln drang aus einem Zimmer, das links vom Flur lag. Birte beeilte sich, zur Tür zu gelangen. Vorsichtig packte sie mit der Linken den Griff und stieß die Tür auf. Dabei hielt sie noch immer ihre Pistole in der rechten Hand. Auf einem gelben Stoffsofa, genau der Tür gegenüber, saß ein alter Mann, dem der Kopf auf die Brust gesunken war. Er hatte graue, wirr vom Kopf abstehende Haare und trug ein schmutziges Unterhemd, darüber breite Hosenträger. Er war unrasiert und brabbelte Worte vor sich hin, die Birte nicht verstehen konnte. Vor ihm auf dem Tisch lag eine schwarze Pistole. Noch schien er sie nicht bemerkt zu haben, er machte auch keine Anstalten, nach der Waffe zu greifen.

Birte visierte den Mann an und schritt auf ihn zu. Der Gestank war in diesem Zimmer nicht so heftig. Es war das Wohnzimmer, erkannte sie, zwei gelbe Sessel, ein Fernseher, eine Standuhr und eine dunkelbraune altmodische Schrankwand mit ein paar Büchern und allerlei Nippes. Über dem brabbelnden Alten hing ein Bild, das sie einmal in einem Buch über van Gogh gesehen hatte: »Die Kartoffelesser« – ein düsteres, deprimierendes Gemälde.

Als sie schon auf einen Meter heran war, begriff Birte, was der Alte vor sich hin murmelte: »Ich bin nicht würdig, dass du eingehst unter mein Dach … bin nicht würdig, dass du eingehst …«

Mit einer schnellen Bewegung riss sie die Pistole vom Tisch, dann erst schrak der Alte zusammen und starrte glasig zu ihr hinauf. Er brauchte einen Moment, um zu begreifen, dass da jemand vor ihm stand. Schließlich lächelte er. Seine viel zu großen Zähne strahlten sie an.

»Ich habe es nicht geschafft«, nuschelte er. »Konnte mich nicht umbringen, aber ich wollte die Mary ja nicht alleinlassen.«

Eine halbe Stunde später, während sie auf der Straße mit einer heftigen Übelkeit kämpfte und beobachtete, wie Schafmeister mit einem Krankenwagen abtransportiert wurde, erkannte Birte, welch eine Familientragödie sie und die zwei Polizisten aufgedeckt hatten. Natürlich hatte der verwirrte alte Mann nichts mit dem Richter zu tun. Die ganze Nacht hatte er versucht, sich umzubringen, hatte Bibelverse zitiert und mit seiner Pistole herumgefuchtelt, einer alten Sig Sauer, für die er sogar einen Waffenschein hatte. In der Küche, mit einem Tischtuch notdürftig bedeckt, lag seine Ehefrau Maria. Offenbar war sie vor etlichen Tagen gestürzt und hatte sich den Kopf an der Heizung aufgeschlagen. Die Verwesung hatte bereits eingesetzt.

Irgendwie hatte Georg Schafmeister versucht, sein Leben weiterzuführen, als sei nichts geschehen, wie die Spuren in der Wohnung verrieten. Er hatte Kaffee gekocht, hatte sich Brote und Müsli zubereitet und war einkaufen gegangen. Sogar Wäsche hatte er versucht zu waschen, und als der Gestank zu heftig wurde, hatte er Raumsprays versprüht und Erfrischungstücher auf das Tuch gelegt, das seine tote Frau verhüllte. Doch irgendwann in der letzten Nacht hatte ihn sein Lebenswille verlassen, oder vielleicht hatte er auch endlich begriffen, was mit seiner Frau geschehen war.

17

»Wir bringen die Geschichte«, sagte Brian Oertel, »aber nur, wenn wir hinterher exklusiv über die Hintergründe der Ermittlung berichten dürfen – falls das Ganze funktioniert hat.«

Schiller nickte. Sie saßen im Café des Theaters am Baumturm bei einem großen Milchkaffee. Es hatte nicht viel Mühe gekostet, Oertel aus der Redaktion des Stadt-Anzeigers herzulocken. Er war ein guter Journalist, der wusste, wie eine ungewöhnliche Geschichte aussah.

»Wenn es allerdings schiefgeht …« Oertel strich sich durch seine dichten Locken und lächelte, als müsse er eine Entschuldigung bereits vorwegnehmen. Es hieß, dass er eigentlich Schauspieler gewesen war, und seine gezierten Bewegungen verrieten, dass er jeden Raum zu einer kleinen Bühne machte. Aber er war der beste Verbündete, den Schiller sich vorstellen konnte. »… dann muss ich darauf bestehen, dass wir nur so etwas wie Amtshilfe geleistet haben. Den Hals darf mich die Sache nicht kosten.«

»Nichts wird schiefgehen«, erwiderte Schiller, obwohl sich sein Unbehagen mit jeder Stunde steigerte. Er hatte Frank bereits überredet, dass die Aktion bei ihm in seinem Café stattfinden konnte, aber Broder blieb verschwunden; auf seinem Handy, dessen Nummer Therese ihm gegeben hatte, meldete sich niemand. »Du hilfst uns nur, den Angelhaken nach dem Scheißkerl auszuwerfen.«

»Wenn wir den Artikel am Donnerstag drucken sollen, brauche ich bis morgen Mittag ein Foto von eurem Lockvogel.« Oertel zog sein iPhone heraus und machte sich eine Notiz. Um wen es sich bei dem Lockvogel genau handelte, hatte Schiller ihm nicht gesagt. »Den Text werde ich selber schreiben und ihn dann an der Redaktionskonferenz vorbei ins Blatt schieben.« Oertel blickte auf die Uhr. »Treffen wir uns morgen wieder hier. Um dreizehn Uhr?« Er machte Anstalten, sich zu erheben, als er plötzlich die Augen zusammenkniff und dann lächelte.

Eine blonde Frau näherte sich ihrem Tisch, wie Schiller aus den Augenwinkeln bemerkte. Vermutlich eine Journalistin von der Konkurrenz, aber nein, so freundlich hätte Oertel sie dann gewiss nicht angelächelt.

»Was können wir für Sie tun?«, fragte Oertel. Ganz Kavalier, war er aufgesprungen und präsentierte seine stattlichen ein Meter neunzig. Auch er gehörte zur Fraktion der passionierten Läufer, allerdings bevorzugte er das bergige Gelände in der Eifel.

Die Blonde blickte auf Schiller herab. Ihr Lächeln erlosch, sie wirkte groß und überaus schlank, ein Eindruck, den ihr eleganter grauer Hosenanzug noch betonte.

»Herr Hauptkommissar Schiller, nehme ich an«, sagte sie kühl und reichte ihm die Hand. Dann, bevor Schiller reagieren konnte, wandte sie sich an Oertel: »Würden Sie uns bitte entschuldigen? Wir haben ein dringendes Gespräch zu führen.«

Oertel nickte. »Gewiss«, sagte er, »aber darf ich Ihnen meine Visitenkarte …« Er hatte einen neuen, interessanten Kontakt gewittert und griff in seine Jacketttasche, doch die Blonde bürstete ihn mit einem eiskalten Blick ab. »Ich weiß, dass Sie Journalist sind. Ich brauche Ihre Karte nicht.«

Oertel grinste schief und verzog sich zur Tür. Schiller ahnte, dass er versuchen würde, heimlich ein Foto zu machen, um herauszufinden, wer diese kühle Schöne war, die ihn nach allen Regeln der Kunst verscheucht hatte.

Die Blonde setzte sich und seufzte, dann schob sie ein wenig angewidert Oertels Kaffeetasse von sich. Wenn sie eine Polizistin war, dann jemand mit einem Wahnsinnsgehalt, dachte Schiller. Ihre langen glänzenden Haare sahen nach einem teuren Friseur aus.

»Man hat mich schon gewarnt, dass Sie nicht der Gesprächigste sind«, erklärte die Frau mit einem Hauch von Beiläufigkeit in der Stimme. Sie winkte der Kellnerin zu und bestellte einen Kamillentee.

»Wer sind Sie?«, fragte Schiller, während er auf sein stumm geschaltetes Smartphone blickte. Drei Anrufe, zwei von Nele und einen von Carla. Nichts von Broder.

Die Blonde entblößte makellos weiße Zähne, aber nur ihr Mund lächelte, ihre Augen nicht. »Ich heiße Dr. Laura Diedrich,

ich komme vom LKA. Der Minister höchstpersönlich schickt mich, um Sie zu unterstützen.«

Laura Diedrich rührte ausgiebig ihren Tee. Nach ihrer Eröffnung, dass sie Hauptkommissarin mit einem abgeschlossenen Psychologiestudium und anschließender Promotion war, hatte sie offenbar beschlossen, ihn mit einem gelassenen Schweigen zu traktieren. Schiller fühlte sich einen Moment gewissermaßen auf eine Couch versetzt, wo man ihn zum Reden bringen und aushorchen wollte. Dann raffte er sich aus der Starre auf und bestellte sich einen zweiten Kaffee.

»Ist wirklich ermutigend, dass das LKA uns helfen will«, sagte er leicht spöttisch. »Haben Sie sich vielleicht die E-Mail des Richters angeschaut?«

Die Blonde runzelte die Stirn und blickte ihn über ihre Teetasse an. »Den Fall behalten Sie – vorläufig«, erklärte sie. »Ihr Kriminaldirektor Fitschen besteht auf seiner Zuständigkeit, und – ehrlich gesagt – haben wir in Düsseldorf schlechte Erfahrung damit gemacht, der Kölner Polizei Fälle wegzunehmen. Gab immer Ärger.« Sie trank ihren Tee und blickte auf die Straße hinaus. »Dieser Journalist sitzt noch in seinem Auto und starrt herüber. Was wollten Sie von ihm?«

Schiller nahm der Kellnerin den Kaffee ab. Dann lächelte er die Psychologin an und log: »Ich wusste nicht, dass Sie so schnell auftauchen würden. Ich wollte eine Einschätzung zu der E-Mail des Täters – von einem Mann, der sich mit Sprache auskennt.«

»Sie haben die E-Mail einem Journalisten gezeigt?« Laura Diedrich schaffte es, ehrlich empört zu klingen. Ihre Finger waren perfekt manikürt, erkannte Schiller, die Nägel mit einem glänzenden Lack überzogen.

»Er ist außerdem ein Freund – manchmal helfe ich ihm, manchmal er mir.«

»Verstehe, eine Hand wäscht die andere – kölscher Klüngel nennt man das wohl.« Sie lächelte matt und leckte sich wieder über die Lippen. »Ich habe mir die E-Mail sofort angeschaut. Es sind nur wenige Zeilen, aber man kann ein Profil daraus ableiten. Es liegt nahe, dass der Täter an einer narzisstischen

Störung leidet; er fühlt sich anderen Menschen überlegen, allein schon, dass er den Ausdruck ›Richter‹ benutzt, belegt das. Aber irgendetwas hat ihn in einen Rechtfertigungszwang versetzt. Er ist um die vierzig und hat eine höhere Schulbildung genossen. Ein Wort wie ›blasphemisch‹ gehört heute nicht mehr zum allgemeinen Sprachgebrauch. Außerdem glaubt er an Prinzipien, allerdings nur an die, die er selbst aufstellt.« Laura Diedrichs blickte Schiller an. Sie suchte nach Spuren dafür, ob sie ihn beeindruckt hatte. »Und der Mann ist ein Einzeltäter, mit gewöhnlichen Rechtsradikalen hat er nichts zu tun, zumindest gehört er keiner rechten Gruppierung an.«

»Ja«, sagte Schiller, »alles schön und gut, aber was hilft mir das, um ihn zu finden?«

»Antworten Sie ihm«, erwiderte die Psychologin. »Er kennt Sie und hat – aus welchen Gründen auch immer – den Kontakt zu Ihnen gesucht. Schreiben Sie ihm zurück und provozieren Sie ihn.«

Sein Telefon klingelte und verschaffte ihm ein paar Sekunden, um sich eine Entgegnung zurechtzulegen. Thereses Name leuchtete auf dem Display auf. Hatte sie Broder endlich gefunden?

»Ich habe ihm längst geschrieben«, erwiderte Schiller. Er sah, wie sich die Stirn der schönen Psychologin vor Überraschung und Ärger in Falten legte, dann nahm er das Gespräch an.

»Wo ist Broder?«, fragte er, bevor Therese auch nur eine Silbe hatte äußern können.

»Jung«, sagte sie, »keine Ahnung. Nicht mal Ela weiß, wo er ist. Ich fange allmählich auch an, mir Sorgen zu machen.«

»Wer ist Ela?« Schiller spürte den düsteren Blick, mit dem Laura Diedrich ihn bedachte.

»Ein kleines schwarzes Vögelchen – seine Freundin«, krächzte Therese. »Sie steht hier neben mir in Broders Atelier in der Moselstraße.«

Schiller brauchte zehn Minuten bis zu dem besetzten Haus in der Moselstraße, in dessen Hinterhof Broders Atelier lag. Aus jedem Fenster hingen Spruchbänder. »Tod dem Kapital«, »Kapitalisten, verpisst euch«, »Wir sind die Stadt!«. Langweilige Parolen, wie er fand. Er parkte auf der anderen Straßenseite. Eine Böschung führte zu einem Bahndamm hinauf.

Er hatte es mit einem Vorwand geschafft, sich von der Psychologin abzuseilen. Ein geheimer Informant könne eventuell etwas zu der Tatwaffe sagen, eine schlechte, leicht durchschaubare Lüge, die sie jedoch schluckte. Er versprach ihr, während er ihren Tee und seinen Kaffee bezahlte, in spätestens einer Stunde im Präsidium zu sein und ihr in der Zwischenzeit die E-Mail weiterzuleiten, die er dem Richter geschrieben hatte.

Als er das Café verließ, telefonierte sie bereits, und an ihrer mürrischen Miene meinte er abzulesen, dass sie sich über ihn beschwerte.

Eine Kollegin mehr, die mit seiner Arbeitsweise nicht klarkam.

Therese stand in ihrem babyblauen Mantel vor der offenen Tür des besetzten Hauses und kam dann winkend auf ihn zu, als sie ihn erkannt hatte. Eine riesige Laufmasche zierte ihr linkes Bein. In ihrer rechten Armbeuge schwang ihre braune abgewetzte Ledertasche, ohne die sie nie ihr Haus verließ. Sie war ein junges Mädchen, das im Körper einer alten Frau steckte. Schiller blieb einen Moment stehen. Ein Gefühl der Zuneigung überflutete ihn. Er verstand, was Broder gesagt hatte. Ja, auch er wäre nach dem Tod seiner Eltern ohne Therese verloren gewesen. Sie hatte ihn nicht bei sich aufnehmen können, weil sie als Hebamme ständig unterwegs war, aber sie hatte sich jeden Tag, den er in dem Kinderheim gewesen war, um ihn und Broder gekümmert.

Er küsste sie auf die Wange, was sie mit einem Kichern registrierte.

»Dachte, es ist vielleicht nicht so gut, wenn du das Haus betrittst. Ich meine, du bist Polizist … die riechen einen Polizisten sofort.« Sie schaute ihn lächelnd an. »Wir könnten Ela ein Essen ausgeben. Sie ist ganz dünn, und sie redet nicht viel.«

»Wo ist Broders Freundin?«, fragte Schiller. Er blickte die Straße hinunter zu dem besetzten Haus. Ein paar Fahrräder lehnten an der Hauswand. Außer den Spruchbändern war an der Fassade nichts auffällig.

»Sie kommt, wenn ich sie hole. Sie sitzt in Broders Atelier. Da schläft sie auch, auf einer alten Matratze. Keine schönen Zustände.« Die alte Hebamme schüttelte den Kopf. Dann beugte sie sich vor und flüsterte ihm verschwörerisch zu: »Die Kleine ist ein wenig komisch, aber ich glaube, Henning will sie wirklich heiraten.« Sie kicherte wieder. Bei seinem Vornamen nannte sie Broder selten.

»Ich muss wissen, wo er ist«, sagte Schiller. Sie waren an der offenen Haustür angekommen. Er blickte in einen engen Hausflur. Ein Tisch stand da, dahinter ein Stuhl. Zwei Feuerlöscher lagen auf dem Tisch.

»Weiß nicht, ob das eine so gute Idee ist, wenn du reingehst. Die jungen Leute sind ziemlich nervös. Sie rechnen mit der Räumung, sie haben überall Steine aufgehäuft und Feuerlöscher aufgestellt, weil sie sich verteidigen wollen ...« Therese seufzte. »Wohnungen sind einfach zu teuer. Vielleicht sollte ich sie in unsere Befreiungsfront holen.«

»Habt ihr mit euren Spinnereien immer noch nicht aufgehört?« Laute Musik drang aus der ersten Etage, harte Gitarrenriffs, dann sang jemand: »Macht kaputt, was euch kaputt macht.« Aber im Hausflur ließ sich niemand blicken. Schiller beschloss einzutreten.

»Goldmann schreibt einen Artikel über uns – warum wir Deutz befreien und unabhängig machen. Wir haben aber aufgehört, Parolen an Häuser zu sprühen. Wurde allmählich langweilig.« Therese folgte ihm ins Haus.

Eine Kladde lag neben den Feuerlöschern auf dem Tisch. »Gästebuch«, stand darauf, als wäre man in einem Hotel gelandet und sollte sich verewigen.

»Ich glaube, du bist der erste Polizist, der sich so weit hineinwagt«, flüsterte Therese belustigt.

»Wo ist die Kleine?«, fragte Schiller.

Ein dunkler Gang führte an einer Holztreppe vorbei in den Hof. Die Klappen an den Briefkästen waren alle aufgerissen worden – eine aufgeblasene Gummipuppe mit wulstigen Lippen lehnte an der Wand, der jemand eine Polizeimütze aufgesetzt hatte. Der Puppe hing das selbst gemalte Schild »Bullenschweine müssen leider draußen bleiben« um den Hals. Aus der ersten Etage klang nun ein Saxofon, das eindeutig einer der Besetzer spielte – schräg und ungeschliffen dröhnte es von oben.

Schiller öffnete die Tür zum Hof. Er schaute Therese an. »Weiß die Freundin, wo Broder abgeblieben sein könnte?«

Therese antwortete nicht. Ihr Telefon klingelte, sie fingerte das Gerät aus ihrer Tasche, blickte auf das Display. »Goldmann«, sagte sie. »Keine Ahnung, was der alte Knabe will. Da gehe ich jetzt nicht ran.« Mit einer kurzen Handbewegung drückte sie den Anruf weg. »Gestern hat er mir gesagt, dass ich der liebste Mensch für ihn bin.« Sie lächelte. »Goldmann ist ein Genie! Er hat als Historiker bedeutsame Bücher geschrieben. Über Revolutionäre wie Marx und Engels …«

Er will dich heiraten, hätte Schiller beinahe gesagt. Rechter Hand lag im Hof eine Wellblechhütte mit einem großen Fenster. Offenbar Broders Atelier – eine rostige Eisentür stand offen.

»He, wer seid ihr?«, rief eine Frauenstimme in den Hof hinunter.

Therese blickte hoch und winkte. »Alles klar, Liebchen, wir wollen zu Broder«, rief sie mit größter Heiterkeit und Seelenruhe.

»Wer ist der Typ?«, fragte die Frau misstrauisch. Sie war jung, hatte grellrote Haare, erkannte Schiller, ohne dass er offen zu ihr aufblickte.

»Broders Lieblingsbruder«, antwortete Therese immer noch völlig heiter.

Schiller trat ein. In dem Blechschuppen roch es nach Metall, nicht nach Farbe. Es waren auch keine Bilder zu sehen, sondern nur zwei Skulpturen, nein, eigentlich waren es eher Teile aus Schrott, die jemand zusammengeschweißt hatte. Wenn man sich Mühe machte, konnte man den kleinen Metallhaufen für eine Figur mit einem Kopf und zwei Armen halten. In einer Ecke lag eine Matratze vor einem alten Schrank, neben dem sich eine leere Staffelei befand.

»Ela, keine Angst, meine Liebe«, sagte Therese, als würde sie zu einem ängstlichen Kind sprechen.

Auf einem Stuhl, mitten im Sonnenlicht, das durch das

einzige, allerdings recht große Fenster hereinflutete, saß ein Mädchen mit schwarzen Haaren und einer bleichen weißlichen Haut. Ein heruntergekommenes Dornröschen, dachte Schiller unwillkürlich. Die Kleine konnte höchstens sechzehn sein. War Broder mit einem Kind zusammen?

Die Kleine blickte schüchtern auf, ihr Blick wirkte ein wenig benebelt.

Drogen, ging es Schiller durch den Kopf, Broder hat sich einen Junkie zur Freundin genommen. Er hob die Hände, fast als müsse er zeigen, dass er in guter Absicht kam.

»Ela, das ist Jan, Hennings bester Freund«, sagte Therese, die sich neben Schiller geschoben hatte. »Er sucht Henning genau wie du.«

»Ich weiß, wer Jan ist und warum er Broder sucht«, erwiderte Ela. Sie klang kaltschnäuzig, und sie war auch keine sechzehn, erkannte Schiller, Anfang oder Mitte zwanzig mochte sie sein. Ihr Blick klärte sich. Herausfordernd schaute sie Schiller an.

»Siehst nicht wie ein Polizist aus«, sagte sie. »Broder hat mich angerufen. Er muss noch etwas erledigen, dann kommt er. Er will schriftlich, dass er nicht ins Gefängnis muss.«

»Wo ist er?«, fragte Schiller. »Er kann nicht so einfach verschwinden. Wir haben etwas vor.«

»Wenn Broder bei dieser Scheißaktion stirbt, bringe ich dich um«, zischte Ela und spuckte aus. Plötzlich sah sie wie ein Mädchen aus, das schon eine Menge erlebt hat.

»Wenn Broder sich in alles richtig einweisen lässt, wird ihm nichts passieren«, erwiderte Schiller ungerührt. »Er bekommt eine schusssichere Weste, er wird verkabelt, und wir werden ihn nicht aus den Augen lassen.«

»Ich liebe Broder«, sagte Ela sanfter. Sie hielt plötzlich eine Zigarette in der Hand, die sie sich ansteckte. »Er ist ein Genie. Er malt wie ein Gott.«

Schiller blickte Therese an. »Köln ist anscheinend voller Genies«, sagte er. »Wusste ich gar nicht.«

Therese kicherte. »Klar«, sagte sie. »Vielleicht bist du auch eines.«

»Sicher nicht«, sagte Ela und starrte vor sich hin.

»Wann hat Broder dich angerufen?«, fragte Schiller.

Ela blickte wieder auf. Sie war auf bleich geschminkt, erkannte Schiller. Ihre Augen waren schwarz umrandet, damit sie noch dunkler wirkten.

»Vor zwei Stunden oder so«, erwiderte sie unwillig. »Er kommt nachher.«

»Davon hast du mir gar nichts erzählt«, meinte Therese ein wenig tadelnd.

Ela verzog angewidert das Gesicht.

»Wenn dieser Ausflug wieder was mit Drogen zu tun hat, kriegt er richtig Ärger.« Schiller griff sich den zweiten Stuhl, der in dem Raum stand, und wollte sich setzen, dann sah er, dass die Sitzfläche mit Staub überzogen war. Im nächsten Moment klingelte ein Telefon. Ela griff in eine der vielen Taschen an ihrer Khakihose und fischte ein nagelneues iPhone heraus.

Schiller hörte Broders Stimme, obwohl er einen Meter von dem Mädchen entfernt stand. »Scheiße!«, rief Broder. »Scheiße, Kleine, ich stecke in Schwierigkeiten. Wir müssen …« Dann wurde die Verbindung unterbrochen.

18

Das Licht tat ihm gut. Die Sonne schaffte es gelegentlich, zwischen den Wolken hervorzukommen. Er entschied sich, einen Spaziergang zu machen – über den Rudolfplatz zum Neumarkt, dann in Richtung Rhein. Schiffe anzuschauen hatte ihn früher schon fasziniert und beruhigt.

Der Tod des jungen Italieners setzte ihm noch immer zu. So weit hätte es der Richter nicht kommen lassen dürfen – jetzt war er der Sanftmütige, und der Richter hatte sich irgendwo tief in ihm verkrochen und ließ sich verleugnen. Manchmal war der Richter richtig feige. Er erinnerte sich noch, wann der Richter sich zum ersten Mal ans Tageslicht getraut hatte. Es war erst ein paar Wochen her. Im Flughafen war es gewesen, er war gerade aus Afrika gekommen. Kopfschmerzen hatte er gehabt, und auf einem Ohr war er nach der Explosion noch taub gewesen. Als er im Ankunftsgebäude gesehen hatte, wie ein Mann, der einen grauen Maßanzug trug, achtlos seinen Gepäckwagen mitten im Weg hatte stehen lassen, war er furchtbar wütend geworden. Er hatte fast Atemnot bekommen vor Entrüstung. Konnte dieser Mann seinen Gepäckwagen nicht an die Seite schieben?

»Hören Sie«, hatte jemand wütend geschrien, »würden Sie bitte Ihren verdammten Wagen ordentlich abstellen!« Erst ein paar Sekunden später hatte er begriffen, dass er selbst die Stimme erhoben hatte. Der Mann in dem Maßanzug hatte sich jedoch nicht einmal umgedreht. Voller Zorn war er ihm nachgeeilt, hatte sich vorgenommen, ihn am Kragen zu packen und zu dem Gepäckwagen zurückzuzerren, doch kurz bevor er ihn ergreifen konnte, war der Kerl in einem Taxi verschwunden. Er hatte ein paar Minuten gebraucht, um sich zu beruhigen und sich zu sagen, dass er sich wegen einer Lappalie so aufgeregt hatte. Danach waren diese Wutanfälle immer wieder gekommen, aber es gab auch genug Gründe, sich aufzuregen. Leute gingen bei Rot über die Ampel, selbst wenn Kinder dabeistanden, sie drängelten sich beim Einkaufen vor, sie logen und betrogen und … Ach, der Richter in ihm konnte sich kaum noch beruhigen, und doch: Den italienischen Jungen hätte er nicht erschießen dürfen.

Er hatte ein anderes Ziel, da waren sich der Sanftmutige und der Richter in ihm einig.

Vom Rhein bog er wieder ab. Am Dom, an der Stelle, an der er den Italiener getötet hatte, waren ein paar Kerzen aufgestellt worden. Jemand drückte ihm ein Flugblatt in die Hand. »Mehr Polizei – härtere Strafen«, las er die Überschrift, bevor er sich das Papier in die Manteltasche schob. Ja, sollten die Menschen über sich nachdenken, darüber, was sie alles falsch machten.

In der Kardinal-Frings-Straße war alles ruhig und friedlich. Er postierte sich vor dem Eingang zum erzbischöflichen Haus und wartete. Im Sonnenlicht war es ganz angenehm, einfach dazustehen. Ein Garten mit Beeten, Rasenflächen und Skulpturen gehörte zu dem Haus, in dem der Erzbischof und die Anwärter aus dem Priesterseminar oft und gern spazieren gingen. Für einen Moment fühlte er sich so wohl, dass er die Augen schloss, um tief einzuatmen. Der Richter … was würde der Richter tun, wenn er ihn endgültig besänftigt hatte, indem er den Erzbischof tötete?

Er wusste es nicht. Vielleicht würde der Richter dann wieder verschwinden, und er wäre nur noch der Sanftmütige.

Nein, nur sanftmütig war er auch früher nicht gewesen. Er erinnerte sich, warum er aufgehört hatte, Margret zu lieben. Er hatte sie einmal hinter der Kirche geküsst, doch dann war er bei ihr zu Hause gewesen. Ihr Zimmer war schmutzig und unordentlich gewesen, und die Wäsche, die sie aufhängen sollte, hatte sie einfach achtlos über die Leine geworfen. Das hatte ihn furchtbar gestört. Außerdem hatte auch sie ihn »den kleinen Bestatter« genannt.

In letzter Zeit dachte er wieder häufiger an sie. Er wurde alt – vielleicht lag es daran, dass Dinge aus den Tiefen seines Gedächtnisses ans Tageslicht gespült wurden.

»Entschuldigen Sie!« Eine Hand berührte ihn sanft am Arm. Vor Schrecken öffnete er die Augen. Ein junger Mann stand vor ihm, kurzes schwarzes Haar, dunkler Teint, forschende braune Augen.

»Ja?« Er straffte sich und blickte sich ein wenig panisch um.

Der junge Mann lächelte, entblößte gesunde weiße Zähne.

»Ich heiße Mario, ich komme aus dem Priesterseminar. Ich beobachte Sie schon eine ganze Weile. Sie stehen hier, als würden Sie Hilfe benötigen. Möchten Sie mit jemandem sprechen? Ist das der Grund, warum Sie hier stehen?«

»Nein!«, stieß er hervor und tastete nach der Pistole in seiner Manteltasche. Der Richter in ihm hätte sie am liebsten hervorgezogen, doch er konnte ihn mühsam zurückhalten. »Ich genieße nur die Sonne. Tut mir leid, wenn ich Sie aufgeschreckt habe.«

»Haben Sie gar nicht.« Der junge Mann lächelte wieder. Er war hübsch und noch jung, vielleicht fünfundzwanzig. Gab es also doch noch junge Männer, die Priester werden wollten? »Ehren Sie Gottes schönen Tag.« Er wandte sich ab und ging auf den Eingang des Priesterseminars zu. Bevor er die Tür öffnete, drehte er sich noch einmal um und winkte.

Er winkte zurück. »Gott ist nicht tot, er kümmert sich nur nicht mehr um uns«, sagte eine Stimme in ihm. Dann schlug er den Weg zum Eigelstein ein. Er wollte nachschauen, ob der bleiche, überforderte Kriminalkommissar ihm eine E-Mail geschrieben hatte. Sein Handy klingelte. Er musste zurück.

19

Sie war nach ihrem Einsatz so fertig, dass sie zum Rhein hinunterging und sich hinter dem Olympiamuseum auf eine Bank setzte. Die Sonne schien, ein milder Oktobertag. Was war mit dieser Stadt los? Jemand lief durch die Gegend und schoss wahllos auf Menschen, und ein alter Mann lebte neben seiner toten Frau und wusste keinen anderen Ausweg mehr, als sich zu erschießen. Die Sanitäter hatten versprochen, sich bei ihr zu melden. Sie wollten den alten Schafmeister zur Untersuchung ins Krankenhaus der Augustinerinnen in der Südstadt bringen, dann würden sie versuchen, einen Platz in einem Altenheim für ihn zu finden, und seine tote Frau würde in die Rechtsmedizin abtransportiert werden. In seine Wohnung würde der alte Mann vermutlich niemals zurückkehren.

Als ihr Telefon klingelte, sah Birte, dass während ihres Einsatzes drei Anrufe aufgelaufen waren.

Jan, dachte sie, vielleicht hatte er noch rechtzeitig eingesehen, dass sein Plan mit Broder viel zu gefährlich war, doch die Nummer, die auf dem Display aufleuchtete, kannte sie nicht.

»Hallo«, sagte eine Männerstimme.

Lars Becker, der Schauspieler, ließ nicht locker.

»Lars, danke für deine Geburtstagswünsche«, sagte sie, »doch im Moment habe ich keine Zeit, dich zu treffen.«

»Geburtstagswünsche? Sie hatten Geburtstag – wie schön!« Die Stimme lachte, sie klang selbstbewusst und kein bisschen verlegen. »Ich habe mir Ihre Handynummer besorgt«, sagte Pierre Lavender. »War gar nicht so einfach. Ich musste Ihre Kollegin im Präsidium ein wenig beschwindeln.«

»Hören Sie, ich habe wirklich keine Zeit.« Birte erhob sich, um zu ihrem Wagen zurückzukehren.

»Wer ist Lars?«, fragte Lavender unverschämt offen. »Ein aufdringlicher Verehrer? Ihr Freund kann es ja nicht sein –«

»Ich muss jetzt auflegen«, fiel Birte dem Anwalt ins Wort. »Ich hoffe, Ihrer Katze geht es gut.«

Sie hörte noch, wie er lachte, dann unterbrach sie die Verbindung. Was wollte der Anwalt von ihr? Nur ein Abendessen? Oder wollte er Informationen? Nein, da musste er andere Quellen suchen. Sie war mittlerweile einfach zu misstrauisch geworden, was Männer betraf – die normalen, die einfach eine Frau kennenlernen wollten ohne jeden Hintergedanken, waren offenbar ausgestorben.

Kaum hatte sie dem Rhein den Rücken zugewandt, klingelte ihr Telefon erneut.

Nele war am Apparat. »Hier drehen alle am Rad«, sagte sie atemlos. »Die Pressekonferenz hat ewig gedauert und war ein echter Reinfall. Fitschen war hinterher ganz deprimiert. Für die Journalisten sind wir die Idioten, total unfähig, typisch Köln, kriegen nichts auf die Reihe. Der tote Italiener hatte übrigens eine ganze Tüte Ecstasypillen in der Tasche. Sieht aus, als hätte er seine Reisen mit kleinen Dealereien bezahlt.«

»Mag sein«, erwiderte Birte, während sie die Rheinuferstraße überquerte. »Aber das ändert ja wohl nichts daran, dass unser Mann wieder zugeschlagen hat.« Den Begriff »Richter« vermied sie.

»Nein, wohl nicht«, erklärte Nele, »aber vielleicht haben wir doch etwas. Eine Kellnerin aus dem Dom-Hotel sitzt bei mir. Kurz nachdem die Schüsse gefallen sind, ist ein Mann etwas abgehetzt ins Restaurant gekommen. Er hat sich nahe ans Fenster gesetzt, als wolle er beobachten, was draußen geschieht.«

»Der Schütze ist ins Dom-Hotel gegangen, um etwas zu essen?«

»Könnte doch sein. Die Frau muss zum Dienst. Wann kannst du hier sein?«, fragte Nele.

»In zwanzig Minuten«, entgegnete Birte. Ihre düstere Stimmung fiel mit einem Schlag von ihr ab. Vielleicht hatten sie ihre erste richtige Spur.

»Wo ist eigentlich Jan?«, fragte Nele. »Ich habe ihn angerufen, aber er meldet sich nicht.«

Jan arbeitet an einem Megaplan, er hat nichts Geringeres vor, als seinen besten Freund ans Messer zu liefern, hätte Birte beinahe geantwortet, doch stattdessen sagte sie nur: »Keine Ahnung, wo er ist. Ich glaube, der Marathon ist ihm nicht gut bekommen.«

Konnte das sein? Jemand erschoss einen Menschen und ging dann seelenruhig in ein Restaurant? Birte versuchte, sich an die E-Mail zu erinnern, die der Richter geschrieben hatte. Er hatte kultiviert geklungen, hatte Fremdwörter benutzt, ein Akademiker wahrscheinlich. Der Mord an dem italienischen Jungen konnte nicht geplant gewesen sein; vielleicht war der Täter also tatsächlich auf dem Weg zum Dom-Hotel gewesen. Aber dann war der Mord noch kaltblütiger, als er ohnehin schon wirkte.

Die drei Anrufe stammten von Jan, von Lars Becker und von einer unbekannten Nummer. Während sie ins Präsidium zurückfuhr, rief sie Jan zurück, doch er nahm nicht ab. Vermutlich hockte er mit Broder zusammen und bereitete ihr Himmelfahrtskommando vor.

Die Kellnerin hieß Maja Blume, sie war Anfang zwanzig, blond gefärbt und dezent geschminkt. Zuerst entschuldigte sie sich, dass sie einen Tag gebraucht habe, um zur Polizei zu gehen, aber im Hotel würde man es nicht gern sehen, wenn sie über Gäste spräche.

»Es geht um Mord«, sagte Birte. Sie nahm den Kaffeebecher, den Nele ihr brachte, dankbar entgegen. Dann bat sie die Kellnerin mit in ihr Büro.

»Trotzdem – Gäste sind sakrosankt, heilig gewissermaßen.« Die junge Frau lispelte ein wenig und wirkte schüchtern.

»Wie sah der Mann aus, der kurz nach den Schüssen ins Hotel gekommen ist?« Birte legte ein Diktiergerät vor sich hin und schaltete es ein, nachdem sie Maja Blume einen kurzen Blick zugeworfen hatte, der mit einem Nicken erwiderte wurde.

»Er ist fast gleichzeitig hereingekommen – erst die zwei Schüsse, dann war er schon da.«

Gleichzeitig – wie sollte das denn passiert sein? Von der Domplatte vor dem Römisch-Germanischen Museum bis zum Restaurant im Hotel brauchte man wenigstens sechzig Sekunden, eher mehr.

Die junge Frau runzelte die Stirn. »Er wirkte nicht direkt außer Atem, allerdings ein wenig aufgeregt, nicht, dass seine Hände zitterten oder so, aber …« Sie verhaspelte sich, blickte auf ihre Hände. »Vielleicht täusche ich mich auch«, fügte sie leiser hinzu.

Birte seufzte. Eine Zeugin, die nach zwei Sätzen an sich selbst zu zweifeln begann – großartig. »Wie hat der Mann ausgesehen? War er jung oder eher älter? Welche Kleidung trug er?«

Die junge Frau blickte auf und strich sich nervös über ihren beigefarbenen Wollpullover. »Er war mittelalt, dunkles, gescheiteltes Haar, trug eine braune Hornbrille, er sah eher unauffällig aus, hatte schwarze Kleidung an, wie ein Professor. Ja, ich glaube, Professoren sehen so aus, irgendwie vornehm. Seine Haare waren schon ein wenig schütter.«

»Wenn wir Ihnen ein paar Zeichnungen vorführen – meinen Sie, dann würden Sie den Mann erkennen?« Birte bemühte sich, ihre Ungeduld aus ihrer Stimme herauszuhalten.

»Vielleicht«, entgegnete Maja Blume vage. »Ich kann nichts dafür, dass er recht durchschnittlich aussah. Ein Gast war er aber bestimmt nicht, dann hätte ich ihn ja öfter gesehen.«

Birte rief Roland Grauer an, den Fotografen aus der Kriminaltechnik. Er war auch in der Lage, am Computer Phantomzeichnungen zu erstellen. Viel Hoffnung hatte sie allerdings nicht, dass etwas dabei herauskommen würde.

»Sie ist nicht sonderlich intelligent, was?« Nele lehnte in der Tür, nachdem Grauer die Kellnerin abgeholt hatte. »Habe ich mir gleich gedacht, doch sie hat mich auf einen Gedanken gebracht. Ich habe mir die Gästeliste des Hotels angesehen und zwei interessante Namen gefunden. Ein gewisser Dr. Redecker wohnt zurzeit im Hotel.«

»Ja und?« Der Name Redecker sagte Birte nichts.

»Redecker ist Anwalt, meistens ist er im rechtsradikalen Milieu unterwegs. Zuletzt hat er einen Sänger verteidigt, der im Internet judenfeindliche Lieder verbreitet hat.«

»Und was macht der Kerl in Köln?«

Nele zuckte mit den Schultern. »Eigentlich lebt er in Berlin. Keine Ahnung, aber er wohnt schon seit über einer Woche im Dom-Hotel.«

»Und der zweite Name?«

Nele lächelte. »Eine kleine Überraschung – kein Gast, sondern jemand, der einen Tisch für zwei bestellt hatte, dann aber allein gegessen hat. Dr. Carl Lavender – seltsam, nicht wahr, dass er uns überall in die Quere kommt?«

Als sie Gotthard Redecker im Dom-Hotel gegenübertrat, war sie für einen Moment sicher, dass er der Mann war, den die Kellnerin ihr beschrieben hatte; er hatte gescheiteltes, schütteres Haar, trug eine strenge Brille und einen dunklen Anzug. Doch nein, der Anwalt war Stammgast im Hotel; sie hätte ihn daher kennen müssen.

Redecker erhob sich schwerfällig, er streckte ihr seine rechte Hand entgegen, die linke hing schlaff herab. Er bemerkte Birtes forschenden Blick.

»Ja, ganz recht«, sagte er mit einer überraschend melodiösen Stimme. »Mein linker Arm ist völlig unnutzlos. Ein Schlaganfall im letzten Urlaub, mitten im schönsten Sonnenschein auf der Long Street in Kapstadt. Zum Glück haben sie da hervorragende Ärzte.«

Birte hielt ihm ihre Dienstmarke hin. »Vielen Dank, dass Sie sich die Zeit –«

Er unterbrach sie unhöflich. »Ich weiß ja, was die Polizei denkt: Da rennt ein Rechtsradikaler durch die Gegend und schießt wahllos auf Leute, aber Sie haben unrecht. So ticken meine Mandanten nicht.« Er setzte sich wieder mühevoll und griff dann nach einer Tasse Tee, die vor ihm stand.

»Wie ticken Ihre Mandanten denn?« Birte setzte sich ebenfalls. Eine Kellnerin kam auf sie zu und nahm ihre Bestellung auf: Kaffee, schwarz, ohne Zucker – Jan, der Kaffeesüchtige, schien doch einen gewissen Einfluss auf sie zu haben.

»Meine Mandanten leiden an den Unzulänglichkeiten dieser Welt, sie stellen sich Fragen und haben manchmal die falschen Antworten darauf.« Redecker lächelte. »Ich bin im Übrigen kein Rechtsextremer, ich bin allerdings ein leidenschaftlicher Verfechter des Rechtsstaates, was für mich bedeutet, dass jeder vor Gericht einen Verteidiger bekommen soll – selbst wenn er rechtsradikalem Gedankengut nachhängt.«

»Sie kennen eine Menge Leute in der Szene. Gibt es niemanden, dem Sie es zutrauen würde, durch die Gegend zu laufen und –«

Wieder fiel Redecker ihr ins Wort. »Es kommt doch gar nicht darauf an, was ich jemandem zutraue. Sie verstehen das nicht: Diese Menschen haben auch Ideale, andere zwar, aber …« Sein Smartphone, das vor ihm lag, klingelte. Er warf einen Blick auf das Display und drückte den Anruf weg.

»Die Morde sind alle mit einer bestimmten Waffe begangen worden – einer Radom-Pistole, 9 mm Parabellum«, sagte Birte. »Auch zwei Ihrer Mandanten haben solch eine Waffe bei ihren Überfällen benutzt.«

Redecker lächelte. Nun wirkte er arrogant und überheblich. »Die Mandanten, von denen Sie sprechen, sind beide noch in Haft, in der Strafanstalt Verl genauer gesagt, und solch eine Waffe ist gar nicht so selten. Ich selbst besitze ein sehr gut erhaltenes Exemplar in meinem Haus in Berlin.«

»Falls mal ein Einbrecher vorbeikommt«, bemerkte Birte mit sanftem Spott.

Der Anwalt lächelte erneut, diesmal jedoch äußerst frostig. »Mir gefällt es, wenn Polizisten Humor haben, aber nein, ich besitze die Waffe, weil ich eine kleine Sammlung von alten Pistolen mein Eigen nenne. Ein Hobby, sozusagen, ganz legal im Übrigen.«

»Warum genau halten Sie sich seit über einer Woche im Dom-Hotel auf? Wegen der schönen Aussicht auf den Dom?« Birte beschloss, der Arroganz des Anwalts mit einer gewissen Entschiedenheit zu begegnen.

»Liebe gnädige Frau«, Redecker beugte sich ein wenig vor, »Sie sollten wissen, dass Sie einem Anwalt solch eine Frage gar nicht stellen dürfen. Aber Sie scheinen ja noch ein wenig unerfahren zu sein, daher will ich es Ihnen verraten. Ich sehe mir Galerien an, ich interessiere mich auch für moderne Kunst, müssen Sie wissen. Es gab ein paar interessante Versteigerungen. Und außerdem …« Er räusperte sich. »Ein Ratsherr der Stadt hat meine Hilfe erbeten, er hat die Kasse der Fraktion nicht so ganz korrekt geführt. Nun, solche Nachlässigkeiten passieren in diesen Kreisen schon einmal. Nichts Ernstes.« Er zwinkerte ihr gönnerhaft zu und erhob sich. »Der Kaffee geht selbstverständlich auf meine Kosten.« Ohne ihr die Hand zu reichen, wandte er sich zum Ausgang. Ein Mann, der wie aus Stahl wirkte, nur der linke, schlaffe Arm zeigte an, dass Redecker nicht ganz so unverletzlich war, wie er erscheinen wollte.

Ihr Telefon klingelte. »Wir haben nun eine Phantomzeichnung des Mannes aus dem Dom-Hotel. Soll ich sie an die Presse weitergeben?«

Birte überlegte einen Moment. »Nein«, sagte sie dann. »Ich will sie mir erst noch anschauen. Ich komme ins Präsidium.«

»Gut«, erwiderte Nele. »Ach, Jan hat sich gemeldet. Er will, dass wir ein Handy orten lassen.«

»Wen lässt er denn suchen?«

»Sehr merkwürdig. Seinen alten Schulfreund Henning Broder.«

20

Schiller versuchte ruhig zu bleiben. Er trank seinen dritten Kaffee, während er zusah, wie Ela sich genießerisch kauend über eine vegetarische Pizza hermachte. Therese hatte vorgeschlagen, der Kleinen ein Mittagessen auszugeben, um sie ein wenig versöhnlicher und kooperativer zu stimmen. Sie war tatsächlich ganz ausgehungert. Wo nur mochte Broder sie aufgelesen haben? Seine Fragen hatte sie zumeist mit Kopfschütteln und Schnauben beantwortet. Stammte sie aus Köln? Kopfschütteln. Arbeitete sie irgendwas? Nein. Hatte sie was gelernt? Nicken. Ja, klar, und was? Sie war Friseuse gewesen. In einem Dorf bei Wittlich in der Eifel. Immerhin – eine Antwort. Wie lange kannte sie Broder schon? Ein paar Monate, nein, drei Monate – seit sie sich gegen Mitternacht in einem Supermarkt am Ring getroffen und er sie mit in die Moselstraße genommen habe, seien sie zusammen.

»Ich bin seine Muse«, erklärte Ela kauend.

Therese kicherte, und Schiller glaubte, nun doch allmählich die Geduld zu verlieren.

Wo, verdammt, war Broder abgeblieben? Er hatte bei Nele eine Handyortung in Auftrag gegeben, aber vermutlich würde diese Prozedur bis in den Abend dauern, wenn man die Anfrage überhaupt ohne richterlichen Beschluss bearbeiten würde.

»Ela, ich hoffe, du verstehst, dass es wichtig ist, dass ich weiß, wo Broder ist. Wir haben eine Verabredung – ich muss einen Mörder finden.«

Nach der Pizza bestellte sie sich ein doppeltes Tiramisu und lächelte. »Ich habe keine Ahnung, wo Broder ist. Und wenn, würde ich es einem Bullen nicht sagen.«

Schiller spürte, wie ihm buchstäblich der Hals zuschwoll, dann ging bei Ela eine SMS ein. Sie wischte sich die schwarzen Haare auf dem bleichen Gesicht und blickte auf das Display. »Alles gut«, sagte sie und gewährte Schiller einen Blick.

»Ild – B«, stand da.

»Ich liebe dich, Broder«, flüsterte Ela. »Henning ist mein Seelenverwandter – er wird sich melden. Vielleicht muss er ein

Bild zu Ende malen. Er hat viel gemalt in letzter Zeit. Diese ekelhaft geschminkte Frau …«

»Welche ekelhaft geschminkte Frau?« Schiller schob das Smartphone zurück. Ihn beruhigte diese Nachricht keineswegs.

»Sie heißt Doro – sie hat Broder Aufträge gegeben. Ich glaube, sie findet ihn ziemlich gut.« Ela begann, das Tiramisu in sich hineinzulöffeln. Jede ihrer gemessenen Bewegungen empfand Schiller mittlerweile als aufreizend und provozierend. Ela wollte der Welt auf eine penetrante Art mitteilen, dass sie anders war – für sie galten weder Hektik noch Geschwindigkeit, sie tat alles nach eigenem Tempo.

»Wo kann ich diese Doro erreichen?«, fragte Schiller.

»Keine Ahnung.« Ela leckte den Löffel ab. »Sie arbeitet für irgendeine Galerie oder so.«

Nein, fiel Schiller ein. Broder hatte selbst von Versteigerungen gesprochen.

»Die Frau heißt Doro Graf«, warf Therese ein.

»Woher kennst du sie? Hast du ihre Kinder zur Welt gebracht?«, fragte Schiller. Die alte Hebamme hatte in mehr als fünfzig Jahren gewiss gut und gerne fünftausend Kindern in Köln auf die Welt geholfen. Nun arbeitete sie nur noch in der Nachsorge.

»Nee, Broder hat den Namen mal erwähnt. Diese Doro hat ihm fünftausend Euro für ein Bild bezahlt. Das Geld hat er mir gezeigt.«

Schiller tippte den Namen in sein Smartphone ein. Doro Graf, Kunsthaus Richartzhagen, Kunsthistorikerin, Schwerpunkt Moderne – im Internet war sie leicht zu finden. Er wählte die Nummer. Eine Sekretärin, deren Namen er nicht verstand, meldete sich. Frau Dr. Graf sei in Düsseldorf bei einem Klientenbesuch. Nein, eine Telefonnummer könne sie leider nicht weitergeben.

Schiller verabschiedete sich und legte auf.

Ela hatte den leeren Dessertteller genommen und leckte ihn ab. Dabei musterte sie Schiller spöttisch. Eindeutig, sie wollte ihn zur Weißglut bringen. Sobald der Fall geklärt war, würde er sich die Kleine vornehmen. Wenn sie nur ein Gramm Marihuana in der Tasche hatte, würde er ihr Schwierigkeiten machen, schwor er sich.

»Schreib deinem Lover zurück, dass er sich melden soll«, raunte er ihr zu. »Sofort. Ich habe keine Lust, wie ein Idiot hier den ganzen Tag auf ihn zu warten. Sonst blasen wir die ganze Aktion ab, und er wandert für mindestens ein Jahr in den Knast.«

»Sehr wohl.« Ela neigte höhnisch den Kopf und holte ihr Telefon hervor.

»Broder ist nicht so«, erklärte Therese. »Er wird sich melden. Er hat es versprochen.«

Schiller verzog das Gesicht. Manchmal ging ihm sogar der unerschütterliche Optimismus der Hebamme auf die Nerven. Als sein Telefon klingelte, sah er, dass es Carla war. Hatte Broder sich bei ihr gemeldet? Aber nein, sie konnte gar nicht wissen, dass er verschwunden war.

»Was ist los?«, fragte sie aufgeregt. »Ich komme eben zurück, und die Wohnungstür steht sperrangelweit offen.«

Er hätte wissen müssen, dass es nichts als Ärger bedeutete, sich mit Broder einzulassen. Carla hatte ihm einen Schlüssel gegeben. War er in die Wohnung zurückgekehrt, um etwas zu holen? Oder hatte er jemanden geschickt? Schiller spürte, dass es ihm schwerfiel, zu denken, so wütend war er. Sein ganzer Plan drohte zusammenzubrechen – Broder war einfach nicht zu trauen. Als Lockvogel würde er genauso unberechenbar bleiben. Ela und Therese hatten es vorgezogen, in Broders sogenanntem Atelier auf ihn zu warten. Die Hebamme hatte versprochen, sich zu melden, wenn sie eine Nachricht erhielt.

Schiller fand einen Parkplatz direkt vor seinem Haus und lief die Treppen hinauf. Carla hockte in der Küche und trank einen Tee. Sie lächelte, als er eintrat.

»Vielleicht ist alles nur ein Versehen«, sagte sie. »Das Schloss klemmt manchmal, und Henning weiß vielleicht nicht …«

»Fehlt etwas?«, unterbrach Schiller sie. »Hast du nachgesehen?«

Carla schüttelte den Kopf. »Ich glaube nicht, dass jemand etwas gestohlen hat. Warum bist du so wütend?«

»Broder ist verschwunden«, erklärte Schiller, dann ging er ins Bügelzimmer hinüber. Hatte Broder seine Sachen mitgenommen? Nein, ein Koffer lag auf dem Boden, seine Malutensilien waren überall im Raum verstreut. Einen Stuhl, den Broder aus der Küche mitgenommen hatte, hatte er schon über und über mit Farben besprenkelt. Auf der Staffelei stand eine leere Leinwand, als hätte Broder eben anfangen wollen zu malen. Wo war das Bild, an dem er zuletzt gearbeitet hatte? Schiller versuchte sich zu erinnern, wie es ausgesehen hatte, konnte es aber nicht.

»Was genau suchst du?« Carla schob sich neben ihn und berührte ihn an der Schulter.

»Das Bild, an dem Broder gemalt hat«, erwiderte Schiller. »Jemand ist gekommen und hat es gegen eine leere Leinwand eingetauscht.«

Carla zuckte mit den Schultern. »Er wollte es mir erst zeigen, wenn es fertig ist. Vielleicht hat er es geholt, weil er es jemandem zeigen wollte. Henning wird schon wieder auftauchen. Er ist nicht besonders zuverlässig, aber er wird dich nicht hängen lassen.«

»Ich brauche einen anderen Lockvogel«, erklärte Schiller.

Carla blickte ihn argwöhnisch an. »Du willst es doch wohl nicht selbst machen, oder? Wenn du das tust, dann werde ich …« Sie sprach ihre Drohung nicht aus.

»Der Täter kennt mich bereits. Ich habe an einen anderen gedacht. Matthias – vielleicht kann ich ihn überreden.«

»Brasch soll es machen?«, fragte Carla.

Matthias Brasch war früher ein geachteter Hauptkommissar der Kölner Polizei gewesen, bevor er ein paar Vorschriften zu viel überschritten hatte. Nun schlug er sich mehr schlecht als recht als Privatdetektiv durch. Er würde diese Aufgabe auch viel professioneller angehen.

»Ich werde ihn fragen, und dann wandert Broder in den Knast. Soll mir recht sein.«

Als er sein Smartphone hervorholte, klingelte es. Die Nummer kannte er nicht.

»Dr. Graf«, meldete sich eine energisch klingende Frauenstimme. »Sie hatten in meinem Büro angerufen.«

»Ganz recht«, erwiderte Schiller. »Wie ich gehört habe, haben Sie geschäftlich mit Henning Broder zu tun. Können Sie mir sagen, wo ich ihn finde?«

Die Stimme am anderen Ende der Verbindung lachte. Schiller stellte sich eine brünette, schlanke, selbstbewusste Frau vor, die irgendwo in einem Sportwagen saß und rauchte, während sie telefonierte. »Hören Sie«, sagte Doro Graf dann, »wer hat Ihnen denn das erzählt?«

»Haben Sie Broder kein Bild für fünftausend Euro abgekauft?«

»Nun ja …« Die Frau schnaubte. »Viel zu teuer, ich weiß, aber wir planen eine Ausstellung mit jungen Kölner Künstlern. Dazu darf Broder ein Bild beisteuern. Ist gewissermaßen ein Werkstipendium, wenn Sie so wollen.«

»Sonst haben Sie mit Broder keine Verbindung?«

»Junger Mann …« Doro Graf legte eine gehörige Portion Spott in ihre Stimme. »Wenn wir uns kennen würden, würden Sie wissen, dass Herr Broder nicht ganz meinem Stil entspricht – in jeder Hinsicht.«

21

Das fünfte Gebot. Wenn er mit etwas Schwierigkeiten hatte, dann mit dem fünften Gebot. Du sollst nicht töten. Aber andererseits – wie viele Stellen gab es allein in der Bibel, in denen der Tod von Menschen befohlen und gerechtfertigt wurde? Jahwe verlangte geradezu nach Opfern. Auge um Auge, Zahn um Zahn. Und war nicht das ganze Land früher voller Täter gewesen? Sein Vater, der Bestatter, hatte nie erzählt, was er im Krieg erlebt hatte. Fast war es, als hätte es den Krieg nie gegeben, als hätte die Geschichte eine kurze Auszeit genommen, eine gute Handvoll Jahre, an die sich niemand erinnerte, nicht einmal die gutmütige Mutter, die viel jünger als der Vater war. Doch dann hatte er im Nachlass des Vaters die alte Pistole mit reichlich Munition entdeckt. Daran würden die Polizisten sich die Zähne ausbeißen. Solch eine Pistole war nirgendwo registriert. War sein Vater doch zu etwas gut gewesen.

Du sollst nicht töten. Für Richter galten solche Gebote nicht. Manchmal war die Todesstrafe unumgänglich. Und was forderten die Stimmen in seinem Kopf anderes als Gerechtigkeit? Als er aus Afrika gekommen war, hatte er nur Schreie im Kopf gehabt, doch nun wurden diese Klänge immer deutlicher. Und noch etwas begriff der Richter. Mit seinen Gedanken an Margret war etwas falsch gewesen. Etwas hatte sich in seinem Geist verflüchtigt, hatte sich vorübergehend aufgelöst.

Er hatte schon einmal Recht gesprochen, vor vielen Jahren.

Margret war das Opfer gewesen. Sie hatte ihn ausgelacht und »der kleine Bestatter« genannt. In einem Wäldchen an der Niers war es gewesen. Margret hatte ihr lockiges braunes Haar mit einem gelben Haarband im Zaum gehalten, und das Haar hatte ein wenig wie Stroh im Hochsommer gerochen. Daran erinnerte sich der Richter noch. Sie hatten nebeneinander auf der Böschung gelegen. Seine rechte Hand hatte zaghaft ihre linke Brust berührt, keine üppige Brust, eher eine kleine, kaum wahrnehmbare Erhebung. Hoch oben am Himmel hatte sich eine Wolke aufgelöst. Es musste Anfang Juli gewesen sein. Sommerferien. Margret hatte vor ein paar Wochen Abitur gemacht und wollte nach Köln, um zu studieren. Lehrerin wollte sie werden. Die Niers hatte kaum Wasser geführt. Alles wäre gut geworden, wenn Margret nicht von seinem Vater gesprochen hätte, der ihr auch einmal im Vorbeigehen seine Hand auf die Brust gelegt hatte, und davon, wie sehr er seinem Vater gleiche. Dann hatte sie ihm ihre Zunge in den Mund geschoben und gelacht. »Mein kleiner, braver Bestatter«, hatte sie geflüstert und ihm ihre Hand in die Hose geschoben.

Sie war ein Flittchen, so hätte die Mutter sie bezeichnet.

Er hatte ihr erst nur vorsichtig die Hände um den Hals gelegt, dann kräftiger.

In dem Wäldchen an der Niers hatte er sie mit eigenen Händen begraben, tief genug, dass niemand sie finden konnte. Mit dem Wasser aus dem Fluss hatte er sich hinterher rein gewaschen und war nach Hause gegangen.

Wie lange war das her? Er erinnerte sich nicht genau.

Immerhin hatte der Richter sich dann eine lange Zeit nicht mehr gerührt, und der Sanftmütige hatte übernommen und Buße getan. Ja, eigentlich war sein ganzes Leben Buße für die paar Momente mit Margret an der Niers gewesen.

Dem Richter wurde das plötzlich klar. Und nun musste er sich wieder Ruhe verschaffen.

Der Erzbischof … Am nächsten Sonntag würde er im Dom das Hochamt zelebrieren, aber damit würde der Richter ein unkalkulierbares Risiko eingehen. Er musste einen anderen Weg finden, um zu Rudolf Laer zu gelangen.

22

Jans Stimmung war auf dem Tiefpunkt, wie Birte sofort bemerkte, als er ins Präsidium kam. Fitschen hatte sie alle zusammenrufen lassen – die große Runde.

Bert Cremer, Schultke, Nele, Jan, drei weitere Kollegen, die man mit Recherchen beauftragt hatte – alle waren sie da. Fitschen trat mit einer großen blonden Frau ein. Die Profilerin, wie Birte schon wusste, die man ihnen aus Düsseldorf geschickt hatte. Dr. Laura Diedrich, stellte sie sich vor. Sie wolle bei den Ermittlungen beratend helfen.

Jan schien sie geflissentlich zu ignorieren, während Fitschen versuchte, die bisherigen Ergebnisse zusammenzutragen, die mehr als karg waren. Drei Morde – eine Tatwaffe. Eine E-Mail des Täters. Ein unbrauchbares Handyfoto. Sowie die nicht sonderlich präzise Aussage einer Kellnerin aus dem Restaurant des Dom-Hotels.

Nele legte die Phantomzeichnung vor, die Grauer angefertigt hatte, und ließ sie herumgehen.

Jan schnaubte unwillig, als er die Zeichnung in den Händen hielt. Es fiel Birte leicht, seine Gedanken zu erraten. Ein mittelalter Mann mit Brille – ein Durchschnittsgesicht ohne jedes besondere Merkmal. Herr Mustermann als Täter.

»Sollen wir das wirklich an die Zeitungen weitergeben?«, fragte er mürrisch. »Nach der Pleite mit dem Handyfoto?«

Fitschen räusperte sich, doch bevor er etwas sagen konnte, hatte Frau Dr. Profilerin das Wort ergriffen. »Ich würde in jedem Fall dazu raten«, erklärte sie mit gezierten Handbewegungen. Sie trug sogar ein Perlenarmband, registrierte Birte staunend. »Jeder Mensch erkennt in einem Gesicht etwas anderes. Wo wir keine Besonderheit zu sehen glauben, entdeckt ein anderer möglicherweise markante Züge. Und in jedem Fall könnte es den Täter nervös machen und zu einer Reaktion verleiten.«

»Oder auch nicht«, warf Schiller ein.

Laura Diedrich lächelte ihn süffisant an. »Für Sie sollte es besonders wichtig sein, ihn hervorzulocken. Sie stehen doch in E-Mail-Kontakt mit ihm. Leider habe ich Ihre Antwort noch nicht bei meiner Analyse berücksichtigen können, da sie mir noch nicht vorlag.« Sie hüstelte vornehm, während Fitschen das Gesicht verzog.

»Frau Kracht«, wandte der Kriminaldirektor sich an Nele, »bitte geben Sie die Zeichnung an die Presse weiter. Es verdeutlicht auch, dass wir Erfolge bei der Ermittlung erzielen, dass sich Zeugen melden. Wir sind sehr auf Zeugen angewiesen.«

Birte hatte Fitschen noch nie so nervös erlebt, aber das war kein Wunder bei der Hektik, die ganz Köln erfasst hatte. Mit heiserer Stimme bat er die Profilerin, etwas zum möglichen Täter zu sagen.

Jan blickte unentwegt auf sein Smartphone, während Laura Diedrich eine kurze Beschreibung abgab: Der Mann sei etwa dreißig bis fünfundvierzig Jahre alt, verfüge über eine gute Schulbildung, er sei sehr von sich eingenommen, psychisch aber recht labil, voller Zorn auf die Gesellschaft, dass ihn so eine Lappalie wie Wildpinkeln zu seiner Waffe greifen ließ. Möglicherweise habe ihn ein besonderes Schicksal aus der Bahn geworfen – der Tod eines geliebten Menschen, den vielleicht ein anderer verschuldet hatte, den aber niemand zur Rechenschaft hatte ziehen können.

»Sollen wir alle Justizirrtümer der letzten Jahre durchgehen?«, fragte Jan.

Fitschen stöhnte, und die Profilerin erklärte, ja, möglicherweise komme man so auf seine Spur.

»Dann«, erklärte Jan, »sollten wir uns noch einmal diesen Ardan vornehmen – den Bruder des ersten Opfers.«

Birte sah, wie Nele die Augen verdrehte. Ja, was sollte das nun wieder? Wollte Jan die Profilerin von seinen eigenen Plänen mit Broder ablenken, oder glaubte er tatsächlich immer noch, der junge Kurde könnte etwas mit der Sache zu tun haben?

»Wieso sollte Ardan auf den Jungen am Dom geschossen haben?«, fragte Bert Cremer.

»Er will von seinem ersten Mord ablenken und uns der Lächerlichkeit preisgeben«, erwiderte Jan. Er schob sein Smartphone auf den Tisch. »Hier eine E-Mail mit einem Filmchen –

habe ich eben von diesem Arschloch geschickt bekommen.« Auf dem Display war ein Polizeiwagen zu sehen, der mit Blaulicht eine Straße entlangfuhr, dann kam eine Rakete ins Bild, die in provozierender Langsamkeit auf den Wagen zuhielt und ihn lautstark zur Explosion brachte. Über den Trümmern wurden blutrot die Buchstaben »Schöne Grüße an die Idioten von der Kölner Polizei – A.« eingeblendet.

»Ein hübsches Filmchen«, meinte Laura Diedrich, »aber beileibe kein Beweis. Da scheint jemand eher Ihren ganz persönlichen Zorn entfachen zu wollen, Herr Schiller.«

»Schon passiert«, entgegnete Jan.

Für einen Moment trat Schweigen ein. Dass Jan seine schlechte Laune ausgerechnet an der Profilerin ausließ, versetzte jeden im Raum kurz in Erstaunen. Dann ergriff Schultke das Wort. Er sprach von der leider unergiebigen Auswertung des letzten Tatorts am Dom und referierte dann über die Tatwaffe. Mittlerweile sei man ganz sicher, dass es sich um eine Pistolet Vis wz 35,9 mm Parabellum handele. Etwa zweitausend dieser Waffen seien in Deutschland legal gemeldet, wie viele illegale es gebe, sei leider unbekannt.

Fitschen nickte eifrig, obwohl das alles nichts wirklich Neues war.

Wenn man den Täter nicht zu einer neuen E-Mail verleiten könne, erklärte die Profilerin dann, müsse man vielleicht über eine andere Methode nachdenken. Ob jemand schon darüber nachgedacht habe, einen Lockvogel zu kreieren, der ins Täterschema passen könnte?

Plötzlich blickte Jan von seinem Smartphone auf. Birte sah, wie er lächelte, und im nächsten Moment klopfte es an der Tür.

Ein Mann mit dunklen halblangen Haaren, die schon von silbernen Strähnen durchsetzt waren, und der eine abgewetzte, ehemals schwarze Lederjacke trug, stand in der Tür. Matthias Brasch, ehemaliger Polizist und chronisch unterbeschäftigter Privatdetektiv.

Mit einer kaum hörbaren Entschuldigung, weil er da in eine Konferenz geplatzt war, wollte er sich wieder zurückziehen, doch Jan sprang auf, lächelte die Profilerin zuckersüß an und rief: »Nein, wir sind hier schon fertig.«

Dann eilte er Brasch nach.

Sie ärgerte sich über Jan. Nicht nur, dass er sie keines Blickes gewürdigt hatte und sich keinen Deut um ihre Teambesprechung scherte. Er verbarrikadierte sich auch geradezu mit Matthias Brasch in ihrem gemeinsamen Büro. Klar, obschon Broder offenbar immer noch verschwunden war, hatte er seinen Plan, einen Lockvogel zu installieren, keineswegs aufgegeben. Und nun hatte ihn die Profilerin gewissermaßen noch zu diesem aberwitzigen Plan ermuntert.

Missmutig lief Birte zu ihrem Dienstpassat hinunter. Sollte er machen, was er wollte – sie würde ihm nicht hinterherlaufen. Und wenn Brasch so verrückt war, sich auf dieses Himmelfahrtskommando einzulassen, war ihm nicht zu helfen.

Nele hatte ihr einen Termin bei Carl Lavender gemacht, dem Anwalt, der anscheinend überall seine Hände im Spiel hatte. Er hatte den jungen Türken verteidigt, Sawatzki, den toten Lehrer, und sogar Broder, wenn sie sich richtig erinnerte. Und er war der Vater von Pierre Lavender.

Sie spürte, dass ihre Nervosität wuchs. Was erhoffte sie sich von diesem Besuch? Mussten sie, was den Richter anging, nicht in eine ganz andere Richtung denken? Das Bild, das die Profilerin entworfen hatte, wies viel zu viele Lücken auf. Was brachte einen Menschen dazu, auf andere zu schießen, die sich eines kleinen Vergehens wie öffentliches Pinkeln schuldig gemacht hatten? Als Nächstes konnte jemand Opfer werden, der bei Rot über eine Ampel ging oder der auf seinem Fahrrad gegen die Fahrtrichtung in eine Einbahnstraße fuhr. Bei diesem Gedanken wurde ihr übel. Damit war jeder Kölner ein potenzielles Opfer. Eine Million Menschen, die es treffen konnte. Was war der Auslöser für diese Taten gewesen? Möglicherweise hatte den Täter ein besonderes Schicksal aus der Bahn geworfen, hatte die Profilerin gesagt. Der Tod eines geliebten Menschen, der nicht gesühnt worden war.

Ein Soldat, fiel Birte unvermittelt ein. War es denkbar, dass der Täter sich in sehr strengen, geordneten Lebensverhältnissen aufhielt, die dann gestört worden waren? Soldaten, die aus Afghanistan zurückkehrten etwa, litten oft unter posttraumatischen Erinnerungen, die es ihnen schwer machten, sich wieder einzugliedern. Birte hatte von Fällen gelesen, dass die Männer völlig apathisch wurden oder auch aggressiv.

Oder der Mann, den sie suchten, war ein Polizist, der einen Täter nicht hatte zur Strecke bringen können.

Sie nahm sich vor, Nele zu bitten, ein wenig zu recherchieren. Vielleicht sollte sie auch die Profilerin fragen, ob ihre Überlegungen nicht in diese Richtung gingen.

Vor dem Bürohaus am Salierring fand sie sofort einen Parkplatz. Sie hatte sich keine Strategie für ihre Befragung zurechtgelegt. Was genau wollte sie von Pierres Vater? Nein, sie durfte Lavender nicht einmal in Gedanken so nennen. Existierte eine Verbindung zwischen dem ersten und dem zweiten Opfer – zu dieser Frage konnte der Anwalt möglicherweise eine Antwort geben.

Ein protziges Schild wies die Kanzlei Lavender und Lavender aus. Mit einem eleganten, geräuschlosen Fahrstuhl fuhr sie in die fünfte Etage hinauf. Ihr Herz klopfte, wie sie voller Zorn auf sich selbst bemerkte. Fürchtete sie, Pierre Lavender zu begegnen? Nein, selbst wenn sie ihn hier sah, würde sie kühl an ihm vorbeigehen. Es war ein Routinebesuch.

Eine etwa vierzigjährige Frau mit gelockten, blond gefärbten Haaren saß an einer eleganten Rezeption und schaute sie neugierig an. »Sie sind die Polizistin?«, fragte sie freundlich.

Birte nickte und zückte ihren Ausweis.

»Dr. Lavender erwartet Sie bereits«, erklärte die Frau lächelnd. »Er entspannt sich ein wenig. War ein harter Tag für ihn.« Den letzten Satz sagte sie beinahe mitfühlend. »Sie dürfen mit dem Fahrstuhl in sein Allerheiligstes hinauffahren. Wünschen Sie Kaffee, Tee oder ein Mineralwasser?«

Birte winkte ab. »Nein, vielen Dank. Ich will nur ein paar Fragen stellen. Es wird nicht lange dauern.«

Die Frau lächelte wieder.

Der Fahrstuhl, den Birte betrat, war viel kleiner. Allenfalls zwei oder drei Personen fanden in der Kabine Platz, und er glitt auch nur eine Etage hinauf. Als die Tür sich öffnete, bemerkte Birte zuerst einen dicken blauen Teppich. Dann sah sie Chromstühle, die sich um einen Besprechungstisch reihten, über dem eine riesige weiße Kugel hing, offenbar die Lampe. Eine Wand wurde von einer Leinwand eingenommen, nein, es war wohl ein eher digitales Whiteboard.

»Ach, da sind Sie ja, Frau Jessen.« Eine Stimme ließ sie abrupt herumfahren. Auf der anderen Seite des Raumes, der anscheinend die ganze Etage einnahm, stand Carl Lavender, ein kleiner glatzköpfiger Mann mit einem buschigen Bart, der so gar keine Ähnlichkeit mit seinem Sohn hatte. Seine Freundlichkeit verblüffte Birte. Lavender galt als arrogant und unnahbar. Er schien sich tatsächlich zu freuen, sie zu sehen. Mit einer ausgestreckten Hand kam er ihr entgegen. »Sie kommen ursprünglich aus Hamburg, nicht wahr? Ich habe schon viel Gutes über Sie gehört.«

»So?« Sie beäugte ihn misstrauisch. »Informieren sich Anwälte über Kommissare der Kölner Polizei?«

Lavender schaute sie mit blitzenden Augen hinter seiner Brille an. »Anwälte tun das nicht, aber ich tue das. Ich bin gerne umfassend informiert.« Er wandte sich um. »Ich mache gerade eine kleine Pause. Vergnüge mich ein wenig.« Er deutete auf den Tisch hinter ihm.

Zuerst glaubte Birte, eine Modelleisenbahn vor sich zu haben, aber sie irrte sich, da gab es keine Schienen, keine Waggons. Eine grüne, leicht wellige Miniaturlandschaft mit Bäumen, Wiesen und Feldern war dort aufgebaut, zwei, drei altertümliche Gehöfte, ein Fluss mit zahlreichen Windungen – und Soldaten aus Zinn. Manche trugen eine Rüstung und waren zu Pferd, andere waren nur leicht bewaffnet.

»Ja, da staunen Sie«, sagte Lavender. »So entspanne ich mich zwischendurch von der Arbeit. Mein Sohn joggt durch die Gegend, andere spielen Golf oder hören Musik. Ich habe meine Ritterschlacht.«

»Sie hantieren hier mit Zinnsoldaten?«, fragte Birte verblüfft.

Lavender berührte sie vorsichtig am Arm. »Sie sind aus

Hamburg, Sie können sich nicht auskennen, aber das ist nicht irgendeine Schlacht, sondern die größte Ritterschlacht des Mittelalters. Über zehntausend Kämpfer haben daran teilgenommen. Die berühmte Schlacht von Worringen. Siegfried von Westerburg, der damalige Erzbischof von Köln, stellte sich gegen Johann I., den Herzog von Brabant. Am 5. Juni 1288 traf man in der Fühlinger Heide aufeinander. Die Kölner Bürger waren aufseiten der Brabanter, kämpften also gegen ihren Erzbischof. Na ja, kämpfen ist vielleicht zu viel gesagt. Wie es heißt, haben sich die Kölner Patrizier vornehm zurückgehalten und vor allem den Bauern aus der Eifel das Kämpfen überlassen. Der einzige Kölner Patrizier, der fiel, war Gerhard von Overstolz, und der erlag in seiner Rüstung einem Hitzschlag, nachdem er eine buchstäblich flammende Rede gehalten hatte.«

Birte blickte fasziniert auf die Figuren. Ja, es war so etwas wie eine Schlachtformation zu erkennen. »Sie spielen hier diese Schlacht nach?«

Lavender machte eine ausschweifende Geste. »Ich bin längst in einem anderen Stadium. Ich probiere Varianten durch. Wenn man den Militärhistorikern glauben darf, hätte der Erzbischof diese Schlacht nie verlieren dürfen. Er hatte wesentlich mehr Panzerreiter und hat das Fußvolk der Brabanter früh überrannt, aber dabei hat sich seine Formation gewissermaßen aufgelöst. Na ja, jedenfalls sind die Kölner nach dieser Schlacht den Erzbischof losgeworden. Die Kirche hat danach nie mehr richtig in der Stadt Fuß gefasst.«

Birte konnte den Blick kaum von dem Durcheinander von Pferden und Soldaten abwenden.

»Ich kann Ihnen die Hintergründe der Schlacht ganz genau erklären, wenn Sie mögen, aber heute ist wohl nicht die Zeit dafür.« Lavender führte sie zu dem Besprechungstisch zurück. »Mein Sohn hat mir erzählt, dass Sie in seiner Wohnung leben, zwei Etagen unter ihm.«

»Es ist seine Wohnung?« Birte setzte sich. Nun erst bemerkte sie, dass man bis zum Dom sehen konnte.

»Ach, das können Sie natürlich gar nicht wissen. Die Vermietung läuft ja über die Hausverwalter, aber ja, mein Sohn besitzt einige Wohnungen in dem Objekt.« Lavender öffnete eine Flasche teures italienisches Wasser und schenkte ihr und sich ein.

»Gibt es etwas in dieser Stadt, das Sie nicht kontrollieren?«, fragte Birte, nun leicht ungehalten.

Lavender zog die Augenbrauen in die Höhe. »Oh, eine ganze Menge. Ich habe etwa keine Ahnung, was Ihr Polizeipräsident gerade treibt, um diesen Mörder zu fangen, der uns alle besorgt macht. Und na ja … der gegenwärtige Oberbürgermeister ist auch nicht mein bester Freund.«

»Ihre Kanzlei hat die ersten beiden Opfer verteidigt. Gab es zwischen den beiden irgendeine Verbindung?«

Lavender nippte an seinem Kaffee. »Nein, ich glaube nicht, dass die beiden sich gekannt haben, wenn es das ist, was Sie wissen wollen. Ich habe den jungen Türken verteidigt, weil sein Vater mich inständig gebeten hat. Der Junge war gewalttätig, sicher, aber auch naiv. Er wusste nicht, was er tat. Und Sawatzki – ihn kannte ich aus dem interkulturellen Förderverein, ein ehrenwerter Mann und ein sehr engagierter Lehrer. In meinen Augen war er völlig unschuldig. Mein Sohn hat die Verteidigung übernommen. Diese Dame … die Kollegin, sie hat sich da in etwas hineingesteigert. Eigentlich eine persönliche Tragödie.« Er zögerte. »Das Einzige, was für mich beide Fälle verbindet, sind zwei Drohbriefe, die ich bekommen habe. Beide vermutlich vom selben Absender, beide mit einer alten Schreibmaschine geschrieben.«

»Was genau stand in diesen Briefen?«, fragte Birte.

»Ich habe das nicht ernst genommen«, erwiderte Lavender und breitete wieder die Hände auf. »Wüste Beschimpfungen. Ich würde Schuldige vor dem Gefängnis bewahren. Ich würde selbst ins Gefängnis gehören. Eigentlich kommen solche Drohungen nicht mehr mit der Post, sondern per Mail. Das war das einzig Besondere daran.«

»Haben Sie diese Briefe noch?«

Lavender sah auf die Uhr und erhob sich. Offenbar war sein kleines Zwischenspiel bei seinen Rittern beendet. »Selbstverständlich. Ich muss meine Mitarbeiter Frau Samson fragen.« Er wies zum Fahrstuhl. »Wenn Sie dann keine weiteren Fragen mehr haben …«

Gemeinsam betraten sie den engen Fahrstuhl. Birte konnte Lavenders Aftershave riechen. Er hatte wirklich keine Ähnlichkeit mit seinem Sohn, der ihn gewiss um einen Kopf überragte.

»Sie haben sich um die furchtbare Katze meines Sohnes gekümmert, nicht wahr?«, sagte Lavender, während sie zur Rezeption hinunterfuhren.

»Sie sind wirklich gut informiert«, erwiderte Birte. Sie hörte, dass ihr Telefon klingelte, nahm das Gespräch jedoch nicht an.

»Mein Sohn bespricht alle wichtigen Dinge mit mir«, sagte Lavender mit einem nachdrücklichen Lächeln, dann schritt er auf die Rezeption zu und bat die blonde Frau dort, ihm die zwei Drohbriefe auszuhändigen.

»Was haben Sie eigentlich neulich im Dom-Hotel gemacht?«, fragte Birte und bemühte sich um einen beiläufigen Klang in der Stimme.

»Sie sind auch gut informiert«, erwiderte Lavender freundlich, aber das Missfallen über diese Frage war ihm anzumerken. »Ja, als draußen die Schüsse fielen, habe ich im Restaurant gesessen und habe auf jemanden gewartet. Ein privater Termin.« Die Sekretärin reichte ihm eine Folie mit den beiden handgeschriebenen Briefen. »Ich bin sicher, dass Sie das nicht weiterbringen wird«, sagte Lavender, während er Birte die Folie reichte.

Sie hörte, wie eine SMS eintraf, und blickte auf das Display ihres Smartphones. »Komm sofort zum Uni-Center«, stand da. »Ein Blutbad. Jan.«

23

»Du brauchst einen Lockvogel?«, fragte Brasch. »Einen, über den in der Zeitung steht, dass er vielleicht eine Frau vergewaltigt hat? Mit Foto und Namen?«

»So ähnlich«, erwiderte Schiller. »Wir nehmen an, dass unser Täter sich seine beiden ersten Opfer über die Zeitung ausgesucht hat. Dass er glaubt, die beiden haben nicht ihre gerechte Strafe bekommen.«

»Ziemlich gefährliche Angelegenheit.« Brasch seufzte nachdenklich.

Schiller stellte ihm einen Kaffee hin. Immer wieder blickte er auf sein Smartphone, aber selbst wenn Broder sich nun mit irgendeiner Ausrede meldete, würde er diese Aktion nicht mehr mit ihm durchziehen, hatte er beschlossen. Auf Broder konnte man sich nicht verlassen.

»Ich weiß nicht«, sagte Brasch. »Ich habe ein paar Aufträge, nicht sonderlich viel, aber …«

»Über das Honorar müssten wir noch reden«, unterbrach Schiller ihn. »Wie ich gehört habe, will die Staatsanwaltschaft über zwanzigtausend Euro für sachdienliche Hinweise ausgeben. Die würdest natürlich du bekommen, wenn wir den Scheißkerl zu fassen kriegen.«

Brasch trank von seinem Kaffee. Er sah schlecht aus, müde Augen, tiefe Falten um die Mundwinkel. Schiller hatte ihn nicht nach Sylvie gefragt, seiner Tangolehrerin, mit der Brasch vor ein paar Monaten ein Verhältnis begonnen hatte.

»Sylvie lässt dich grüßen«, sagte Brasch da, als hätte er seine Gedanken erraten. »Du sollst dich mal wieder bei ihr blicken lassen.« Er wischte sich über das Gesicht. »Wir sind nicht mehr zusammen. Hat dann doch nicht gepasst. Sie braucht einen Tänzer als Mann – jemanden mit Rhythmus und Gefühl. Ich war nicht der Richtige, leider.«

Schiller verzog das Gesicht. Seit Brasch sich von seiner Frau, einer Lehrerin, getrennt hatte, war er irgendwie aus der Bahn geraten.

»Das Geld könnte ich gebrauchen«, sagte Brasch. Er holte

eine Schachtel Zigaretten aus seiner Lederjacke hervor und steckte sich eine an. Das Rauchverbot im Präsidium hatte ihn noch nie interessiert. »Wenn ich nicht innerhalb von zwei Wochen zehntausend Euro auftreibe, muss ich mein Haus aufgeben. Die Bank steht mir auf den Füßen.« Brasch wohnte in einem einsamen Haus in Worringen, so nah am Rhein, dass man die Schiffe hören konnte.

»Ich hatte mir überlegt, dass wir für die Aktion eine Wohnung in Ehrenfeld anmieten«, sagte Schiller. Dann klingelte sein Telefon.

Thereses Name leuchtete auf dem Display auf. Broder, dachte Schiller. Wahrscheinlich war er nun doch wieder aus der Versenkung aufgetaucht. Er hörte die alte Hebamme stöhnen, als er das Gespräch annahm. Nein, es war ein hektisches tiefes Atmen, das er an ihr nicht kannte, dann stieß sie voller Entsetzen aus: »Du musst sofort kommen. Ich glaube, sie sind beide tot … Goldmann … im Uni-Center … Sofort.«

Sein Herz begann sofort loszurasen. Solch eine Panik hatte noch nie in ihrer Stimme gelegen. Sie war stets die Ruhe selbst, hatte als Hebamme in mehr als fünfzig Jahren viele schwierige Momente erlebt.

»Therese«, sagte er ruhig und griff schon nach seiner Jacke. »Was genau ist passiert? Was ist mit Goldmann?«

»Du musst kommen«, sagte sie ein wenig ruhiger, aber immer noch atemlos. »Zu Goldmanns Apartment. Ich muss jetzt den Notarzt anrufen.« Dann wurde die Verbindung unterbrochen.

Jan Schiller brauchte fast zwanzig Minuten, bis er am Uni-Center eingetroffen war. Zwei Ambulanzen, zwei Notarztwagen sowie drei Streifenwagen standen vor dem Eingang. Auch etliche Passanten waren bereits stehen geblieben. Er parkte neben einem Streifenwagen auf dem Gehsteig und lief ins Haus. Dem Pförtner hielt er seinen Ausweis entgegen und eilte dann zu einem der Fahrstühle. Goldmann wohnte in der zweiundvierzigsten Etage, erinnerte er sich.

Als der Fahrstuhl aufsprang, hörte er aufgeregte Kommandos.

Ein uniformierter Polizist versuchte, ihn zurückzudrängen, doch er schob sich einfach an ihm vorbei.

»Hören Sie, wir haben hier eine polizeiliche …«, sagte der Uniformierte barsch.

»Jan Schiller, Hauptkommissar«, unterbrach Schiller ihn. »Was ist passiert? Wo ist Therese?«

»Die alte Frau?«, fragte der Polizist. »Sie haben wir als Erste abtransportieren müssen. Akute Kreislaufschwäche. Sie hat die beiden wohl gefunden und einen Schock erlitten.«

Die Tür zu Goldmanns Wohnung stand offen. Ein zweiter Uniformierter hatte sich da postiert und wandte ihnen den Rücken zu. Ein Sanitäter in seiner orangefarbenen Kluft war zu sehen, der sich über jemanden beugte. Nein, das schien wohl einer der Notärzte zu sein.

Erneut zückte Schiller seinen Ausweis und schritt auf den Uniformierten zu, der sich überrascht zu ihm umdrehte. Schiller kannte ihn von einem Einsatz.

»Schöne Scheiße«, stöhnte der Oberwachtmeister. Zwei dicke Schweißtropfen klebten auf seiner Stirn. »Ein Toter und ein Schwerverletzter … Der Jüngere hat wohl den Alten erschossen und dann die Waffe auf sich gerichtet.«

Goldmann, dachte Schiller und spürte, wie sich sein Magen zusammenzog, jemand hatte den alten Professor erschossen. Deshalb war Therese zusammengebrochen. Vorsichtig ging er in die Wohnung hinein. Der Notarzt und ein Sanitäter versorgten einen Mann, der halb in der Tür zu Goldmanns Wohnzimmer lag. Es roch nach Blut. Die beiden Männer waren hektisch bei der Arbeit. Anscheinend hatte der Mann eine schwere Kopfverletzung. Mitten im Wohnzimmer, drei Schritte von seinem schwarzen Flügel entfernt, lag Goldmann. Er trug einen Bademantel, seine bleiche Altmännerbrust war zu sehen und der Kopf inmitten einer Blutlache.

Schiller schloss kurz die Augen. Einen Moment später, während er sich langsam zurückziehen wollte, um im Präsidium anzurufen und die Kriminaltechnik zu verständigen, fiel sein Blick auf den zweiten Mann, den der Arzt und zwei Sanitäter nun vorsichtig auf eine Trage hievten. Er sah die dunklen, mit grauen

Strähnen durchsetzten Haare, die hohlen, blutverschmierten Wangen, dann ein offenes, gleichfalls blutiges Baumwollhemd und eine schwarze Lederhose.

Broder, der Name ergab keinen Sinn, denn was sollte Henning Broder hier zu suchen haben? Doch er war es, kein Zweifel, sein ältester Freund, der Mann, den er den ganzen Tag gesucht hatte, er hatte Goldmann erschossen und hatte dann versucht, Selbstmord zu begehen.

Die nächsten Minuten vergingen wie in einem Film, in dem er zwar mitspielte, dessen Handlung er jedoch nicht verstand. So war es ihm noch nie gegangen, bei keinem der Mordfälle, in denen er bisher ermittelt hatte. Er bemerkte, wie sie alle eintrafen, erst Schultke und Grauer, dann Birte, Cremer und sogar Nele, die sonst nie einen Tatort aufsuchte. Alle kamen, sie redeten mit ihm, doch er nahm nichts wirklich wahr.

So einen Irrsinn konnte es nicht geben. Broder hatte Goldmann erschossen und dann die Waffe gegen sich selbst gerichtet. Doch Broder war nicht tot, er hatte noch gelebt, sonst hätte man ihn nicht auf die Trage umgebettet und vorsichtig zum Fahrstuhl gebracht.

Dr. Schroeter, der Rechtsmediziner, kam ebenfalls. Er drückte Schiller die Hand und schaute ihm in die Augen, als müsse er sein Beileid ausdrücken, bevor er sich dem toten Goldmann zuwandte.

Birte sprach mit ihm, registrierte Schiller, doch er konnte nicht erfassen, was sie genau sagte. Die Worte waren wie Treibgut, das an ihm vorbeischwamm.

Irgendwann spürte er, dass er im Treppenhaus stand und Tränen in den Augen hatte. Er weinte jedoch nicht richtig. Selbst dazu fehlte ihm die Kraft. Er fror, seine Beine zitterten wie nach einer viel zu großen Anstrengung.

Goldmann und Broder … Es konnte doch nicht sein, dass Broder am Morgen aus seiner Wohnung gestürmt war, um den alten Professor zu erschießen? Das alles ergab keinen Sinn. Broder war kein Killer, und wieso war Goldmann das Opfer, ein harmloser Spinner, der für seine Eskapaden bekannt war, der sich verrückte Dinge wie eine Volksbefreiungsfront Deutz ausdachte, um ein paar Leute in der Stadt zu schockieren? Nein, das alles ergab keinen Sinn. In Köln war der große Irrsinn ausgebrochen.

Birte stand plötzlich bleich, mit großen, forschenden Augen neben ihm und drückte ihm einen Pappbecher mit Kaffee in die Hand. Kaffee – das Allheilmittel.

»Willst du nicht nach Hause fahren?«, sagte sie. Nun verstand er sie zumindest wieder. »Soll ich Carla Bescheid geben?«

Schiller schüttelte den Kopf. Der Kaffee tat gut, aber er fror immer noch, und jeder Muskel in seinem Körper tat weh.

Dr. Schroeter verließ die Wohnung, und dann, als Goldmann in einem Zinksarg herausgetragen wurde, hätte Schiller sich beinahe übergeben müssen.

»Was für eine verdammte Scheiße!«, stieß Birte hervor. »Aber es sieht ganz so aus, als hätte Broder wirklich …«

»Nein.« Schiller vermochte nur zu krächzen. Zwei Männer trugen den Sarg zum Fahrstuhl. Die Tür glitt auf. »Nein, das ist ganz und gar ausgeschlossen.« Sein Blick wanderte zu Birte zurück. »Warum? Wie kommt Broder in diese Wohnung?«

Sie nickte ihm zu. Sie hatte auch einen Kaffee in der Hand. Er hatte keine Ahnung, wo sie ihn organisiert hatte. »Wir werden das alles herausfinden. Nele ist in die Uniklinik gefahren. Vielleicht bringen sie Broder durch. Er hat eine schwere Kopfverletzung, aber er lebt noch.«

Lebt noch – die Worte hallten in seinem Kopf nach. Sein Telefon klingelte. Die Nummer kannte er nicht, und er nahm den Anruf auch nicht an, doch es ließ ihn an Therese denken. Wo war sie? In welchem Krankenhaus?

»Therese«, krächzte er. »Ich muss mich um sie kümmern.«

Birte nickte wieder. »Sie hat die beiden gefunden, ich weiß. Wenn er durchkommt, hat sie Broder wahrscheinlich das Leben gerettet.«

Das Klingeln brach abrupt ab. Schiller warf einen Blick in die Wohnung. Schultke und Grauer waren bei der Arbeit, der eine machte Fotos, und der andere untersuchte den Boden, wo Goldmann gelegen hatte, aber es wirkte roboterhaft, seelenlos, wie sie sich bewegten, als würde auch sie etwas lähmen.

»Ich fahre mit dir«, sagte Birte. »Zuerst gehen wir zu Therese, dann zu Broder. Cremer wird sich im Haus umhören und den Pförtner befragen. Vielleicht hat er etwas mitbekommen, einen Streit, was weiß ich.« Birte seufzte.

Fast hätte Schiller sie umarmt, doch dann betraten sie lediglich schweigend den Fahrstuhl.

Es gab viele undenkbare Dinge, die er doch einmal hatte denken und erleben müssen. Dass die eigenen Eltern vor ihrer Zeit starben und ihn allein zurückließen etwa oder dass Carla sich von ihm trennte oder in Lebensgefahr geriet, aber nun hatte ein Mensch, den er seit fast dreißig Jahren kannte, einen anderen getötet. So sah es zumindest aus.

»Therese hat schon viel durchgemacht«, sagte Birte, während sie mit Schiller zu ihrem Dienstwagen ging. »Sie wird auch diese Sache überstehen.«

Schiller sagte nichts. Goldmann hatte Therese heiraten wollen, sie waren ein altes Liebespaar ... Sein Telefon klingelte wieder. Mechanisch nahm er das Gespräch an.

»Ich mache es«, sagte Brasch. »Wenn du noch willst, spiele ich für euch den Lockvogel.«

»Gut«, sagte Schiller. »Ich melde mich später bei dir.«

Birte startete den Wagen. Bis zur Uniklinik war es nicht weit. Schiller versuchte, Carla zu erreichen, doch nur ihre Mailbox sprang an, und er schaffte es nicht, eine Nachricht zu hinterlassen.

»Wann hast du zuletzt mit Broder gesprochen?«, fragte Birte.

»Heute Morgen«, erwiderte Schiller. Es kam ihm vor, als wäre seither eine Ewigkeit vergangen. »Ich habe kurz mit Fitschen telefoniert, und als ich zurück in die Küche kam, war er weg. Einen Zettel hatte er hingelegt.«

Er schloss die Augen. Er musste versuchen, sich zu konzentrieren. Den Schock beiseiteschieben und sich der Polizeiarbeit widmen. Was genau war passiert? Warum hatte Broder die Wohnung verlassen? Hatte ihn jemand angerufen? Ela, das bleiche Mädchen, fiel ihm ein. Er musste mit ihr sprechen. Und sie mussten Broders Telefon auftreiben. Hatte er sein Handy bei sich gehabt?

Birte parkte auf einem Behindertenparkplatz vor dem

Krankenhaus. Sie brauchten ein paar Minuten, um jemanden zu finden, der ihnen Auskunft geben konnte. Broder wurde operiert, doch Therese hatte man bereits auf ein normales Krankenzimmer verlegt.

Vorsichtig näherten sie sich der Tür des Krankenzimmers. Therese war zweiundachtzig Jahre alt – nichts hatte sie jemals in ein Krankenhaus gebracht, doch nun?

Vorsichtig klopfte Schiller an die Tür. Ein leises Krächzen antwortete, und er drückte die Klinke herunter. Das Zimmer war überraschend groß und wirkte leer, so als hätten sich hier noch zwei weitere Betten befunden, die man aber hinausgeschoben hatte. Therese lag klein und aschfahl in ihrem Bett und hob winkend eine knöcherne Hand, doch sie war nicht allein. Ein schmächtiger, ganz in Schwarz gekleideter Mann, den Schiller noch nie gesehen hatte, stand an ihrem Bett. Der Mann wandte sich mit einem matten Lächeln zu ihnen um.

Ein Psychologe, dachte Schiller, hatte die Klinik gleich einen Psychologen zu ihr geschickt?

»Gut, dass du da bist, Jung«, sagte Therese. Sie versuchte sich in ihrem Bett aufzurichten. Dann hauchte sie Birtes Namen. »Ich bin ein wenig wirr«, fuhr sie fort. »Sie haben mir ein Beruhigungsmittel gegeben. Gegen den Schock.« Dann fiel ihr Blick auf den Mann. Ihre Augenbrauen hoben sich, und sie brachte ein schwaches Lächeln zustande. »Friedrich ist gekommen – er wollte eigentlich zu Goldmann.« Unvermittelt traten ihr Tränen in die Augen.

Birte beugte sich vor und umarmte sie.

Schiller schaute den Mann an, der ihm eine Hand entgegenstreckte.

»Ich bin Friedrich Mayen«, sagte er leise. »Ich spiele manchmal mit Goldmann Schach. Heute waren wir wieder verabredet.« Er verstummte. »Weiß man schon, was passiert ist?«

»Nein«, erwiderte Schiller. »Es ist alles ein Rätsel.«

»Der zweite Mann war Ihr Bekannter, nicht wahr?« Friedrich Mayen hatte eine sanfte, einfühlsame Stimme.

Schiller nickte. »Henning Broder – ein alter Freund.«

Birte legte Therese zurück in die Kissen und strich ihr eine

Strähne aus dem Gesicht. »Broder lebt noch«, sagte sie. »Wir hoffen, dass er durchkommt.«

Therese blickte Schiller an, doch er hatte nicht den Eindruck, dass sie ihn wirklich ansah. »Es war der schrecklichste Moment in meinem Leben«, flüsterte sie. »Ich habe ja einen Schlüssel. Als ich die Tür aufschloss, habe ich sofort das Gefühl gehabt, dass etwas nicht stimmt. Vielleicht habe ich auch noch einen Schuss gehört … Ich bin mir nicht sicher. Broder hat dagelegen, mit dem Rücken gegen die Wand gelehnt. Er hat mich angeguckt, ganz wirr. Sein Kopf war voller Blut. Ich habe ihn auf den Schoß genommen und den Kopf gegen meine Brust gelegt, damit das Blut …« Sie verstummte kurz, um Atem zu holen. »Dann habe ich mein Handy hervorgeholt … Bei Richard habe ich sofort gesehen, dass er tot war …« Sie schluchzte. Zwei dicke Tränen liefen über ihre Wange.

Für einen Moment schien keiner von ihnen auch nur einen Atemzug tun zu können. Das Entsetzen über diese Tat war noch nicht gewichen, nein, es kehrte noch einmal zurück, noch heftiger und grausamer.

Friedrich Mayen ergriff Thereses Hand und drückte sie. »Ich kann es gar nicht fassen«, sagte er leise. »Richard … er hat doch nie jemandem einen Grund gegeben, ihn zu …«

»Wir werden alles aufklären«, versprach Birte. »Aber welchen Grund könnte Broder gehabt haben …«

»Aus keinem Grund«, unterbrach Therese sie entschieden. »Broder kann Richard gar nicht erschossen haben. So kann es nicht gewesen sein.«

»Aber wie war es dann?«, fragte Schiller.

Therese starrte ihn mit großen Augen hinter ihren Brillengläsern an. »Du bist der Polizist – du musst es mir sagen«, krächzte sie. »Vielleicht wollte jemand uns mundtot machen. Broder hat auch zu unserer Befreiungsfront gehört. Es hat vielen nicht gefallen, was wir gemacht haben.«

Schiller spürte, dass Birte ihn fragend ansah. Goldmann und Broder waren einem Komplott zum Opfer gefallen, weil sie seltsame Parolen an Häuserwände gesprüht hatten? Wie konnte man auf eine solche aberwitzige Idee verfallen?

»Gehören Sie auch zu dieser Befreiungsfront?«, fragte Birte an Mayen gewandt.

Er schüttelte den Kopf. »Nun, so kann man es wohl nicht bezeichnen. Ich habe mit Richard seine Texte durchgesprochen – das Programm der Befreiungsfront sozusagen. Es sollte ja eine Provokation sein, nicht mehr, ein Gedankenspiel. Deutz als besseres Köln. Ein anderes kölsches Grundgesetz ohne Klüngel und Schlamperei. Darüber haben wir auch viel diskutiert.«

»Und worüber noch?«, wollte Schiller wissen.

»Über Religion, Kunst, Malerei und Politik«, erwiderte Mayen. »Ich war einer von Goldmanns ersten Studenten. Wir kennen uns sehr lange.«

»Broder wird nicht sterben«, warf Therese unvermittelt ein, nun wieder mit kraftvoller, heiserer Stimme. »Ich habe schon für ihn gebetet. Aber ihr müsst noch etwas tun«, fuhr sie fort und schaute sie alle der Reihe nach an. »Eine Kerze für ihn im Dom anzünden. Für ihn und für Richard.«

»Ja«, entgegnete Birte als Erste. »Das werden wir tun.«

Dann wurde die Tür hinter ihnen geöffnet, und jemand polterte ins Zimmer. Eine schwarze, schwankende Gestalt, die ihr Gesicht hinter langen, zotteligen Haaren verbarg.

Ela – jemand hatte ihr offenbar schon Bescheid gesagt.

»Was, verdammte Scheiße, habt ihr mit Henning gemacht?«, kreischte sie und stürzte sich mit einem ausgeklappten Taschenmesser auf Schiller.

24

Birte wandte sich um und sah, wie die junge, ganz in Schwarz gekleidete Frau ins Zimmer stürzte. Jan starrte sie reglos an und machte keine Anstalten, auszuweichen oder sich zu wehren, als die Frau mit einem Schrei auf ihn zustürmte. Dass sie ein Messer in ihrer Faust hielt, sah Birte erst, als sie Jan schon erreicht hatte.

Verdammt, Jan, pass auf! Der Schrei erstarb ihr auf den Lippen, doch im letzten Moment hatte Friedrich Mayen die Frau am Handgelenk gepackt und schleuderte sie so fest herum, dass sie schreiend zu Boden ging und das Messer fallen ließ. Blitzschnell beugte Mayen sich vor und nahm das Messer an sich. Einen kurzen Moment betrachtete er es, als könnte Blut an der Waffe – einem teuren Schweizer Messer – kleben, dann reichte er es Birte.

Sie nahm es und starrte Jan an, während die Frau nun mit den Fäusten auf den Boden schlug und »Fickt euch« schrie. »Ihr habt Broder umgebracht. Fickt euch doch alle!«

Jan hatte sich immer noch nicht gerührt. Birte klappte das Messer zusammen und hielt es ihm hin. »Nimm es«, sagte sie. Müde griff er danach.

Unvermittelt kam ihr der Gedanke, dass er sich tatsächlich ohne Gegenwehr ein Messer von der Schwarzhaarigen in die Rippen hätte bohren lassen.

Mayen versuchte nun, der Schwarzhaarigen aufzuhelfen, doch sie wehrte ihn mit einer heftigen Bewegung ab.

»Ela«, sagte Therese. Sie machte Anstalten, aus dem Bett zu kriechen. »Das ist alles ganz schlimm, aber Jan hat nichts damit zu tun. Es gab eine Schießerei … irgendwie … Niemand weiß etwas.«

Die Schwarzhaarige erstarrte, dann blickte sie durch den Vorhang ihrer Haare zu Therese auf. »Du lügst«, sagte sie. »Was für eine Schießerei?«

Mayen schob Ela einen Stuhl hin, während Therese sich vorsichtig auf die Bettkante setzte. Sie war bleich und mager, ihr graues Haar hing strähnig herab, eine alte weiße Indianerin, so kam sie Birte vor.

Als Mayen erneut versuchte, der jungen Frau zu helfen, schlug sie nach ihm, rappelte sich dann jedoch mühsam auf.

Jan hatte in der ganzen Zeit kein Wort gesagt, sondern nur stumm dagestanden. Der Schock, dachte Birte, zum ersten Mal sehe ich, dass auch er unter Schock steht.

Und vielleicht gab er sich tatsächlich die Schuld, dass Broder etwas passiert war.

»Möchten Sie etwas trinken?«, fragte Birte.

Ela schüttelte den Kopf. Sie schaute Jan an und fragte: »Wieso ist Broder tot?«

»Er ist nicht tot«, erwiderte Jan. »Sie operieren ihn gerade. Er hat eine schwere Kopfverletzung.«

»Deine Kollegin ... irgendeine Scheißpolizistin in eurem Präsidium, die ich angerufen habe, hat gesagt, dass er tot ist.« Ela strich sich durch ihr dunkles Haar. Die Tränen hatten ihre Schminke verwischt und lange schwarze Spuren auf ihren Wangen hinterlassen.

»Wir verstehen noch nicht, was passiert ist«, sagte Jan. »Du musst uns helfen. Hat Broder dich noch einmal angerufen? Weißt du, wo er den ganzen Nachmittag gewesen ist?«

Sie schluchzte und strich sich wieder das Haar zurück. Dann schüttelte sie den Kopf. »Ich liebe Broder«, flüsterte sie. »Ich will nicht mehr allein sein, nie mehr.«

Jan nickte, und Birte hatte das Gefühl, dass Ela wieder mit dem Gedanken spielte, sich auf ihn zu stürzen. Sie war eine Verwundete, eine, die überall Gegner und Feinde sah, ein Mädchen, das vermutlich eine Zeit lang auf der Straße gelebt hatte.

Plötzlich schrillte ein Telefon in die Stille hinein. Jans Apparat, erkannte Birte, doch er nahm den Anruf nicht an. »Broder hat offenbar auf einen Menschen geschossen und dann auf sich selbst«, sagte er stattdessen. »Wir müssen wissen, was er gemacht hat. Mit wem er sich getroffen hat.«

Ela schnaubte und verzog den Mund, als würde sie ausspucken wollen. »Broder schießt auf niemanden. Er ist Maler, ein Genie. Niemand malt so wie er.«

Birte bemerkte, wie unwohl Friedrich Mayen sich fühlte.

Er nickte Therese zu, ein Abschiedsgruß, dann suchte er Jans Blick, der jedoch weiter nur Ela ansah.

»Weißt du, mit wem Broder sich zuletzt häufiger getroffen hat?«

Ela wandte das Gesicht ab. Sie schluchzte erneut. »Ich weiß gar nichts. Er musste Bilder malen, und er wollte, dass ich wieder zur Schule gehe, eine Schule für Erwachsene ...«

Mayen schob sich an Ela vorbei zur Tür. »Ich darf mich verabschieden«, sagte er zaghaft und näherte sich der Tür, die jedoch von außen geöffnet wurde.

Nele und ein Arzt standen da, ein untersetzter grauhaariger Mann mit einer randlosen Brille, in einem blütenweißen Kittel. Noch nie hatte Birte ihre Kollegin so gesehen. Zwei Falten, die vorher nicht da gewesen waren, schwebten um ihren Mund, und ihre Augen wirkten müde und wie erloschen.

Broder ist tot, dachte Birte, diese Miene konnte nur bedeuten, dass es schlechte Nachrichten gab. Auch Therese hegte augenscheinlich diesen Gedanken. Ein heiseres »O nein« entwich ihrer Kehle.

Der Mann in dem weißen Kittel stellte sich als Professor Kronenberg vor. Mit einer rötlichen, überraschend zart wirkenden Hand winkte er ab und rief Therese zu: »Nein, meine Liebe, der Patient lebt. Er befindet sich in einem stabilen, allerdings kritischen Zustand.« Seinen Worten verlieh er mit einem freundlichen Zwinkern Nachdruck. Er kannte Therese, keine Frage, dann blickte er Jan an und bat ihn auf den Gang hinaus. Birte folgte ihnen.

Mit einer müden Bewegung nahm Kronenberg die Brille ab und wischte sich über die Augen. All die Zuversicht, die er eben noch verströmt hatte, fiel von ihm ab.

»Was ist mit Broder?«, fragte Jan. Ein Zittern lag in seiner Stimme. Aus dem Krankenzimmer hörten sie, wie Nele ihre Stimme erhob und auf Ela einredete, die anscheinend auch mit dem Arzt sprechen wollte.

Kronenberg setzte seine Brille wieder auf. »Hirnverletzungen sind immer eine schlimme Sache«, sagte er. Nun schaute er auch Birte an. »Aber der Patient hat eine echte Überlebenschance. Offenbar ist die Waffe an seiner Schläfe abgerutscht. Die Kugel hat das Gehirn nur gestreift.« Er stöhnte erneut. »Es ist geschädigt, aber die entscheidende Frage ist, wie sehr. Die Kollegen sind noch bei der Arbeit. Wir haben Knochentrümmer und verletzte Hirnteile entfernt. Außerdem mussten wir ein Stück der Schädeldecke heraussägen. Bei solchen Hirnverletzungen ist mit Schwellungen zu rechnen. Daher braucht das Gehirn Raum, um sich gegebenenfalls ausdehnen zu können. Wenn der Druck im Gehirn steigt, kann es zu dauerhaften Schäden kommen. Die entfernte Schädeldecke wird gekühlt und dann wieder eingesetzt, sobald die Schwellung abgeklungen ist.«

Birte spürte, wie ihre Beine nachzugeben drohten. Broder hatte man ein Stück Schädeldecke herausgesägt, die nun gekühlt wurde?

»Welche Chancen hat Broder?«, fragte Jan heiser.

Kronenberg verzog den Mund, als hätte er plötzlich einen bitteren Geschmack auf den Lippen. »Nun«, sagte er dann. »Normalerweise überlebt niemand einen direkt aufgesetzten Kopfschuss. Wenn eine Kugel beide Gehirnhälften durchschlägt, hat man so gut wie keine Überlebenschancen, aber ein Durchschuss liegt hier nicht vor. Wie es aussieht, ist lediglich die rechte Hemisphäre des Gehirns in Mitleidenschaft gezogen worden.« Er lächelte matt. »Also der Bereich, der für Bewegungen der linken Körperhälfte zuständig ist.«

Birte spürte, wie Jan sich neben ihr straffte. »Die Pistole war rechts angesetzt worden?«

Kronenberg nickte. »Ja, eindeutig.«

»Haben Sie schon das Blut des Verletzten untersucht?«, fragte Jan. Für einen Moment bewunderte Birte ihn für seine Umsicht. »Wir müssen wissen, ob er Alkohol getrunken hatte oder unter Drogen stand.«

»Natürlich«, erklärte Kronenberg. »Die Ergebnisse gehen Ihnen bis morgen früh zu. Ich würde mich auch freuen, wenn Sie die Presse informieren würden. Wie ich gehört habe, sind schon Journalisten unten in der Halle aufgetaucht.«

Jan nickte. Dann streckte er plötzlich die Hand aus und ergriff den Professor am Unterarm. »Wann wissen Sie, ob Broder durchkommen wird?«, fragte er.

Kronenberg kniff den Mund zusammen, als würde er sich eine Antwort verbieten wollen. »Der Patient wird die nächsten Tage im Koma liegen. In einer Woche wissen wir mehr.«

25

»Noch nichts«, sagte Schiller, »noch kein Fall hat mich so fertiggemacht.« Sie saßen in der supermodernen Cafeteria der Uniklinik, hatten sich vor Therese und Ela förmlich davongestohlen. Schiller hielt sich an seinem Kaffee fest.

»Broder«, sagte er, »ohne ihn hätte ich das Kinderheim damals nicht überlebt. Wir waren immer zusammen, fast als wären wir Zwillinge.« Er spürte, dass ihm Tränen in die Augen traten.

Birte betrachtete ihn schweigend und voller Mitgefühl.

Broder hatte kein Glück gehabt in seinem Leben. Als er dreizehn war, hatte er zusehen müssen, wie seine Mutter an einer Überdosis Schlaftabletten gestorben war. Später hatte er ein Mädchen überfahren und war eine Zeit lang als stummer Müllsammler durch Nippes gelaufen, und nun … Und doch stimmte etwas an der Sache nicht. Schiller hatte Broder vor Augen, in der Schulklasse, wie er über seinem Heft gebeugt dahockte, wie er dann aufblickte, mit einem verlegenen Grinsen, weil er wieder an einer Mathematikaufgabe kapitulierte, den Stift in der linken Hand.

Schiller trank den Rest Kaffee aus. »Broder war Linkshänder«, sagte er zu Birte. »Schießt sich ein Linkshänder mit der rechten Hand eine Kugel in den Kopf?«

Birte kniff die Augen zusammen. »Nein«, sagte sie. »Das tut er nicht. Und wo sollte Broder überhaupt die Waffe hergehabt haben?« Ihr Telefon klingelte, doch sie achtete gar nicht darauf. »Willst du den Fall übernehmen?«, fragte sie. »Und was ist mit dem Richter?«

»Ich muss beweisen, dass Broder kein Mörder ist«, erwiderte Schiller. »Alles andere ist unwichtig.«

Sie durften auf der Intensivstation kurz einen Blick auf Broder werfen, aber mit seinem Kopfverband, verdeckt von Kabeln und Schläuchen, vermochte Schiller ihn kaum zu erkennen.

Was, verdammt, war in Goldmanns Wohnung passiert? Die wenigen Dinge, die Broder bei sich gehabt hatte, gaben darüber keinerlei Aufschluss. Ein abgegriffenes Lederportemonnaie, in dem überraschenderweise über vierhundert Euro steckten. Dazu zwei Scheckkarten, ein alter Führerschein sowie eine Karte einer Krankenversicherung. Ein paar Rechnungen – und ein altes zerknittertes Foto, das Schiller erneut die Tränen in die Augen trieb. Broder und Schiller waren auf diesem Foto zu sehen, jugendlich, mit langen Haaren und dünnem Oberlippenbart – und zwischen ihnen stand Hilde, das Mädchen aus dem Kinderheim, in das sie beide verliebt gewesen waren. Das Foto war fast fünfundzwanzig Jahre alt. Schiller konnte sich noch genau an die Stelle im Beethovenpark erinnern, an dem Therese es von ihnen gemacht hatte.

Drei Visitenkarten befanden sich auch in der Geldbörse, von Doro Graf sowie von einem Galeristen aus Heimbach in der Eifel und einem aus Düsseldorf. Es sah so aus, als wäre Broder als Maler tatsächlich ins Geschäft gekommen.

»Wo ist sein Handy?«, fragte Birte. Sie hatte sich die anderen Sachen angesehen. »Er hatte anscheinend kein Handy dabei.«

Schiller schob das Portemonnaie in die Plastiktüte zurück. »Wir müssen uns in Goldmanns Wohnung umsehen. Vielleicht finden wir das Handy dort.«

Als sie in Thereses Krankenzimmer zurückkehrten, hatte Ela sich auf einer Decke in einer Ecke zusammengerollt und schlief mit offenem Mund. Wie ein erschöpftes Kind sah sie aus. Friedrich Mayen war gegangen. Therese lag mit offenen Augen da und starrte an die Decke.

»Wir haben Broder gesehen«, sagte Birte. »Er ist jetzt auf der Intensivstation. Sie haben ihn ins Koma versetzt.«

Therese nickte. »Am Nachmittag hat Richard mich angerufen. Ich bin nicht an den Apparat gegangen. Er hat noch einmal angerufen. Er wollte mir etwas sagen, aber was?« Mit großen Augen, hilfesuchend, blickte sie Schiller an. »Jetzt ist er tot, verdammt.«

Schiller setzte sich auf den Stuhl. Er warf einen Blick zu Ela hinüber, die sich jedoch nicht rührte. »Ich bin sicher, dass Broder nicht der Schütze war. Er hat Goldmann nicht umgebracht.«

»Vielleicht hätten wir diese Befreiungsfront nicht gründen dürfen«, flüsterte Therese. Sie griff nervös an ihrem Laken herum. Sie glaubte wahrhaftig, ihre merkwürdige Protestaktion könnte der Grund für einen Mord sein.

»Wenn Broder aufwacht, werden wir wahrscheinlich mehr wissen.«

Birte versuchte zuversichtlich zu klingen, doch Therese war dafür ganz gegen ihre Natur nicht empfänglich.

»Falls er noch einmal aufwacht«, sprach sie vor sich hin.

Schillers Telefon klingelte. Eine Nummer leuchtete auf, die er nicht kannte.

»Kann ich Sie sprechen? Es ist dringend«, sagte eine zitternde Frauenstimme.

Schiller ging zwei Schritte in Richtung Tür. »Wer sind Sie?«, fragte er. »Woher haben Sie meine Nummer?«

Die Frau antwortete nicht gleich. Schiller hörte, wie sie einatmete, als würde sie zur Beruhigung an einer Zigarette ziehen.

»Hören Sie«, sagte er ungeduldig. »Ich ermittle in einem Mordfall ... ich habe keine Zeit ...«

»Ich muss mit jemandem reden«, fuhr die Frau fort. »Ich bin schuld an seinem Tod ... Ja, ich habe gelogen. Thorsten und ich hatten eine Affäre, ich habe mich in ihn verliebt, und dann ...« Sie atmete erneut tief ein. »Können Sie kommen? Und mir helfen? Ich möchte ein Geständnis machen ... Ich bin auch in seine Wohnung eingebrochen ... Ich kann nicht mehr schlafen. Ich bin schuld, verdammt. Wenn ich nicht gewesen wäre, dann wäre er nie ...«

Schiller spürte, dass Birte ihn fragend anblickte. Christina Fetzer – diesen Namen formte er mit den Lippen. Die Frau, die Sawatzki vor Gericht gebracht hatte.

»Tut mir leid«, erklärte Schiller. »Ich kann nicht sofort kommen. Wir haben einen neuen Mordfall, aber ich kann Ihnen jemanden vorbeischicken, wenn Sie möchten ...«

Ein Klicken verriet, dass Christina Fetzer aufgelegt hatte.

Schiller versuchte sich zu konzentrieren. Er brauchte einen Plan, musste methodisch vorgehen, nach Spuren suchen und vergessen, dass es um Broder ging. Sie hatten kein Motiv für die

Tat, nur eine Menge Ungereimtheiten, aber irgendwo musste es ein Motiv geben. Warum war Broder in Goldmanns Wohnung gewesen?

»Ich werde Fitschen sagen, dass ich den Richter-Fall abgeben werde«, erklärte Schiller. »Cremer und du, ihr solltet den Fall weiterbearbeiten.«

Birte startete den Wagen. »Vielleicht sollte das LKA den Fall komplett übernehmen. Es ist eine Ausnahmesituation in Köln. Vier Morde in einer Woche ... das sind beinahe amerikanische Verhältnisse.«

Sie fuhren zum Uni-Center zurück. Die Befragung des Pförtners hatte nichts ergeben. Eigentlich mussten sich Gäste an der Rezeption anmelden, aber entweder hatte Broder einen heimlichen Durchgang durch die Tiefgarage gewählt, oder Goldmann hatte ihn mit hoch genommen.

Schultke und seine Männer waren noch bei der Arbeit, doch mittlerweile durften auch sie die Wohnung betreten.

Schultke hatte das Klavier und das Ledersofa komplett abgeklebt. »Der alte Professor hat wirklich viel Besuch gehabt, glaubt man nicht, wie viele Spuren wir gefunden haben.«

»Wir suchen Broders Handy«, sagte Schiller.

Schultke schüttelte den Kopf. »Kein Handy, aber etwas anderes – zwei Gläser standen in der Spüle, nicht in dem Geschirrspüler, ohne Fingerabdrücke, hat jemand ganz ordentlich abgewaschen.«

»Gibt es Spuren, dass noch jemand in der Wohnung war?«, fragte Birte.

Schiller sah sich im Wohnzimmer um. Er versuchte sich zu erinnern, ob sich etwas verändert hatte seit seinem letzten Besuch.

»Wir haben Spuren von mindestens zwölf verschiedenen Personen gefunden, aber nichts, das darauf hindeutet, dass Broder nicht allein gekommen ist. Vielleicht hilft euch das Notizbuch des Professors weiter, lag auf seinem Schreibtisch.« Schultke hob eine Plastiktüte in die Höhe, in der ein kleines, abgegriffenes schwarzes Buch zu sehen war.

Birte furchte die Stirn und streifte sich Latexhandschuhe über, dann nahm sie das Büchlein vorsichtig heraus. »Der alte Mann hat brav seine Termine aufgeschrieben«, sagte sie, »leider nur mit Initialen. ›HB einbestellen‹, steht hier. Allerdings nicht für heute, sondern für gestern Abend. Für heute steht da ›FM‹.« Sie schaute auf. »Das war der Mann aus dem Krankenhaus, nicht wahr? Friedrich Mayen, der Schachspieler?«

Schiller nickte. Er betrachtete die Bilder an der Wand. Campendonks, wie Goldmann erwähnt hatte, ziemlich teure Bilder für einen emeritierten Professor.

Birte blätterte zurück. »Das wird eine Menge Arbeit werden, die Initialen aufzulösen.«

Schillers Telefon klingelte. Erneut leuchtete eine unbekannte Nummer auf. Christina Fetzer, vermutlich trieb ihr Geständnis sie um, doch eine männliche Stimme meldete sich.

»Herr Hauptkommissar, hier Kronenberg, Universitätsklinik Köln.«

Schiller spürte, wie sein Herz für einen Moment aussetzte. Broder – hatte er es doch nicht geschafft. »Ja?«, brachte er heiser hervor.

»Wir haben etwas im Blut Ihres Freundes gefunden – er hat Alkohol zu sich genommen, knapp über ein Promille, nicht besorgniserregend, aber da ist noch etwas anderes: Gamma-Hydroxybuttersäure.«

»K.-o.-Tropfen?«, fragte Schiller. »Broder hatte K.-o.-Tropfen im Blut?«

»So sieht es aus – kein Zweifel«, erwiderte der Professor. »Es muss ihm kurz vor den Schüssen verabreicht worden sein. Länger als sechs Stunden lassen sich solche Tropfen in der Regel nicht nachweisen.«

»Also kann Broder gar nicht geschossen haben?«

»Wohl nicht«, erklärte Kronenberg. »Mit so einer hohen Dosis wird man sofort außer Gefecht gesetzt.«

Gegen dreiundzwanzig Uhr fuhren sie in die Uniklinik zurück. Schiller spürte eine neue Zuversicht. Broder war kein Mörder. Jemand hatte ihm eine Falle gestellt, man wollte ihm einen Mord anhängen und ihn aus dem Verkehr ziehen.

»Kannst du dir vorstellen, dass jemand tatsächlich diese Befreiungsfront ausschalten will?«, fragte Schiller. Er hatte sich von Birte die Autoschlüssel geben lassen.

Sie bogen auf die Berrenrather Straße ein. Es herrschte wenig Verkehr.

Birte wirkte so müde, dass sie kaum noch ihre Augen aufhalten konnte. »Nein«, sagte sie vor sich hin. »Das ist doch alles ein Spiel. Deutz befreien, alle guten Bürger nach Deutz schaffen und die Schlamperei im Rathaus anprangern, deshalb begeht niemand einen Mord.«

»Womit hat Goldmann sich zuletzt beschäftigt? Das müssen wir herausfinden.« Schiller parkte direkt vor der Klinik.

Therese hockte an dem kleinen Tisch in ihrem Zimmer und schrieb einen Brief, während Ela noch immer in ihrer Ecke lag und schlief.

»Ich muss Richard so einiges sagen«, erklärte Therese. »Nicht, dass ich etwas Wichtiges vergesse. Er war einer der liebsten Menschen in meinem Leben. Habe ich erzählt, dass er mich entjungfert hat? Ist eine Ewigkeit her, in einem Kleingarten in Nippes. Er war viel klüger als ich, wusste alles über Geschichte und Kunst. Einmal hat er ein Bild aus dem Museum Ludwig gestohlen, nur um zu zeigen, wie lasch die Sicherheitsbestimmungen da waren. Man konnte reingehen, einen Picasso von der Wand nehmen und wieder rausmarschieren.« Sie lächelte, dann wischte sie sich über die Wange, als müsste sie eine Träne entfernen. »Er wollte mit mir wegfahren, nach Paris. Stell dir das vor! Ich war noch nie in Paris.«

Für einen Moment trat Schweigen ein. Dann stöhnte Ela in ihrer Ecke auf und drehte sich auf die andere Seite.

»Broder ist kein Mörder«, sagte Schiller. »Jemand hat ihn betäubt. Er kann Goldmann nicht erschossen haben.«

»Sage ich doch.« Therese faltete den Brief zusammen und streckte ihn Schiller entgegen. »Würdest du den Brief unten auf der Straße verbrennen?«

»Ihn verbrennen?«

»Ja, damit Richard ihn auch bekommt.« Therese machte eine

wedelnde Handbewegung. »Ich glaube, Tibeter machen das so. Verbrennen Briefe, damit der Wind sie zu den Toten weht.«

Schiller lächelte und steckte den Brief ein. »Wer könnte ein Interesse gehabt haben, Goldmann zu töten?« Er sprach lauter, um Ela zu wecken. Auch das Mädchen musste ihnen ein paar Fragen beantworten.

Birte hatte sich auf den zweiten Stuhl gesetzt. »Wen hat Goldmann zuletzt gesehen? Außer Friedrich Mayen, seinen Schachpartner – hast du dessen Telefonnummer?«

Therese nickte. »Habt ihr Richards Smartphone nicht gefunden? Ein nagelneues Samsung – hat er mir ganz stolz gezeigt.«

Schiller schüttelte den Kopf. »In der ganzen Wohnung war kein Mobiltelefon. Weder von Goldmann noch von Broder.«

»Und der Pförtner? Hat der was gesehen?«

»Fehlanzeige.« Schiller blickte zu Ela hinüber. Plötzlich begriff er, dass sie gar nicht mehr schlief, sondern lauschte. »Ela«, sagte er laut, »wäre schön, wenn du dich zu uns gesellen würdest. Broder braucht deine Hilfe.«

Sie wandte sich um, mit klarem, wachem Blick. »Ich habe von ihm geträumt«, sagte sie. »Er war wie ein weißer Geist, ein Seelenwandler, fast tot und dann doch nicht. Er hat überlegt, ob er sich in ein Tier verwandeln soll, in einen weißen Schneetiger.«

Schiller verdrehte die Augen. Musste ihnen die Kleine jetzt auch noch mit esoterischem Unsinn kommen? »Wieso hatte Broder so viel Geld bei sich – über vierhundert Euro? Davon hätte er früher einen Monat gelebt.«

Ela richtete sich auf. »Habe ich dir doch schon erklärt. Warum glaubst du mir nicht? Er war als Maler fett im Geschäft.«

Schiller nahm sich vor, gleich am Morgen Doro Graf zu kontaktieren, und sie mussten sich Broders Atelier ansehen und eine Liste mit seinen Telefonverbindungen bekommen.

»Einmal hat mich jemand angerufen«, sagte Therese. »Ein Mann, würde mich nicht wundern, wenn er etwas mit dem Oberbürgermeister zu tun hat … Er hat gesagt, wir sollten diesen Quatsch lassen. Köln schlechtmachen, immer wieder vom Einsturz des Archivs reden. Das Archiv würde wieder aufgebaut werden.«

»Hat der Mann dir gedroht?«, fragte Schiller.

Therese nickte heftig. »Ja, das hat er wohl. Es war eine Drohung.«

Schillers Telefon klingelte. Neles Handynummer. Arbeitete sie etwa auch noch?

»Es ist etwas passiert«, sagte sie. »Etwas ganz Schreckliches. Ein Unfall am Chlodwigplatz. Christina Fetzer ist von einer Straßenbahn überfahren worden. Sie war sofort tot.«

26

Er musste vorsichtig vorgehen, sagte der Richter sich. Eine Weile in der Deckung bleiben. Auch der Sanftmütige riet ihm das. Die Polizei war wütend auf ihn – nicht nur die unverschämte E-Mail dieses überforderten Polizisten war ein Beweis dafür. Für einen Moment war der Richter ebenfalls wütend geworden und hatte zurückschreiben wollen, doch dann hatte er es sich anders überlegt. Wut war ein schlechter Ratgeber. Mittlerweile hatte die Polizei den Verdacht, dass er nach den Schüssen auf den italienischen Jungen ins Restaurant des Dom-Hotels gegangen war. Die Zeichnung, die sie veröffentlicht hatten, war zum Glück völlig unbrauchbar und sah ihm kein bisschen ähnlich.

Trotzdem musste er auf der Hut sein. So einen Fehler wie die Schüsse auf den Italiener durfte er nicht noch einmal begehen. Und vielleicht sollte der Richter sich ein anderes Opfer aussuchen?

Der Sanftmütige zog sein Urteil, dass Rudolf Laer wirklich der große Schuldige war, manchmal in Zweifel. Aber das war Unsinn, wie der Richter genau wusste, und solange der Erzbischof lebte, würden die Schreie in seinem Kopf nicht verstummen.

Was hatte der Sanftmütige sich nicht alles davon versprochen, für ein paar Wochen nach Afrika zu gehen? Raus aus Deutschland, eine andere Sprache hören, Wärme, Musik, eine vernünftige, sinnvolle Arbeit tun ... Am Anfang war auch alles gut verlaufen. Er war in Lagos gelandet, hatte ein sauberes Apartment bezogen. Sogar einen freundlichen Fahrer hatte man ihm zur Verfügung gestellt. Die Hitze hatte ihm nichts ausgemacht. Aber dann ... Diesen Sonntag würde er niemals vergessen, die Schreie nicht, den Rauch, das Blut ... Als er es geschafft hatte, aus dem Inferno heraus auf die Straße zu gelangen, hatte man ihm ein feuchtes Bündel in die Hand gedrückt. Er hatte gar nicht gewusst, was es war, bis er die schmutzige Decke zurückgeschlagen hatte. Es war ein kleines, vielleicht dreijähriges Mädchen ohne Beine gewesen. »Yamina« hieß die Kleine, wie man ihm vorher erklärt hatte. Sie hatte ihn mit großen braunen Augen angeschaut, dann war sie gestorben, und all die Schreie der anderen waren über ihm zusammengestürzt.

Wie viele Schrecken konnte ein Mensch aushalten? Viele, aber nicht zu viele.

In diesem Moment, die tote Yamina auf dem Arm, war der Richter zurückgekehrt.

Ja, das war genau der Moment gewesen.

Und davon sollte Rudolf Laer erfahren, nahm sich der Richter vor.

Jeden Abend, bevor er schlafen ging, gab er den Namen des Erzbischofs im Internet ein. Manchmal schaute er sich kurz dessen letzte Weihnachtsansprache an – sechzehn Minuten hohles Gerede darüber, dass Gott sich zum Schicksal der Menschen gemacht habe. Oder aber er verfolgte die neuesten Artikel, die über Rudolf Laer erschienen waren.

Noch immer hatte er keine Ahnung, wie und wo er sich dem Erzbischof nähern sollte.

Der Richter erstarrte, als er den aktuellsten Eintrag registrierte, einen Artikel im Stadt-Anzeiger, der erst vor dreizehn Minuten online geschaltet worden war. Ein Foto zeigte den lächelnden Rudolf Laer, daneben stand: »Erzbischof segnet den FC. Der beliebte Kölner Erzbischof Rudolf Laer lässt es sich nicht nehmen, am nächsten Mittwoch höchstpersönlich die neue Trainingsanlage des FC Köln einzuweihen. Der Bundesligist hat zwei Millionen Euro in neue Kabinen und einen neuen Kunstrasenplatz für die Profis investiert. Laer, der in seiner Jugend selbst Fußball gespielt hat, hat sofort zugestimmt, seinen Segen zu erteilen, so ein Sprecher des 1. FC.«

27

Auf der Straße zündete Jan den Brief an, den Therese für Richard Goldmann geschrieben hatte.

»Der alte Goldmann wollte sie heiraten – stell dir das vor«, sagte er dann, während er zusah, wie die Ascheflocken davonwehten. »Das wäre eine Hochzeit geworden – zwei Greise vor dem Altar. Na, zum Glück hatte er es ihr wohl noch nicht gesagt.« Er schüttelte den Kopf und schaute Birte an. Trauer und Hilflosigkeit waren in seinen Augen zu lesen. Sie wusste, woran er die ganze Zeit gedacht hatte, nachdem sie Thereses Zimmer verlassen hatten.

»Du kannst nichts dafür«, sagte Birte. »Christina Fetzer war verzweifelt. Es hätte nichts verändert, wenn du mit ihr gesprochen hättest.«

»Doch«, erwiderte Jan, »es hätte eine Menge verändert. Sie hat jemanden gesucht, dem sie ihr Geständnis machen konnte, und ich hatte keine Zeit.«

Er drückte ihr den Schlüssel für den Dienstpassat in die Hand und verabschiedete sich mit einem Nicken von ihr. Birte blickte ihm nach, wie er in Richtung Sülzburgstraße zu seiner Wohnung ging, mit gesenktem Kopf, wie ein geschlagener Boxer. Hoffentlich war Carla noch wach und kümmerte sich um ihn.

Was für ein langer, schrecklicher Tag! Am Morgen hatte Jan noch geglaubt, eine Strategie zu haben, um den Richter zu überführen, und nun steckten sie in einem anderen Fall.

Es war kurz nach Mitternacht, als sie vor ihrem Apartmenthaus einen Parkplatz fand. Mittwochmorgen – sie würde allenfalls fünf, sechs Stunden Schlaf bekommen, spätestens um acht müsste sie im Präsidium sein. Der Gedanke an Urlaub schlich sich in ihren Kopf. Zwei Wochen Sonne, aber mit wem? Seit Martin tot war, war sie eine alleinstehende Frau mit zwei unglücklichen Affären.

Als sie die Tür aufschließen wollte, stürzte ein Schatten auf sie zu. Unwillkürlich riss sie die Hände herum, als müsse sie einen Angriff abwehren.

Eine Gestalt in einem orangefarbenen Läuferdress tauchte

vor ihr auf. Pierre Lavender lächelte. »Was für ein Zufall!«, rief er, und sie hatte sofort das Gefühl, dass er sie abgepasst hatte.

»Sie laufen nachts durch den Park?«, fragte Birte ihn.

»Wenn ich tagsüber keine Zeit habe – und manchmal bin ich von der Arbeit so aufgekratzt, dass ich mich ein wenig abreagieren muss. Kennen Sie vielleicht …«

Sie schloss die Tür auf und schaltete das Licht im Treppenhaus an. Pierre Lavender war völlig verschwitzt, er musste tatsächlich ein paar Kilometer gelaufen sein. Sein Lächeln verriet, dass er sich freute, sie zu sehen.

»Ich hoffe, Sie hatten einen angenehmen Abend … Kino? Restaurant? Oder doch nur Arbeit?«

Birte stöhnte auf und ging zum Fahrstuhl. Er schob sich neben sie. »Vielleicht haben Sie noch Lust auf einen kleinen Schlummertrunk, wenn ich es so ausdrücken darf. … Ich habe einen wunderbaren italienischen Rotwein, direkt vom Winzer aus der Toskana …«

»Hören Sie, Herr Lavender«, erwiderte Birte unfreundlich. »Ich glaube nicht, dass ich um diese Zeit eine angenehme Gesellschaft für Sie bin. Ich bin müde und gereizt. Wir haben einen neuen Mordfall, und heute Abend hat sich Christina Fetzer am Chlodwigplatz vor eine Straßenbahn geworfen.«

Zehn Minuten später stand er mit zwei Gläsern und einer Flasche Rotwein vor ihrer Tür – frisch geduscht, in Jeans und beigefarbenem Kaschmirpullover.

»Schöne Grüße von Milly«, sagte er mit einem Lächeln.

Birte führte ihn in ihr Wohnzimmer. Sie trug einen weiten Pyjama. Vielleicht war es wirklich gut, noch ein Glas Wein zu trinken.

»Tut mir leid, was mit Christina Fetzer passiert ist«, sagte Lavender. Er hatte sogar einen Korkenzieher dabei und entkorkte die Flasche formvollendet. »Aber ich kann verstehen, dass sie verzweifelt war. Sie hat schließlich einen Mann ins Elend gestürzt.«

»Bitte«, sagte Birte. »Erzählen Sie mir etwas anderes … nichts von Toten und Unfällen.«

Er schenkte ihr ein und prostete ihr zu. »Ich mag die Farbe Ihrer Zehnägel – kirschrot, sehr apart.«

Lavender wollte mit ihr flirten, aber es war ihr recht. Ein wenig Ablenkung würde ihr guttun. Der Wein schmeckte voll und fruchtig.

»Sie haben meinen Vater wirklich beeindruckt«, sagte Lavender. »Er redet gerne über die Schlacht von Worringen. Sie haben sich tapfer gehalten.« Er nahm noch einen Schluck und sah sich um. Sein Blick blieb an der Vitrine mit der Geige hängen. »Sie spielen Geige?«

»Nein«, sagte Birte. »Mein Verlobter war ein Geigenbauer. Das ist das letzte Instrument, das er gebaut hat.«

Pierre Lavender legte die Stirn in Falten. »Ich nehme an, dass Ihr Verlobter nicht mehr lebt, so wie Sie es erzählen.«

Birte nickte. Auch sie trank erneut von ihrem Wein.

»Meine Verlobte ist beim Bungeespringen in den USA abgestürzt. Das Seil ist gerissen. Passiert ganz selten. Karen war achtundzwanzig. Ihren Schrei habe ich immer noch im Ohr.« Er verstummte. »Oh«, sagte er. »Wir wollten ja nicht über den Tod sprechen.«

»Wann war das?«, fragte Birte.

»Letztes Jahr am zwölften Juli um dreizehn Uhr fünf. Wir wollten eine Reise durch die USA machen. Weiter als Kalifornien sind wir nicht gekommen.«

Sie schwiegen eine Weile. Ich sollte ihn wegschicken, dachte Birte, dann lächelte sie. Merkwürdig, dass ein Mann wie Lavender, reich, attraktiv und erfolgreich, auch sofort von Verlusten zu sprechen begann.

»Haben Sie eine neue Freundin?«, fragte Birte, ohne sich aufdringlich vorzukommen. Sie erinnerte sich, dass sie einmal eine gut aussehende schwarzhaarige Frau auf seiner Dachterrasse gesehen hatte.

»Nein«, sagte er leise. »Habe ich nicht.«

Einen Moment später beugte er sich über sie und küsste sie sanft auf die Lippen. Sie roch sein Aftershave, und dann strich er ihr über die Stirn, als wäre sie ein Kind, das er beschützen wollte.

Sie machte wieder einen Fehler, sie wusste es genau, aber sie mochte seinen Geruch, mochte es, dass er anders war als jeder Mann, dem sie bisher begegnet war.

Später, als sie nebeneinander im Bett lagen, sah sie, dass er an seiner Schulter eine Wunde hatte, die beinahe aussah, als hätte jemand auf ihn geschossen.

»Was ist da passiert?«, flüsterte Birte ihm zu.

Pierre lächelte. »Hautkrebs«, erwiderte er leise. »Nicht weiter schlimm.«

Das Wort ließ sie zusammenzucken, dann küsste sie ihn zum ersten Mal zurück.

Als ihr Wecker klingelte, war sie allein. Halb sieben, es war noch dunkel. Für einen Moment musste sie nachdenken, ob alles nicht ein seltsamer Traum gewesen war – Pierre Lavender neben ihr im Bett. Sie hatte mit ihm geschlafen, hatte ihm ins Ohr geflüstert, er solle nicht aufhören, er solle sie festhalten …

Nein, es war kein Traum. In der Küche fand sie einen Zettel. »Habe leider einen Termin in Frankfurt. Danke für die Nacht. P.«

Lernte sie denn gar nichts? Schon wieder hatte sie sich auf eine Affäre eingelassen, und dann noch mit einem Anwalt, den jeder in der Stadt kannte.

Doch irgendwie wollte sich keine Reue einstellen. Sie war einsam in Köln, sie arbeitete viel, ruderte manchmal bis zur Erschöpfung auf dem Fühlinger See, aber sonst? Pierre Lavender hatte ihr außerdem geholfen, den schrecklichen Tag zu vergessen.

Als sie ins Präsidium kam, war es halb acht. Nele war schon da. Sie wirkte ausgeschlafen und einigermaßen erholt.

»Es wartet schon jemand auf euch«, sagte sie. »Und Fitschen hat eine Presseerklärung angekündigt. Noch weiß er nicht, dass Broder das zweite Opfer ist.«

In ihrem Büro stand Jan vor der Kaffeemaschine. Er wandte sich um, als sie eintrat. Sein Gesicht wirkte müde, als habe er so gut wie nicht geschlafen. Dann glitt sein Blick zum Schreibtisch. Birte zuckte vor Überraschung zusammen.

Friedrich Mayen saß da vor einem Kaffeebecher. Er war wieder ganz in Schwarz gekleidet. Lächelnd blickte er Birte an.

»Guten Morgen«, sagte er freundlich. »Ihr Kollege hat mir schon einen Kaffee gemacht. Es war eine fürchterliche Nacht. Ich habe mir stundenlang den Kopf zerbrochen, warum jemand Richard umgebracht haben könnte. Es ist so schrecklich, aber ich glaube nicht, dass es etwas mit der Befreiungsfront zu tun hat. Ich weiß, Therese glaubt das. Ich glaube etwas anderes.«

Jan hielt Birte einen Kaffeebecher hin. Sie setzte sich. Einen Moment lang sah sie Friedrich Mayen dasitzen und war in Gedanken doch bei Pierre Lavender. In der Nacht, kurz vor dem Einschlafen, hatte er ihr ein Gedicht von Rilke ins Ohr geflüstert. »Wer jetzt kein Haus hat, baut sich keines mehr. Wer jetzt allein ist, wird es lange bleiben.« Er wollte sie beeindrucken, und das hatte ihr gefallen.

»Und was glauben Sie?«, fragte Jan. Auch er hatte nun einen Kaffee. Rasiert hatte er sich nicht. Ein Bartschatten lag auf seinem Gesicht.

Mayen räusperte sich. Er ist ein kluger, freundlicher Lehrer, dachte Birte, so wirkt er zumindest.

»Nein, verstehen Sie mich nicht falsch. Ich will nicht behaupten, dass ich mit absoluter Gewissheit etwas weiß. Richard und ich haben einmal in der Woche Schach gespielt. Dann haben wir gelegentlich telefoniert. Viele Sachen, die er schrieb, hat er mir geschickt oder vorgelesen. Auch das Pamphlet zur Befreiungsfront. Wir sind die wahren Kölner. Wir lieben unsere Stadt. Und wir haben es satt, betrogen und belogen zu werden – so viele kölsche Katastrophen: das eingestürzte Archiv, die U-Bahn, die nicht fährt, Korruption beim Bau der Messehallen, die maroden Rheinbrücken …« Die letzten Worte deklamierte er, um anzuzeigen, dass sie aus der Feder Goldmanns stammten.

»Wenn es nichts mit diesen Aktionen zu tun hat – was ist dann Ihr Verdacht?«, fragte Birte.

»Zuletzt hat Richard sich viel um Bilder gekümmert. Er war ja auch Kunsthistoriker, ein Kenner der modernen Kunst. Vor ein paar Wochen hat er einen Campendonk gekauft, der angeblich lange verschollen war. Ich weiß nicht …« Mayen räusperte sich vornehm. »Das Bild war bestimmt sehr teuer. Richard war wohlhabend, ihm gehören ein paar Häuser in der Südstadt … Na, davon sollte niemand etwas wissen. Er war ja ein Antikapitalist … Ich glaube, er hat eines dieser Häuser verkauft, um den Campendonk zu erwerben. ›Gelbe Katze auf einem schwarzen Stein‹. So hieß das Bild wohl.«

»Was wollen Sie damit sagen?« Jan wurde ungeduldig. Im Nebenzimmer war Neles Stimme zu hören. Auch Cremer war schon eingetroffen.

»Ich will sagen, dass Richard Nachforschungen anstellen wollte. Er machte sich Sorgen, ob das Bild tatsächlich echt war.«

»Darüber hat er mit Ihnen gesprochen?«, fragte Birte.

»Nein, nicht offen, aber ich habe ein paar Bücher über Campendonk bei ihm gesehen und ihn gefragt. Er hat recht ausweichend geantwortet, wollte wohl niemanden verdächtigen. Ich habe angeboten, ihm zu helfen.« Wieder ein verlegenes Räuspern. »Ich schätze Campendonk. Manchmal gehe ich nach Kalk in die evangelische Jesus-Christus-Kirche. Ein schöner Ort. Campendonk hat dort in den fünfziger Jahren die Kirchenfenster gestaltet.«

»Vielen Dank«, erklärte Jan. Er reichte Mayen die Hand, der sie überrascht ergriff. »Wir werden uns darum kümmern.«

Mayen erhob sich. »Ich helfe Ihnen gern«, sagte er und verließ das Büro. Jan hatte ihm nicht einmal Zeit gegeben, seinen Kaffee auszutrinken.

»Du hast ihn glatt rausgeworfen«, sagte Birte.

Jan verzog das Gesicht. »Wir müssen arbeiten«, sagte er. »Zuerst fahren wir zu Goldmann in die Wohnung, dann zu Broder ins Atelier. Ich habe Ela gegen zehn Uhr bestellt. Ich hoffe, die Kleine kommt auch. Dann müssen wir uns um diese Galeristin kümmern – Doro Graf. Ich habe ihr eine Nachricht auf ihrem Handy hinterlassen.«

Jan setzte sich ans Steuer. An einem Zeitungskasten entdeckte Birte die Schlagzeile des Express. »Mörderisches Köln!!!«. Mit drei Ausrufezeichen. Ja, die Aufregung in der Stadt würde nach dem Mord gestern Abend nicht geringer werden.

»Hast du mit Fitschen gesprochen?«, fragte sie Jan. »Dass du den Richter-Fall abgeben willst?«

Er schüttelte den Kopf. »Was hältst du von dem, was dieser Mayen gesagt hat? Ein komischer Vogel, aber wahrscheinlich ein guter Schachspieler!«

Birte nahm ihr Smartphone hervor und gab den Namen Campendonk ein.

»Goldmann hat uns stolz die drei Bilder gezeigt – kannst du dich erinnern?«, fragte Jan weiter.

»Heinrich Campendonk wurde 1889 in Krefeld geboren und ist 1957 in Amsterdam gestorben«, las Birte einen Lexikoneintrag vor, den sie im Internet fand. »Er war mit August Macke, Franz Marc und Paul Klee befreundet. 1911 und 1912 nahm er an Ausstellungen der Malergruppe Blauer Reiter teil. Zwischen 1923 und 1933 lebte er im Rheinland und wurde 1926 Professor an der Kunstakademie in Düsseldorf. 1934 emigrierte er nach Belgien, 1935 wurde er Professor in Amsterdam und blieb dort bis zu seinem Tod. – Hast du schon einmal von ihm gehört?«

»Nein«, erwiderte Jan, »aber ich habe auch keine Ahnung von Kunst. Wenn Carla mich in eine Ausstellung schleppen wollte, ist meistens etwas dazwischengekommen.«

Der graue Kastenwagen der Spurensicherung parkte vor dem Uni-Center. Also waren die Untersuchungen noch nicht abgeschlossen. Als sie die zweiundvierzigste Etage erreichten, standen Schultke und Grauer mit dem Pförtner vor der offenen Tür zu Goldmanns Wohnung.

Schultke wirkte überaus mürrisch. »Wir haben gestern bis gegen zwei Uhr hier gearbeitet. Als ich gegen acht wieder hier war, war das Siegel zerstört.«

»Was soll das heißen?«, fragte Jan.

»Jemand ist heute Nacht in der Wohnung gewesen – mit einem Schlüssel. Die Tür wurde nicht gewaltsam geöffnet.«

»Und fehlt etwas?«

Schultke wartete einen Moment, bevor er antwortete. »Wir wissen es noch nicht genau, aber eines ist klar. Die drei Bilder im Wohnzimmer sind allesamt verschwunden.«

28

War es das – ein versuchter Kunstraub, bei dem Broder dem Dieb in die Quere gekommen war? War alles ein Zufall? Nein, wieso hatte ihm dann jemand K.-o.-Tropfen verabreicht? Vielleicht würde die Tatwaffe Aufschluss geben. Eine Walther PPK, von der man noch nicht wusste, woher sie stammte.

Im Arbeitszimmer von Goldmann entdeckte Schiller einige Kunstbände auf dessen Schreibtisch. Ein Buch hieß: »Heinrich Campendonk – Ein Maler des Blauen Reiters«. Mehrere gelbe Klebezettel ragten aus dem Buch. Jan reichte es Birte. »Hier – kannst du dein Wissen über Kunst vertiefen«, sagte er.

Sie nahm es und blätterte darin. »Friedrich Mayen hat also recht gehabt. Es könnte um die Bilder gehen.«

Schiller blickte kurz zum Dom hinüber. Er musste dort noch eine Kerze für Therese und Broder anzünden, fiel ihm ein. Broder hatte die Nacht überlebt, so viel hatte Nele aus der Uniklinik erfahren. Und Therese würde heute wieder entlassen werden.

Das Atelier, in dem Broder gemalt hatte, lag nur ein paar Ecken weiter in der Moselstraße, doch Schiller fuhr hinunter auf den Ring, dann in Richtung Südstadt.

Birte schaute ihn an, ohne ein Wort zu sagen. Als sie den Chlodwigplatz erreichten, fragte sie: »Hast du etwas über den Selbstmord erfahren?«

»Sie ist mit ausgebreiteten Armen, als hätte sie Flügel, direkt auf eine Straßenbahn zugelaufen«, erwiderte Schiller. Er fuhr einmal durch den Kreisverkehr, parkte dann in Höhe des Severintors und stieg aus. Mitten auf dem Platz hatte jemand ein paar Blumen neben die Schienen gelegt. Es war seine Schuld gewesen – auch Carla hatte ihm das nicht ausreden können. Die Sonne war herausgekommen. Als sich für einen Moment weder eine Bahn näherte noch ein Auto um den Platz fuhr, wirkte die Szenerie beinahe idyllisch.

Dann klingelte sein Telefon.

»Ich habe gehört, was mit Broder passiert ist«, sagte Brasch. »Brauchst du noch einen Lockvogel?«

»Ja«, erwiderte Schiller. »Kannst du um eins im Café am Bauturm-Theater sein?«

Der Richter – noch hatte er den Fall nicht abgeben. Schiller rief Brian Oertel an und sprach ihm eine Nachricht auf die Mailbox. Vielleicht war es ja noch möglich, für Freitag einen Artikel im Stadt-Anzeiger zu platzieren. Dann loggte er sich in seinen E-Mail-Account ein. Keine Nachricht. Offensichtlich hatte er den Richter nicht zu einer Antwort provozieren können.

Plötzlich, als er sich schon wieder abwenden wollte, sah er, wie eine groß gewachsene schlanke Frau mit langen blonden Haaren die Straße überquerte. Zuerst registrierte er ihre Schönheit, ihren anmutigen Gang, dann, dass sie Blumen im Arm hielt. Maike Sawatzki ging in die Hocke und legte die Blumen neben den anderen ab. Nachdem sie sich wieder aufgerichtet hatte, schaute sie zu Schiller herüber und hob kurz die Hand. Er grüßte zurück. Was für eine verrückte Welt! Maike Sawatzki bekundete ihre Trauer über den Tod einer Frau, die ihren Mann ins Unglück gestürzt hatte.

Als Schiller zu seinem Wagen zurückkam, telefonierte Birte. Hastig, als wäre sie bei etwas Verbotenem ertappt worden, beendete sie ihr Gespräch. »Die Waffe, mit der Goldmann erschossen worden ist, ist nicht registriert«, erklärte sie, aber Schiller war sicher, dass sie nicht mit dem Präsidium telefoniert hatte.

»Wir müssen jemanden finden, der uns etwas über Campendonk und dessen Bilder sagen kann.« Schiller startete den Wagen. »Wer kann etwas mit drei geklauten Bildern anfangen? Ich meine: Kann man diese Bilder einfach so auf dem Kunstmarkt anbieten?«

»Wohl nicht«, erwiderte Birte. Eine SMS ging bei ihr ein, die sie mit einem verlegenen Lächeln las.

Ist dieser Schauspieler, der in dich verliebt war, wieder aufgetaucht, dieser Lars Becker?, wollte Schiller schon fragen, dann ließ er es jedoch. Birte hatte kein Glück mit Männern, und es war besser, sie nicht daran zu erinnern.

Die Tür zu dem besetzten Haus, in dem Broder sein Atelier hatte, stand offen. Im Treppenhaus hockte ein Mädchen mit feuerroten Haaren hinter dem Tisch, der wohl so eine Art

Rezeption darstellen sollte. Sie spielte an einem iPad herum und blickte gelangweilt auf, straffte sich allerdings sofort, als sie Schiller entdeckte.

»Was wollt ihr?«, fragte sie unfreundlich.

»Wir müssen Broders Atelier einen kleinen Besuch abstatten«, sagte Schiller und wollte schon den Durchgang zum Hof nehmen, doch die Frau sprang unvermittelt auf und stellte sich ihm in den Weg.

»Da haben wir etwas dagegen«, sagte sie und schob ihre Schultern vor. »Wer bist du? Was willst du von Broder?«

Schiller wollte schon nach seiner Polizeimarke greifen, doch Birte kam ihm zuvor. »Wir sind von der Polizei. Broder ist gestern Abend angeschossen worden.«

Die Frau griff nach einem Feuerlöscher, der auf dem Tisch lag, und hob ihn drohend in die Höhe. »Bullen haben hier keinen Zugriff – niemals«, sagte sie laut, wohl in der Hoffnung, dass sie jemand im Haus hörte.

»Ist schon gut, Leika«, sagte eine Stimme, die aus dem Gang vom Hof drang. Ela trat hervor. »Die zwei Bullen wollen Broder helfen.«

Die feuerrote Leika drehte sich um. »Was hat das zu bedeuten?«, fragte sie. »Wer hat Broder angeschossen?«

Ela zuckte mit den Achseln, und Schiller nutzte den Moment, um sich an Leika vorbeizuschieben. Er passierte die Gummipuppe mit der Polizeimütze und gelangte in den Hinterhof. Therese war im Fenster des Ateliers zu sehen. Ja, er durfte sich nicht wundern – sie hatte es nicht länger im Krankenhaus ausgehalten. Freudig winkte sie Schiller zu. Sie sah nicht mehr so bleich aus.

»Hallo, Jung«, sagte sie. Auf dem einzigen Tisch, der im Atelier stand, hatte sie drei Tassen und eine Kanne Tee aufgebaut. »Ich musste raus aus der Klinik. Macht mich ganz krank, so eine Luft. Hast du meinen Brief an Richard verbrannt?«

Schiller küsste die alte Hebamme auf die Wange und nickte. Sie trug ihren babyblauen Mantel. Als einziges Zeichen ihrer Trauer hatte sie sich ein schwarzes Tuch umgebunden, das er an ihr nicht kannte.

Birte und Ela traten hinter ihm ein. Birte umarmte Therese zärtlich. »Wie hast du geschlafen?«

Therese lächelte und schenkte Tee ein. »Ich bin ein altes Unkraut«, sagte sie. »Mich kriegt nichts klein. Manchmal kommen mir noch die Tränen, wenn ich an Richard denke, aber jetzt müssen wir herausfinden, wer das getan hat. Nicht wahr?« Sie nickte Ela zu, die sich daraufhin abwandte und etwas murmelte, das Schiller nicht verstehen konnte.

Schiller blickte sich in dem Atelier um. Hatte sich seit seinem Besuch gestern etwas verändert? Die beiden rostigen Skulpturen standen da, in der Ecke lag die Matratze. Aber wenn er ehrlich war, hatte er sich beim letzten Mal nicht wirklich genau umgeschaut. Er hatte sich vor allem gewundert, dass er keine Bilder gesehen hatte.

»Wo hat Broder eigentlich gemalt?«, fragte er und drehte sich zu Ela um, die auf dem Stuhl neben Therese hockte und vor sich hin starrte. »Hier ja wohl nicht.«

»Manchmal hier, manchmal woanders«, erklärte sie mürrisch. »Zuletzt ja wohl in deiner Wohnung.«

Ja, das stimmte, aber die Bilder waren auch verschwunden. Schiller sah sich weiter um. Die Skulpturen sollten wohl Frauen darstellen, erkannte er. Ein Metallschrank stand in einer anderen Ecke. Etwa zehn benutzte Farbdosen reihten sich da aneinander. Schiller nahm eine zur Hand. Schwarze Farbe. Wahrscheinlich hatte Broder damit Parolen für diese blödsinnige Befreiungsfront auf Häuserwände gesprüht.

»Du musst uns helfen, Ela«, sagte Birte in seinem Rücken. Sie gab sich alle Mühe, freundlich zu klingen. »Mit wem hatte Broder zu tun? Kannst du uns Namen nennen?«

Schiller näherte sich der Matratze. Hier hatte Ela tatsächlich geschlafen? Eine Decke war nicht zu sehen, nur ein Kopfkissen, das in einem schmutzigen Bezug mit dem rot-weißen 1.-FC-Köln-Logo steckte.

»Max war manchmal mit Broder unterwegs, so ein braun gebrannter Typ mit gefärbten Haaren, und diese aufgetakelte Doro und dann noch Hauser.«

»Wer ist Hauser?«, fragte Birte.

»Du kennst Hauser nicht?« Schiller schaute Birte spöttisch an. »Ach ja, du bist ja ein Imi – zugezogen!«

»Knut Hauser ist in Köln eine Berühmtheit«, meinte Therese beschwichtigend. »Als er noch im Knast saß, habe ich einmal versucht, ihn zu besuchen. Man hat mich leider nicht reingelassen. Seit ein paar Monaten ist er wieder frei. Hauser war ein richtiger Künstler, Siebdruck, so wie Andy Warhol. Bis er auf die Idee gekommen ist, Geldscheine zu fälschen. Bevor er auch nur einen Schein in Umlauf bringen konnte, haben sie ihn erwischt.«

»Leuten von der Müllabfuhr ist aufgefallen, dass da geschredderte Geldscheine im Papiermüll steckten«, warf Schiller ein. »Danach gab es einen richtig großen Aufmarsch. BKA, GSG 9 – wochenlang haben sie Hauser observiert. Eigentlich wollte er gar nicht reich werden, sondern nur gucken, ob er in der Lage ist, Geld so perfekt zu fälschen, dass es niemand bemerkt.«

»Und mit ihm hat Broder sich getroffen?«, fragte Birte.

»Ja, ist doch wohl nichts dabei«, erwiderte Ela eingeschnappt.

Die Kleine ging Schiller allmählich auf die Nerven. Er beugte sich über die Matratze und öffnete den Küchenschrank. »Hat Broder eigentlich auch hier geschlafen?«, fragte er. In der ersten Klappe entdeckte er Kleidung, zwei Hosen und ein paar Hemden, ordentlich zusammengefaltet. Offensichtlich gehörten die Sachen einem Mann.

»Broder hatte hier ein Zimmer im Haus«, antwortete Therese. »Aber alles, was er besaß, steckte in seinem Metallkoffer.«

Der Koffer befand sich noch in seiner Wohnung. Schiller hatte ihn am Morgen kurz durchgesehen und nichts Auffälliges gefunden.

»Wann kann ich zu Broder?«, fragte Ela. »Ich will mit ihm reden. Ich habe mal gehört, dass Menschen, die im Koma liegen, eine ganze Menge wahrnehmen.«

»Niemand darf zu ihm«, sagte Birte.

Schiller öffnete weitere Türen im Schrank. Lebensmittel fand er, Nudeln, Dosen mit Ravioli und Erbsensuppe, haltbare Milch, Kaffee, in einem weiteren Fach zwei grobe Wolldecken.

»Ich bin seine Familie«, erklärte Ela trotzig. »Ich muss ihn sehen.«

Schiller zog eine Schublade auf. Zeichnungen lagen da, mit einem Bleistift angefertigt und überaus kunstvoll. Er nahm ein Blatt zur Hand. Ein Pferd war darauf zu erkennen, es hatte den Kopf in die Höhe gereckt und hob einen Huf. Auf der zweiten Zeichnung lehnten sich zwei nackte Frauen aneinander, die merkwürdig ungelenk und kantig wirkten. Die dritte Zeichnung zeigte eine Katze mit einem überdimensionalen viereckigen Kopf.

Schiller hob die Zeichnung mit dem Pferd hoch und wandte sich um. »Hat Broder diese Skizze angefertigt?«, fragte er.

Ela blickte ihn missmutig an. »Wer soll es sonst gemacht haben? Ich war es jedenfalls nicht.«

Drei weitere Zeichnungen entdeckte Schiller, die allerdings so unfertig waren, dass man nur erkennen konnte, dass sie irgendwelche Tiere darstellen sollten. Unter den Blättern lag ein Bildband: »Heinrich Campendonk – Rausch und Reduktion«. Der Umschlag war vergilbt und eingerissen.

Wo waren die Bilder abgeblieben, die Broder angeblich gemalt hatte? Und wieso hatte er einen Bildband von Campendonk in seinem Atelier? Hastig verabschiedete Schiller sich von Ela und Therese. Birte folgte ihm.

»Zwei Bildbände von Campendonk«, sagte sie. »Einen in der Wohnung von Goldmann, der andere bei Broder im Atelier. Dann drei geklaute Campendonks. Zufall kann das kaum sein, nicht wahr?«

»Nein, wohl nicht.« Schiller nickte der rothaarigen Leika spöttisch zu, als er an ihr vorbei auf die Straße ging. Sie warf ihm abfällig eine Kusshand hinterher. Dann zog er sein Telefon hervor und rief Nele im Präsidium an. Was war mit den Mobiltelefonen von Goldmann und Broder? Sie mussten unbedingt in Erfahrung bringen, mit wem die beiden zuletzt telefoniert hatten.

»Fitschen will den Richter-Fall ans LKA übergeben«, erklärte Nele. »Aber vorher möchte er mit euch sprechen. Um vierzehn

Uhr hier im Präsidium. Und Laura Diedrich hat auch schon zweimal nach dir gefragt.«

»Gibt es Reaktionen auf das Phantombild des Richters?«, fragte Schiller.

»Nein, nichts. Aber die Uniklinik hat eben angerufen. Da steht eine Frau vor der Intensivstation und will unbedingt zu Broder. Sie hat sich nicht abweisen lassen und macht richtig Terror.«

»Wer ist diese Frau?« Schiller warf Birte die Autoschlüssel zu und ging um den Passat herum.

»Sie heißt Doro Graf«, erwiderte Nele. »Sie behauptet, seine Galeristin zu sein.«

»Ist doch schön, wenn sich das Wild von alleine einstellt«, meinte Schiller.

Auf dem Gang vor der Intensivstation war eine untersetzte blonde Frau in eine heftige Diskussion mit Professor Kronenberg verstrickt. Neben ihr stand ein muskulöser braun gebrannter Mann mit gefärbten braunen Haaren: Max, der Türsteher. Schiller erinnerte sich sofort an seinen Namen.

»Ich werde einen Anwalt einschalten«, erklärte Doro Graf. »Darauf können Sie sich verlassen. Ich bin die Galeristin von Herrn Broder und verlange Auskunft …« Sie trug einen teuren schwarzen Mantel, war allenfalls einen Meter sechzig groß und stark geschminkt, und sie schien es nicht gewohnt zu sein, dass man ihr widersprach.

Schiller zückte seinen Ausweis. »Frau Graf – Hauptkommissar Schiller, Kripo Köln, schön, dass wir Sie endlich treffen.«

Professor Kronenberg nickte ihm erleichtert zu. »Wir hatten ein paar Diskussionen …«

»Schon gut.« Birte hatte auch ihren Ausweis hervorgeholt. »Wir diskutieren gerne mit der Dame weiter – und dem Herrn.«

Doro Graf musterte Schiller abfällig. »Herr Schiller – wir hatten ja schon das Vergnügen. Und das ist mein Chauffeur Max.«

»Chauffeur?« Schiller hob die Augenbrauen und blickte Max an. »Ich dachte, Sie sind Türsteher oder so etwas.«

»Mache ich manchmal noch, aber zurzeit bin ich eher Fahrer.« Max tippte sich an die Stirn, als wolle er sich davonmachen.

»Max war so freundlich, kürzlich Broder bei mir vorbeizubringen«, erklärte Schiller, an Birte gewandt.

»Hören Sie«, mischte sich Doro Graf ein. Ihre Wangen waren gerötet, ob von zu viel Make-up oder von der Aufregung ließ sich nicht sagen. »Wir wollen Auskunft. Nichts anderes. Was genau ist mit Henning Broder passiert?«

»Wir brauchen auch ein paar Auskünfte. In der Cafeteria finden wir bestimmt einen Platz, um uns angeregt auszutauschen.«

Doro Graf blickte geschäftig auf eine teure goldene Uhr. »Ich weiß nicht … Ich habe eigentlich im Geschäft einen Termin.«

»Wir können Sie auch aufs Präsidium bitten – da ist es allerdings nicht ganz so gemütlich.« Schiller deutete zum Fahrstuhl. »Wenn Sie uns bitte folgen würden.« Er registrierte den fragenden Blick, den Max seiner Chefin zuwarf. Sie zuckte mit den Achseln und stöckelte dann auf hohen Absätzen zum Lift.

Im Fahrstuhl betrachtete Doro Graf den Bildband, den Birte unter dem Arm trug. Schiller bemerkte, dass sie etwas sagen wollte, es dann jedoch unterließ. »Wie schwer ist Broder genau verletzt? Wird er es überleben?«

»Darüber können wir keine Auskunft geben. Er ist jedenfalls noch nicht vernehmungsfähig, sonst wüssten wir schon, was genau in der Wohnung von Richard Goldmann passiert ist. Sie kennen Professor Goldmann?« Er fixierte Doro Graf.

Sie erwiderte seinen Blick aus harten graugrünen Augen. Sie musste um die vierzig sein, nein, ein wenig älter. Um ihren schmalen Mund lag ein harter Zug. Trotzdem war sie recht attraktiv. Eine große braune Warze zierte ihre rechte Wange. Ihre Fingernägel waren grellrot lackiert.

»Ja«, sagte sie, »ich kenne Professor Goldmann. Wer kennt ihn nicht?«

Sie fanden in einer Ecke einen Tisch. Max rückte Doro Graf ganz wie ein Butler den Stuhl zurecht. Er war auffällig schweigsam, fand Schiller, zumindest deutlich einsilbiger als an dem Abend in seiner Wohnung.

Birte legte den Bildband auf den Tisch. »Kennen Sie das Werk Heinrich Campendonks?«, fragte sie.

Doro Graf blies sich eine blonde Strähne aus der Stirn. »Hören Sie, geht es hier um einen Exkurs in Kunstgeschichte? Oder um eine Schießerei?«

»Ja, zunächst einmal geht es um Kunstgeschichte«, erwiderte Schiller. »Heute Nacht, nachdem die Spurensicherung abgezogen ist, hat man drei Campendonks aus Goldmanns Wohnung entwendet. Können Sie mir sagen, was so ein Campendonk heutzutage wert ist?«

Doro Graf starrte Schiller an. »Drei Campendonks sind weg? Einfach so?«

»Nun, nicht einfach so. Wenn ein Kunsträuber hinter der ganzen Sache steckt, hat er zumindest einen Mord begangen und einen zweiten versucht.«

Max ruckelte unruhig auf seinem Stuhl hin und her. Schweiß stand ihm auf der braun gebrannten Stirn.

»Wissen Sie etwas darüber? Was hat Broder zuletzt für Sie gemalt?«, fragte Schiller.

»Ich habe es Ihnen doch schon gesagt.« Doro Graf legte ein teures Smartphone vor sich auf den Tisch. »Ich habe Broder zwei Bilder für fünftausend Euro abgekauft.«

»Zwei Bilder? Bei unserem Telefongespräch war nur von einem die Rede.«

»Ein Bild habe ich schon, ein zweites sollte er noch liefern«, entgegnete die Galeristin ungerührt.

»Wo ist das Bild?«, fragte Birte.

»Bei uns im Kunsthaus. Wir haben für November eine Ausstellung junger Kölner Künstler angekündigt. Da wird es gezeigt. Man kann es auch kaufen.« Doro Graf klappte ihre schwarze Handtasche auf und holte einen Zwanzig-Euro-Schein hervor. »Max, bist du so lieb und besorgst uns einen Kaffee?«

Max stand wortlos auf und schlenderte zu der Theke hinüber.

»Wann kann ich Broder sehen?«, fragte Doro Graf. »Wann kann ich mit ihm sprechen? Ich fühle mich für ihn verantwortlich. Es ist eine große Tragödie.«

»Sie müssen mir noch ein paar Dinge erklären.« Schiller bemühte sich, liebenswürdig zu klingen.

Mit einem Tablett mit vier Tassen Kaffee kehrte Max zurück. Schiller nahm sich mit einem freundlichen Nicken den ersten Kaffee.

»Was ist ein Campendonk wert? Und haben Sie schon einmal einen verkauft? Zufällig an Richard Goldmann?«

Doro Graf nahm sich ebenfalls eine Tasse. Sie verzog leicht angewidert den Mund, als sie an dem Kaffee nippte. »Ja«, sagte sie dann. »Die Campendonks, die Professor Goldmann besitzt, stammen von uns. Mein Chef, Herr Richartzhagen persönlich, hat ihm Anfang der achtziger Jahre das erste Bild verkauft. Das zweite haben wir im Jahr 1999 veräußert.«

»Und das dritte Bild?«, fragte Birte.

Plötzlich war ein lautes Vogelgezwitscher zu hören. Auf dem Smartphone ging ein Gespräch ein. Doro Graf nahm es ohne Zögern an.

»Ja?«, sagte sie, während sie Schiller anstarrte. Er bemerkte, wie ihr Blick abkühlte. Eine Falte zog sich über ihre Stirn. »Was? … Ja, ich komme sofort.«

Nachdem sie das Gespräch beendet hatte, schaute sie Max an. »Jemand ist heute Nacht in unserem Büro eingebrochen. Die Polizei ist schon alarmiert.«

29

Drei SMS hatte Pierre Lavender ihr geschickt. »Danke für die schöne Nacht.« – »Ich denke an Dich.« – »Wann sehen wir uns wieder?«

Birte hatte nur die letzte beantwortet – mit einem knappen »Bald«, das sie jedoch bereits bereute, kurz nachdem sie die Nachricht abgeschickt hatte. Sie durfte sich nicht schon wieder auf eine fatale Affäre einlassen. Pierre Lavender hatte mittelbar mit ihrem Fall zu tun, und er gehörte zur Kölner Prominenz.

Nein, sagte eine andere Stimme. Er ist ein erfolgreicher Anwalt, na und? Der Fall Sawatzki ist abgeschlossen.

Jan hatte sie an der Breite Straße abgesetzt und war dann weitergefahren. Er habe noch einen Termin. Sie wusste genau, um was es sich handelte. Brasch sollte nun sein Lockvogel für den Richter sein. Er hatte diese Idee noch nicht aufgegeben.

Das Kunsthaus Richartzhagen befand sich in der Opernpassage an der Breite Straße. Zwei Männer der Spurensicherung waren schon vor Ort. Die hintere Tür, zu der man über ein enges Treppenhaus gelangte, war mit einem Brecheisen aufgestemmt worden. Keine sonderlich filigrane Arbeit.

»Haben Sie keine Alarmanlage?«, fragte Birte.

Doro Graf besah sich den Schaden. »Doch«, erklärte sie, »natürlich, aber sie ist nicht immer eingeschaltet. Herr Richartzhagen ist schon ein älterer Herr. Manchmal, wenn er der Letzte ist, vergisst er –«

»Die Alarmanlage war also nicht eingeschaltet. Und was ist gestohlen worden – wertvolle Bilder?« Birte folgte Doro Graf durch einen Vorraum in ein kleines Büro, das einigermaßen verwüstet aussah. Aktenordner waren aus einem Regal gerissen und auf den Boden geschleudert worden. An einem antiken Schreibtisch hing eine Schublade heraus. Offensichtlich hatte man sie aufgebrochen. Birte machte mit ihrem Smartphone ein paar Fotos.

Doro Graf wirkte nun einigermaßen beruhigt. »Nein, bis in unsere Ausstellungsräume sind die Einbrecher zum Glück nicht gelangt. Das hat sie wohl nicht interessiert. Sie haben eine

Geldkassette mitgenommen und einen Ordner mit Kundenadressen.«

Von einem Flur aus konnte man in den Verkaufsraum sehen, doch die Galeristin bog nach links in einen Besprechungsraum ab, der mit schweren, alten Plüschmöbeln ausgestattet war. An den Wänden hingen drei Porträts: ältere seriöse Herren, die sich alle in Öl hatten verewigen lassen. Unter einem der Bilder saß ein alter grauhaariger Mann in einem Ledersessel, sein Kopf war auf die Brust gesunken, als würde er ein Schläfchen halten. Er trug ein weißes Hemd, eine gelbe Krawatte und einen anthrazitfarbenen Anzug, der ihm ein wenig zu groß war.

»Herr Dr. Richartzhagen«, stellte Doro Graf den Mann vor.

Der Mann schreckte auf. Er war steinalt, gewiss weit über achtzig. Sein Blick zeigte seine Verwirrung, er schien tatsächlich eingenickt gewesen zu sein.

»Tut mir leid«, murmelte er. »Ich bin noch ganz mitgenommen.«

Birte hielt ihm ihren Ausweis an und setzte sich auf einen der Lederstühle, die sich um den Besprechungstisch gruppierten. »Es ist also nichts von Wert gestohlen worden?«, sagte sie.

»Nun ja.« Doro Graf nahm ebenfalls Platz. »Die Adressen sind natürlich wertvoll. Wir haben da auch vermerkt, welche Bilder unsere Klienten erworben haben.«

»Und diese Daten haben Sie ungesichert in einem einfachen Aktenordner?«, fragte Birte.

Richartzhagen lächelte matt. »Es ist alles meine Schuld«, krächzte er. »Ich arbeite nicht mit dem Computer. Ich brauche Papier, Unterlagen. Alte Schule, müssen Sie verstehen. Ich werde im nächsten Jahr sechsundachtzig.« Er hob hilflos seine Hände.

»Unterlagen über Richard Goldmann haben sich vermutlich auch in dem gestohlenen Ordner befunden«, meinte Birte. »Wann genau hat er den dritten Campendonk gekauft?«

»Sie wollen etwas über Professor Goldmann wissen?« Richartzhagen sprang überraschend flink auf. »Sie sind gar nicht wegen des Einbruchs hier?«

»Nein, ich ermittele in dem Mord an Richard Goldmann. Heute Nacht sind seine drei Campendonks gestohlen worden. Ich interessiere mich vor allem für das dritte Bild.«

Richartzhagen zerrte ungeduldig an einem der Stühle und ließ sich auf das Polster sinken, als hätten ihn seine Kräfte bereits wieder verlassen. »Das dritte Bild? Da kann Ihnen Frau Dr. Graf mehr zu sagen. Es war ein besonderer Verkauf. Wir haben das nur in Kommission gemacht – tun wir normalerweise nicht, aber das Werk Campendonks ist meine Spezialität. Als junger Mann habe ich ihn noch in Amsterdam getroffen – ein großer Künstler, allerdings nicht ganz einfach im Umgang.« Richartzhagen stöhnte und nestelte an seiner Krawatte, die ihm plötzlich zu eng zu sein schien.

Birte blickte Doro Graf fragend an. Plötzlich tauchte Max im Türrahmen auf, nickte ihr zu und zog sich wieder zurück.

»Dieser Campendonk galt lange als verschollen. Er tauchte in einem Werkverzeichnis in den frühen dreißiger Jahren auf und verschwand dann aus der Öffentlichkeit. Ein privater Sammler hat ihn vor den Nazis versteckt, wie wir heute wissen. Das Bild gehörte zu der privaten Sammlung Brandhorst, eine ehemalige jüdische Bankiersfamilie, die 1933 nach London geflüchtet ist. Der Campendonk blieb jedoch in einem Versteck in Berlin. Eine aufregende Geschichte. Mitte der sechziger Jahre ist die Witwe des Sammlers mit ihrer Tochter Amalie Brandhorst nach Berlin zurückgekehrt. Letztes Jahr ist Amalie Brandhorst gestorben. Leider hatte sie keine Nachkommen. Ein Anwalt verwaltet ihren Nachlass und hat uns das Bild angeboten.«

»Interessant.« Birte hatte ein Notizbuch hervorgezogen und schrieb sich ein paar Daten auf. Der Kunstmarkt war kompliziert. Sie würden einen Experten zurate ziehen müssen. »Sie haben doch bestimmt Fotos und Expertisen der Gemälde, nicht wahr?«

Doro Graf nickte und warf Richartzhagen einen besorgten Blick zu. Der alte Mann griff immer noch an seinem Kragen herum. »Ich glaube, ich muss meinen Chef an die frische Luft bringen. Die Aufregung war wohl zu viel für ihn. Er hat in letzter Zeit häufiger Herzprobleme.«

Birte erhob sich. »Die Fotos und die Unterlagen zu den drei Campendonks brauche ich so schnell wie möglich. Und natürlich den Namen des Anwalts, der Ihnen das Bild überlassen hat.«

»Der Name?« Doro Graf war ebenfalls aufgestanden. »Der Anwalt kommt aus Berlin und heißt Dr. Gotthard Redecker.«

Nele war der Engel ihrer Abteilung. Sie musste ungefähr fünftausend Überstunden haben, und sie verstand es perfekt, Jan und ihr den Rücken freizuhalten. Und an Informationen kam sie auch schneller als jeder andere.

»Ich hoffe, du wirst niemals heiraten«, sagte Birte. Sie hatte sich ein Café auf der Breite Straße gesucht, um wenigstens eine Suppe zu essen. »Ohne dich sind wir am Ende. Chronisch unterbesetzt, zu viele Fälle …«

»Fitschen hat den Richter-Fall ans LKA gegeben. Er war ganz schön wütend, dass keiner von euch ins Präsidium gekommen ist. Bert wird als Kontaktmann eingesetzt. So bleiben wir am Ball.«

Birte dachte daran, dass Jan vermutlich noch mit Brasch zusammensaß und seine Lockvogel-Strategie durchsprach, aber es geschah ihm ganz recht, dass man ihn ausbootete.

»Merkwürdig, dass man ausgerechnet heute Nacht bei diesem Kunsthändler eingebrochen hat«, meinte Nele. »Ich habe den Diebstahl der drei Campendonks schon nach Berlin gemeldet. Dort am LKA laufen alle Informationen über Kunstdiebstähle zusammen.«

»Sah nicht aus, als wären da Profis am Werk gewesen. Und Leute, die was von Kunst verstehen, hätten nicht nur eine Geldkassette mitgenommen. Wir müssen mehr über das Kunsthaus in Erfahrung bringen. Hat es da schon früher Einbrüche gegeben?« Durch das Fenster konnte sie sehen, dass Doro Graf auf der Straße vorbeihastete. Ihr Chauffeur lief neben ihr her und redete auf sie ein. »Außerdem muss ich wissen, ob Redecker, dieser Anwalt, noch im Dom-Hotel wohnt. Ich will ihn dringend sprechen.«

»Ich kümmere mich«, erwiderte Nele. »Und nun habe ich

noch einen Auftrag für dich. Hat mich Jan drum gebeten. Ein Rendezvous mit einem Fälscher.«

Knut Hauser hockte an einem Fensterplatz im Chlodwig-Eck in der Südstadt, ein etwa siebzigjähriger Mann mit schütteren grauen Haaren und einer großen Metallbrille, die so unmodern war, dass sie aus den achtziger Jahren stammen musste. Er blickte nicht auf, als Birte sich seinem Tisch näherte, sondern zeichnete ungerührt in einer Kladde weiter.

Die Kneipe war fast leer, nur an der Theke saßen zwei Männer und musterten sie argwöhnisch.

»Eigentlich habe ich mir geschworen, nie mehr mit einer Polizistin zu sprechen«, sagte Hauser, ohne aufzublicken. »Wenigstens nicht, wenn ich allein bin. Eine verdeckte Ermittlerin hat sich damals an mich herangemacht und mich reingerissen. Verdammtes Weibsstück!«

Birte setzte sich. »Was machen Sie da?«, fragte sie.

Hauser schaute sie ernst an. Er war ausgemergelt, ein Trinker, dem das Trinken nicht mehr gut bekam, so wirkte er – und wie ein vom Leben Enttäuschter.

»Ich mache jetzt Comics, habe einen kölschen Detektiv erfunden, der Kriminalfälle löst – De Nas, wegen seines Zinkens im Gesicht. Na, eigentlich war De Nas ja ein Gauner, aber das weiß heute keiner mehr.«

Ein Mann in einem blauen T-Shirt kam an ihren Tisch. »Stört die Kleine dich?«, fragte er, doch Hauser winkte ab, und Birte bestellte einen Kaffee.

»Tut mir leid, die Sache mit Broder. Er ist ein guter Kerl. Hat auch als Maler wirklich was drauf.« Hauser strichelte weiter. Ein Knollengesicht entstand unter seinen Händen.

Birte fiel ein, dass sie ganz vergessen hatte, sich Broders Bild von Doro Graf zeigen zu lassen. »Wann haben Sie Broder zuletzt gesehen?«

Endlich legte Hauser den Stift beiseite. Ein Bier stand neben ihm. Er trank einen Schluck. »Ist alkoholfrei«, sagte er. »Ich vertrage keinen Alkohol mehr. Überhaupt: Keine Macht den Drogen.« Er kicherte in sich hinein.

Der Mann in dem T-Shirt brachte ihren Kaffee. »Broder war auch manchmal hier. Ein guter Typ«, sagte er.

Birte beachtete ihn nicht.

»Ich fand das mit dieser Befreiungsfront eine wirklich gute Idee. Allerdings hätte ich es andersherum gemacht. Die Idioten nach Deutz. Sollen alle in die Messehallen ziehen, ins Hyatt oder in diese hässliche Arena. Die Guten müssen auf der linken Seite bleiben. Da steht schließlich der Dom. Und was haben wir schon Besseres als den Dom? Gut fand ich auch die Idee, eigenes Geld zu entwerfen. Da hätte ich ihnen Tipps geben können.« Er kicherte wieder, diesmal lauter.

»He«, rief einer der Männer von der Theke herüber. »Hast du schon wieder Ärger mit der Schmier?« Er lachte.

Hauser winkte ab. »Wann ich Broder zuletzt gesehen habe? Vor drei Tagen. Er war richtig happy, wegen der Kleinen, die neuerdings in sein Bett kriecht und ihn für den Größten hält. Und weil er endlich als Maler Geld verdient hat.«

»Wissen Sie, was er genau gemalt hat?« Wieder ging eine SMS ein, die Birte sich verstohlen anschaute. »Bin auf dem Rückweg nach Köln. Heute Abend?«, schrieb Pierre Lavender. Er war erstaunlich anhänglich.

»Ich weiß schon aus Prinzip nie etwas«, erwiderte Hauser. Er zeichnete wieder. Seine Hände bewegten sich geschickt und wirkten viel jünger als der Rest seines Körpers. »Da müssen Sie Broder schon selbst fragen.«

»Broder wird noch eine Weile im Koma liegen. Und ich muss einen Mord aufklären.«

Hauser hielt inne. »Wir Künstler sind immer auf der Suche nach dem absoluten wahren Kunstwerk. Mir ist es mit meinen Geldscheinen so gegangen. Der Reichtum war eigentlich nebensächlich. Ich hatte natürlich nichts dagegen, reich zu werden, aber im Grunde ging es mir um etwas anderes: die perfekte Fälschung. Der echte Schein sollte vom falschen nicht mehr zu unterscheiden sein. Ich wollte diese Grenze zwischen echt und falsch aufheben. Na, wäre mir auch beinahe gelungen.« Er nahm wieder einen Schluck. »Hat mich sieben Jahre gekostet – dieses Abenteuer.«

Birte musterte ihn. »Was wollen Sie mir damit sagen?«

»Vielleicht ist es Broder ähnlich ergangen – vielleicht war er auch von diesem Gedanken infiziert: das perfekte Kunstwerk zu erschaffen.« Er wandte sich wieder seiner Zeichnung zu. »Ende der Durchsage«, erklärte er mit strenger Stimme. »Wie gesagt, eigentlich rede ich gar nicht mit Polizistinnen.«

30

Die Nächte waren am schlimmsten für den Sanftmütigen. Er schlief ein, zwei Stunden, dann schreckte er auf, und der Richter übernahm. In jedem Traum befand er sich wieder in diesem Inferno. Was hätte er nach dem Anschlag tun können? Mit der toten Yamina lief er durch das Chaos – er schrie und weinte, und er wusste nicht, was er mit dem toten Mädchen tun sollte. Schrille, entsetzte Stimmen hüllten ihn ein, Schreie, Rufe, Sirenen. Er war in den schlimmsten Alptraum geraten. Es kam ihm vor, als würde er sein eigenes blutiges Herz in den Händen halten. Wenn er dieses Herz jemandem übergab, würde er sterben. Irgendwann brach er zusammen, mitten auf der Straße.

Als er erwachte, lag er auf einer Pritsche in dem hellgrünen Gang eines Krankenhauses. Seine Brieftasche fehlte, die hatte man ihm in dem Tumult auch noch gestohlen, und das tote Mädchen hatte ihm eine Ordensschwester, die ein merkwürdiges Englisch sprach, aus den Händen genommen. Später war diese Schwester es, die ihn zu seinem Apartment fuhr. Er war fast unverletzt gewesen, ein paar Schnittwunden im Gesicht und an den Händen von herumfliegenden Scherben – das war alles gewesen. Er hatte überlebt und machte sich Vorwürfe deswegen.

Wenn es einen Gott gab, wie konnte er so etwas zulassen?

Vielleicht sollte er Rudolf Laer einen Brief schreiben und ihn fragen, bevor er ihn tötete. Vielleicht könnte der Erzbischof ihm eine Antwort geben.

Gegen sechs Uhr, als es noch dunkel war, schlich der Richter aus dem Haus. Wenn er sich bewegte, wurde er ruhiger. Um sich auf andere Gedanken zu bringen, überlegte er, was er tun würde, wenn er den Erzbischof getötet hatte und die Schreie in seinem Kopf verstummt waren. Er sollte Urlaub machen, das würde dem Sanftmütigen gefallen, irgendwohin in die Sonne fahren, nicht nach Afrika, sondern nach Kalifornien oder Australien.

Sein Weg führte ihn zum Eigelstein. Um acht Uhr wurde das Wettbüro geöffnet. Er sah sich eine Weile um. Die Polizei würde mittlerweile wissen, dass er von hier seine E-Mail gesendet hatte. Doch der Richter konnte nichts Auffälliges entdecken. Er brauchte auch kaum mehr als eine Minute, um seine Nachricht zu verschicken.

Sehr geehrter Herr Hauptkommissar Schiller,
der Richter versteht Ihren Zorn – ja, es sind zu viele Menschen zu Schaden gekommen, um den Richter zu besänftigen, aber er kann Ihnen eines versichern: Er wird nur noch ein Mal töten – der große Schuldige ist schon auserwählt, das Urteil gesprochen. Am kommenden Mittwoch wird es vollstreckt.
Hochachtungsvoll
Der Richter von Köln

31

So etwas kannte er nicht – ein tiefes Schuldgefühl, das er nicht abschütteln konnte. In der Nacht hatte er kaum schlafen können. Immer hatte er die Stimme von Christina Fetzer im Ohr. »Können Sie kommen? Und mir helfen?« So ganz beiläufig hatte sie auch noch zugegeben, bei Sawatzki eingebrochen zu haben. Und er sah sie vor sich, eine elegante, kultivierte Frau, in ihrer Wohnung vor einem riesigen Bücherregal stehen und von ihrer dreiundneunzigjährigen Mutter sprechen, die an Demenz litt.

Selbst Kaffee half nicht mehr, und nun saß er hier im Theater am Bauturm und redete mit Oertel und Brasch über den Artikel, den sie am Samstag im Stadt-Anzeiger platzieren wollten, um den Richter aus der Reserve zu locken.

Eine andere Geschichte hatte er sich auch nicht ausgedacht – ein Mann wurde nach einundzwanzig Jahren durch einen DNA-Test überführt, eine Frau getötet zu haben, doch da man es als Totschlag wertete, galt die Tat als verjährt, und er verließ das Gericht als freier Mann.

Brasch hatte sogar ein Foto dabei, das ihn lachend am Rhein zeigte. Eigentlich völlig unpassend für so einen Artikel.

»Am Samstag kann der Artikel erscheinen«, erklärte Oertel. Auch er schien sich bei dem Gedanken, bei dieser Aktion mitzumachen, nicht mehr so wohlzufühlen. »Wir müssen aber noch ein kleines Papier aufsetzen. Dass wir im Auftrag der Polizei handeln, Mithilfe bei der Aufklärung eines schweren Kapitalverbrechens und so weiter.«

»Ja«, sagte Brasch. »Ich brauche natürlich auch etwas. Wenn mir etwas passieren sollte, dann …«

Vergessen wir es, hätte Schiller am liebsten gesagt. Ich habe diesen Fall ohnehin nicht mehr, dann sah er, dass auf seinem privaten Account am frühen Morgen eine E-Mail eingegangen war. Der Richter hatte ihm geschrieben. Höflich, beinahe entschuldigend. Er hatte das nächste Opfer schon ausgewählt.

Schiller sah Brasch an. »Wir müssen die Sache verschieben«, sagte er, dann nickte er Oertel zu, der unwillig das Gesicht verzog, und ging.

Er fuhr zum Dom. Die Straßen waren völlig verstopft, aber er ließ sich Zeit, als hätte er an diesem Tag nichts mehr zu erledigen. Neles Anrufe ignorierte er. Er wusste ja, was sie wollte – er sollte mit der Profilerin sprechen, Fitschen Bericht erstatten und mit der Spurensicherung über den Tatort im Uni-Center reden.

Im Parkhaus unter dem Dom stellte er den Passat ab. Horden von Menschen zogen durch die Kathedrale. Japaner, die tatsächlich unaufhörlich fotografierten, drängelten herum. Einer sprach laut in sein Handy hinein. Doch Schiller beachtete sie gar nicht. Er stellte vier Kerzen auf – zwei für Therese und Goldmann, die anderen beiden für Broder und Christina Fetzer. Dann saß er unter dem Richter-Fenster und blickte hinauf. Sonnenlicht reflektierte in den Scheiben, ein wunderbares Farbenspiel. Wenn es einen Gott gab, musste er aus solchen Farben bestehen, dachte Schiller und wunderte sich selbst, woher dieser Gedanke kam.

Plötzlich formulierte sich wie von selbst ein Schwur in seinem Kopf. Er würde Goldmanns Mörder finden und herausfinden, wer Broder mit K.-o.-Tropfen außer Gefecht gesetzt und ihm eine Kugel in den Kopf gejagt hatte. Und falls Broder überlebte, würde er Carla heiraten, wenn sie es denn noch wollte.

Im Präsidium war die Anspannung wie mit Händen zu greifen. Fitschen hockte mit Laura Diedrich, Bert Cremer und einem Team vom LKA zusammen. Schiller informierte die Runde kurz über die neue E-Mail und legte ihnen einen Ausdruck vor. Brauchbare Hinweise hatten sie nach der Veröffentlichung der Phantomzeichnung bisher nicht erhalten, aber damit war auch nicht zu rechnen gewesen.

Laura Diedrich nahm die E-Mail wie selbstverständlich an sich. »Vielleicht kommt der Richter gar nicht aus Köln. Vielleicht sucht er sich hier nur seine Opfer.« Sie sah Schiller herausfordernd an. Er hatte sich noch nicht einmal gesetzt.

»Ja, vermutlich kommt er aus Düsseldorf und will hier nur Chaos stiften.«

»Das scheint ihm ja zu gelingen«, erwiderte Fitschen müde. Zum ersten Mal bemerkte Schiller, dass der Kriminaldirektor schlecht rasiert war. »Gleich hat sich der Innenminister angesagt.

Was kann ich ihm bieten?« Mit hilflosem Blick schaute er in die Runde. Zum Glück fing er nicht an, ihre gemeinsame Idee eines Lockvogels auszubreiten.

Schiller verabschiedete sich mit einem kurzen Gruß. Es war nicht mehr sein Fall.

Zumindest nicht, solange er nicht herausgefunden hatte, was Broder widerfahren war.

Nele stellte ihm einen Kaffee ins Büro. Sie war die Einzige, die der Stress nicht anzugreifen schien. »Ich habe die Telefonverbindungen von Goldmann. Er hat in diesem Monat fast hundert Gespräche von seinem Festnetzanschluss geführt. Am häufigsten hat er mit Therese telefoniert. Mehrmals mit dem Kunsthaus Richartzhagen und zweimal mit Broder. Das letzte Mal gestern Morgen. Andere Verbindungen überprüfen wir noch.«

Schiller trank den Kaffee. »Haben wir etwas von den gestohlenen Bildern gehört?«

Nele lächelte. »Nein, nichts. Unser Kontaktmann beim LKA in Berlin wollte sich ein wenig in der Szene umhören. So hat er sich tatsächlich ausgedrückt. ›In der Szene umhören‹. Drei Campendonks kann man nicht an jeder Ecke verkaufen, meinte er. Na, das hatten wir uns auch schon gedacht.«

»Wenn es überhaupt darum geht«, erwiderte Schiller.

»Außerdem sind die Campendonks nun in dem Art-Loss-Register eingetragen, in dem gestohlene Kunstwerke erfasst werden«, erklärte Nele weiter.

Eine SMS traf ein. »Brauche dich«, schrieb Birte. »In einer halben Stunde im Café Wahlen am Hohenstaufenring.« Bevor er losfuhr, rief er in der Uniklinik an, um sich nach Broder zu erkundigen.

»Sein Zustand ist kritisch, aber stabil«, erklärte Professor Kronenberg. »Außerdem müssen wir Ihnen mitteilen, dass ein Mann versucht hat, zu unserem Patienten vorzudringen. Eine Schwester und ein Pfleger haben ihn mit Mühe von der Intensivstation fernhalten können.«

»Wie hat dieser Mann ausgesehen?«, fragte Schiller beunruhigt. Bisher hatte er nicht daran gedacht, dass er Broder möglicherweise unter Polizeischutz stellen musste.

»Ein junger Bursche mit tätowierten Unterarmen und kurzen Haaren. Seinen Namen hat er uns nicht genannt.« Kronenberg war noch anzumerken, wie ungehalten er war. »Unentwegt rufen zudem Journalisten an. Aber es ist nicht unsere Aufgabe, Auskunft zu erteilen.«

Schiller verabschiedete sich. Die Frage zu stellen, wann Broder wieder aufwachen würde, hatte er sich nicht getraut.

Im Café Wahlen hatte sich in den letzten dreißig Jahren nichts verändert. Geblümte Tapeten, Kronleuchter und alte Korbsessel an gediegen gedeckten Tischen. Birte saß am zweiten Tisch, von dem man auf den Ring blicken konnte, und löffelte eine Bohnensuppe.

Schiller setzte sich. Wann hatte er zuletzt etwas gegessen? Er wusste es nicht mehr.

»Ich habe Brasch weggeschickt«, sagte er. »Vielleicht war die Idee, einen Lockvogel zu installieren, doch nicht so überzeugend.« Er bestellte sich auch eine Suppe.

»Weißt du, dass Goldmann hier oft hingegangen ist?«, meinte Birte. »Er hat seine Studenten hierherbestellt. Weiß ich von Therese.« Sie hatte ihre Suppe aufgegessen und tupfte sich den Mund mit einer Papierserviette ab.

»Hast du mich deshalb hierhergerufen?«, fragte Schiller. »Wollen wir über Therese reden? Dass wir uns um sie kümmern müssen?«

»Ich habe mit Hauser gesprochen, dem Fälscher, wie du es wolltest«, sagte Birte. »Er hat Broder gut gekannt und merkwürdige Andeutungen über dessen Bilder gemacht. Über die Grenze zwischen echt und gefälscht. Was hat Broder zuletzt gemalt? Warum wissen wir das nicht?« Dann reichte sie Schiller ihr Smartphone und zeigte ihm die Fotos, die sie im Kunsthaus Richartzhagen geschossen hatte.

»Die Einbrecher haben nur das Büro verwüstet?«, fragte Schiller.

»Ja, eine Geldkassette und eine Adressdatei sind gestohlen worden – angeblich«, entgegnete Birte.

»Es sieht aus, als wären da Dilettanten am Werk gewesen –

oder als hätte jemand eine falsche Spur legen wollen. Warum breche ich bei einem Galeristen ein und stehle keine Bilder?«

Eine Kellnerin in schwarzer Kluft und einer weißen Schürze brachte Schiller die Suppe. Er blickte sich um. »Auf wen warten wir hier? Therese und Ela?«

»Nein. Der dritte Campendonk stammt angeblich aus dem Nachlass einer Frau aus Berlin. Sie ist gestorben und hatte keine Kinder. Ihr Anwalt hat das Bild an das Kunsthaus Richartzhagen weitergegeben – und dieser Anwalt heißt ausgerechnet Gotthard Redecker.«

»Der Anwalt aus dem Dom-Hotel?«

Birte nickte.

Im nächsten Moment wurde die Tür geöffnet, und ein kleiner, unscheinbar wirkender Mann mit Hornbrille, der einen teuren Anzug trug, kam herein und schaute sich suchend um. Er wirkte mürrisch, als er auf Birte zukam und ihr die Hand reichte.

»Eigentlich habe ich keine Zeit. Ich war schon beinahe am Flughafen, als mein Büro mir mitteilte, dass Sie mich sprechen wollen. Es geht um den gestohlenen Campendonk, nicht wahr? Ich habe schon davon gehört.«

Birte stellte Schiller vor, während Redecker sich setzte. Er bewegte sich ungelenk, sein linker Arm hing kraftlos herab. Schiller musste sich eingestehen, dass er sich einen Anwalt, der Rechtsradikale verteidigte, ganz anders vorgestellt hatte – größer, muskulöser, als müsse so ein Mann auch ein Kraftprotz sein.

»Wir sind Neulinge im Geschäft mit Kunst. Erzählen Sie uns etwas über das Bild. Woher stammt es? Warum haben Sie es verkauft? Und wer könnte sich für solch ein Gemälde interessieren?«, fragte Birte.

Redecker winkte die Kellnerin heran und bestellte sich einen Tee. Sorgsam legte er seinen linken Arm auf die Lehne des Korbstuhls.

»Mit diesem Bild war alles in Ordnung«, erklärte er mit strenger Stimme. »Das hat das Haus Richartzhagen mit größter Exaktheit geprüft. Frau Dr. Graf hat selbst einen Provenienzbericht verfasst, bei dem zwei Campendonk-Experten zugearbeitet haben. Die Echtheit, falls Sie da irgendwelche Zweifel haben sollten, ist gewissermaßen testiert. Das Bild ›Gelbe Katze auf schwarzem Stein‹ wurde in einem Bericht der Reichskunstkammer aus dem Jahr 1936 als ›entartete Kunst‹ eingestuft, das man konfisziert habe. Aber die Familie Brandhorst hat es in Sicherheit bringen können. Es wurde nicht zerstört. Nach dem Tod von Frau Brandhorst wurde verfügt, dass die Besitztümer in einer Stiftung aufgehen sollten. Diese Stiftung wird von mir geleitet. Ich kannte Frau Brandhorst sehr gut. Sie hat mir vertraut …«

»Wir brauchen diesen Provenienzbericht«, unterbrach Schiller den Anwalt, der beinahe routiniert seine Erklärung abgespult hatte. »Und Sie können uns gewiss auch ein paar Fotos des Gemäldes beschaffen.«

Redecker nickte. Man sah ihm an, für wie unangenehm und überflüssig er dieses Treffen hielt. »Sie werden daran nichts auszusetzen haben«, begann er, doch Schiller fiel ihm erneut ins Wort.

»Warum hat ausgerechnet das Kunsthaus Richartzhagen das Bild verkauft?«

Der Tee wurde gebracht. Redecker betrachtete ihn und nahm einen Schluck, bevor er antwortete. »Ich vertraue diesem altehrwürdigen Haus«, sagte er. »Außerdem gilt Frau Dr. Graf als ausgewiesene Campendonk-Expertin.«

»Wussten Sie, wer das Bild gekauft hat?«, fragte Birte.

Redecker nickte, dann blickte er auf die Uhr. »Hören Sie«, sagte er. »Ich muss gleich zum Flughafen. Ich habe heute noch einen wichtigen Termin. Ich lasse Ihnen alle notwendigen Unterlagen zukommen.«

»Wie viele Bilder gibt es noch in dieser Sammlung Brandhorst?«, fragte Schiller. »Sind die Bilder jemals ausgestellt worden?«

Redecker runzelte missbilligend die Stirn. »Die Bilder sind aus guten Gründen nie der Öffentlichkeit zugänglich gemacht worden. Frau Brandhorst war eine Person, der Diskretion über alles ging.«

»War Frau Brandhorst nicht Jüdin?«, fragte Schiller. »Hat es sie dann nicht gestört, wen Sie so alles verteidigt haben?«

Redecker legte einen Zehn-Euro-Schein für seinen Tee auf den Tisch und erhob sich. »Es tut mir leid. Ich muss nun zum Flughafen. Die Unterlagen schicken wir Ihnen morgen per Mail zu.« Mit kühlem Blick musterte er Birte und Schiller. »Sie entschuldigen mich.«

Schiller stand gleichfalls auf. Er überragte den Anwalt um einen halben Kopf. »Kennen Sie Henning Broder?«, fragte er. »Den Mann, der in Goldmanns Wohnung angeschossen wurde?«

»Nein, bedaure.« Redecker wandte sich um. Leicht hinkend begab er sich die kleine Treppe hinunter zur Tür und verließ das Café. Schillers Telefon klingelte.

»Ein Nazi-Anwalt und ein jüdisches Vermächtnis – wenn das nicht gewaltig stinkt«, sagte er zu Birte, die ihr Notizbuch hervorgeholt hatte, um sich ein paar Gesprächsnotizen zu machen.

Therese war am Apparat. »Jung«, krächzte die alte Hebamme ins Telefon. »Mir ist etwas eingefallen. Ich glaube, da könnte noch jemand in der Wohnung gewesen sein, als ich zu Richard gekommen bin. Da war so ein Geruch, Rasierwasser, kein Kölnischwasser, wie du es immer benutzt, etwas anderes, süßlicher, beinahe wie eine Sonnencreme.«

»Bist du zu Hause?«, fragte Schiller. Draußen auf der Straße sprach Redecker aufgeregt in sein Telefon hinein. Sie hatten ihn also doch ein wenig aufgeschreckt.

»Nein«, sagte Therese, und nun begann ihre Stimme zu zittern. »Da halte ich es im Moment nicht aus. Ich sitze in der Uniklinik in der Cafeteria. Ich muss doch wissen, wie es Henning geht.«

Was hatte Broder einmal gesagt? Er habe furchtbare Angst, Therese könnte sterben. Eine Welt ohne die alte Hebamme könne er sich gar nicht vorstellen. Lieber wäre ihm, er würde vor ihr sterben, oder am besten würden sie gemeinsam aus dieser Welt verschwinden. »Aber danach müsst ihr euch trennen«, hatte

Schiller wie im Scherz gesagt, »denn Therese kommt in den Himmel, und du kommst ganz sicher in die Hölle.«

Therese saß in ihrem babyblauen Wollmantel auf einem Stuhl in der Cafeteria, als würde sie gleich einschlafen. Ihre Lider hinter den dicken Brillengläsern waren geschlossen, ihre Arme hingen schlaff herab. Vor sich hatte sie auf einen Zettel ein paar Worte gekritzelt, die Schiller nicht lesen konnte.

Als Birte sie sanft am Arm berührte, schreckte sie auf. Ein müdes Lächeln glitt über ihre Züge.

»Oh«, sagte sie, »bin fast ein wenig eingenickt.« Sie richtete sich auf und deutete auf den Zettel. »Ich muss Richard noch so viele Briefe schreiben. Komisch, wir haben in den letzten Wochen so viel miteinander geredet, und jetzt denke ich manchmal, ich habe ihn viel zu wenig Dinge gefragt. Er wusste immer auf alles eine Antwort.« Sie funkelte Schiller an, und ihr Lächeln vertiefte sich. »Weißt du, was er am Sonntag zu mir gesagt hat? ›Du hast schönes Haar, Therese.‹ Und dann hat er mir eine Strähne aus der Stirn geschoben. Ich – und schönes Haar! Ich bin eine uralte Frau mit schrecklichen grauen Strähnen.«

»Nein«, sagte Schiller. »Das bist du nicht – du bist zweiundachtzig Jahre jung und wunderschön.«

Therese kicherte und hielt sich dann eine Hand vor den Mund, als wäre es unschicklich, an diesem Ort zu kichern.

Birte hatte sich gesetzt und schob Schiller einen Stuhl zu.

»Der kleine Henning schläft noch«, sagte Therese, nun wieder ernst. »Ich habe ihn durch die Glasscheibe sehen dürfen. Sie wissen nicht, ob sein Gehirn jemals wieder funktionieren wird, aber ich habe für ihn gebetet. Auch für Richard, obwohl der behauptet hat, nicht mehr an Gott zu glauben.«

»Wir müssen etwas wissen«, sagte Schiller sanft. »Was für Bilder hat Broder zuletzt gemalt? Weißt du etwas darüber? Und was ist mit diesem Geruch in Goldmanns Wohnung? Glaubst du wirklich, du könntest in all diesem Durcheinander jemanden gerochen haben?«

Die alte Hebamme griff sich an die Nase. »Meine Nase hat immer perfekt funktioniert. Tut sie immer noch. Ich rieche manchmal sogar, wenn Menschen krank werden, bevor sie es selber wissen. Ja, da war dieser Geruch. Richard hat nie ein Rasierwasser benutzt und Broder auch nicht.«

»Hast du noch etwas bemerkt?«, fragte Birte.

Therese schüttelte den Kopf. »Vielleicht hätte ich das alles verhindern können, wenn ich ein paar Minuten früher gekommen wäre.«

»Sei froh, dass du dem Mörder nicht direkt in die Arme gelaufen bist«, sagte Schiller. »Hat Goldmann mit dir über sein neues Bild gesprochen? Dass vielleicht etwas damit nicht stimmt?«

Therese runzelte die Stirn. »Ihm hat das Bild so gut gefallen, dass er manchmal stundenlang davorgesessen hat. Und er hat Nachforschungen angestellt, wem es zuletzt gehört hat. Meinst du, es war gefälscht?«

»Wir müssen alles in Erwägung ziehen«, erwiderte Schiller vage. »Welche Bilder hat Broder zuletzt gemalt? Hat er dir seine Arbeiten gezeigt?«

»Wenn ich bei ihm war, habe ich meistens mit Ela geredet. Die Kleine kommt mit ihrem Leben nicht zurecht. Sie kann nicht kochen, weiß nichts von Gesundheit, aber sie ist herzensgut, auch wenn es auf den ersten Blick nicht so aussieht.«

Schiller schnaubte. Herzensgut war eine Vokabel, die ihm in Zusammenhang mit Ela nicht einfallen würde.

»Wo ist Ela eigentlich jetzt?«, fragte Birte.

Therese holte ihr altmodisches Handy aus der Manteltasche hervor. »Ela? Oh, ich wollte sie ja anrufen. Sie hat mir gesagt, dass sie Hennings Mörder finden will.«

32

Neun Botschaften an einem Tag. Die letzte SMS lautete: »Bin in meiner Wohnung. Soll ich uns um acht Uhr einen Tisch in meiner Lieblingspizzeria reservieren?« Birte zögerte einen Moment, dann schrieb sie zurück: »Ich muss noch arbeiten. Melde mich später am Abend.«

Pierre Lavender war wirklich hartnäckig, aber eben diese Hartnäckigkeit vermittelte ihr auch ein Gefühl der Unbehaglichkeit. Hinrichs hatte sich nach einer einzigen gemeinsamen Nacht als Stalker erwiesen. Noch immer erschreckte der Gedanke sie, vor ihrer Tür könne jemand stehen und lauschen.

Das große Besprechungszimmer im Präsidium war vom LKA regelrecht okkupiert worden. Laura Diedrich hatte dort vier Computer für Beamte aufstellen lassen, die ein genaues Profil des Richters erstellen sollten. Auch an einer neuen Phantomzeichnung hatte man sich versucht, wenngleich es überaus fraglich war, ob der Richter tatsächlich ins Dom-Hotel gegangen war, nachdem er auf den italienischen Jungen geschossen hatte.

Nele legte ihr ein paar Computerausdrucke auf den Tisch. »Wo ist Jan?«, fragte sie.

»Er ist mit Therese unterwegs und sucht Ela, die Freundin von Broder.«

»Er hatte Besuch. Ardan wollte ihn sprechen.«

Birte blickte von den Computerausdrucken auf. »Bist du sicher? Ardan, der Typ, der uns die Demo eingebrockt hat – der Bruder des toten kurdischen Jungen?«

Nele nickte. »Er wollte nur mit Jan reden. Nachdem er eine halbe Stunde auf dem Gang gewartet hat, ist er wieder abgezogen.«

Ardan – ihn hatte Jan eine Zeit lang in Verdacht gehabt, der Richter zu sein. Ein aberwitziger Gedanke!

»Also gut«, war die Antwort, die Pierre Lavender schickte, offensichtlich nicht sehr amüsiert.

»Ich habe jemanden gefunden, der uns etwas über Campendonk sagen kann«, fuhr Nele fort. »Ein Kunsthistoriker von der Uni. Er kommt in einer halben Stunde.« Sie hatte aus dem Internet eine knappe Biografie von Doro Graf und Richartzhagen gezogen. Birte überflog die Ausdrucke. Das Kunsthaus Richartzhagen existierte seit 1952. Der junge Kurt Richartzhagen hatte es nach seinem Jurastudium gegründet, mittlerweile war er sechsundachtzig Jahre alt. Vor drei Jahren war er beinahe pleitegegangen, weil er Zeichnungen von Picasso verkauft hatte, die sich als plumpe Fälschungen erwiesen hatten. Seitdem gehörten Gotthard Redecker zehn Prozent der Firma. Ein interessantes Detail. Dr. Doro Graf war seit elf Jahren für Richartzhagen tätig, vorher war sie bei einem Auktionshaus in London gewesen. Mehr hatte Nele noch nicht über sie herausgefunden.

Wie passte Broder da ins Bild? Birte nahm ihr Smartphone hervor und ließ sich mit dem Chlodwig-Eck verbinden. Es dauerte ein wenig, bis jemand abnahm. Im Hintergrund waren laute Stimmen zu hören. Es war kurz nach achtzehn Uhr. Offensichtlich herrschte in der Kneipe bereits Hochbetrieb.

»Jessen, Kriminalpolizei Köln, ich muss dringend mit Knut Hauser sprechen«, erklärte sie.

Eine männliche Stimme gab eine Antwort, die sie nicht verstand, aber es wurde nicht aufgelegt. Das Stimmengewirr schwoll an und wieder ab, dann erklang eine knurrende Stimme. »Ja?«

»Ist Ihr Comic fertig?«, fragte Birte, ohne sich vorzustellen.

»Was denken Sie?« Hauser hustete. »Ich arbeite daran nur bis um drei Uhr nachmittags. Danach sitze ich hier und betrinke mich ganz langsam.«

Hatte er nicht gesagt, er würde nur alkoholfreies Bier zu sich nehmen?

»Haben Sie mal für das Kunsthaus Richartzhagen gearbeitet? Und haben Sie Broder weiterempfohlen – für besondere Aufgaben?«

Hauser hustete erneut. »Sie sind eine ganz schlaue Polizistin, was?« Ein rauchiges Lachen. »Ich kenne die wilde Doro ganz gut. Das muss Ihnen als Antwort reichen.« Ein Knacken verriet, dass Hauser aufgelegt hatte. Offensichtlich hatte er sich dazu entschieden, sie weder anzulügen noch ihr die Wahrheit zu sagen.

Die wilde Doro? So war Doro Graf ihr gar nicht vorgekommen, aber wie passte das zusammen: die Kunsthistorikerin, Redecker und Broder?

Jemand klopfte an ihre Tür: ein mittelgroßer, ganz in Schwarz gekleideter Mann mit dünnen blonden Haaren, die ihm in die Stirn hingen.

»Dr. Arno Strempel, Universität zu Köln«, stellte er sich vor.

Birte bat ihn mit einem Handzeichen herein. »Sie sind der Campendonk-Experte?«

»Nun ja …« Strempel hüstelte und sah sich um, als könne irgendwo eine Gefahr auf ihn lauern. »Eigentlich ist mein Spezialgebiet afrikanische Kunst der Neuzeit, aber ich habe auch Gutachten über deutsche Maler geschrieben, die sich unter dem Namen ›Der Blaue Reiter‹ zusammengeschlossen haben … Deshalb wurde Ihre Kollegin wohl an mich verwiesen.« Vorsichtig, mit staksigen Bewegungen kam er ins Zimmer.

Birte bat ihn, sich zu setzen. »Wir ermitteln in einem Mordfall«, sagte sie. »Und drei Campendonks sind verschwunden.«

Strempel zuckte ängstlich zusammen. »Dieser Mann, der durch Köln läuft und auf Leute schießt?«

»Nein, ein anderer Fall. Ein Sammler ist erschossen worden. Wir fragen uns, ob einer oder mehrere der verschwundenen Campendonks gefälscht sein könnten. Sind bisher Fälschungen aufgetaucht?«

»Allerdings.« Strempels Gesicht legte sich in Falten. Er lächelte, begriff Birte. Furchtsam hielt er sich an der Lehne des Stuhls fest. »Campendonk war sehr produktiv. Mehr als tausend Bilder werden ihm zugeschrieben. Vor ein paar Jahren ist ein Bild, das in Hannover im Museum hing, als Fälschung entlarvt worden.«

»Könnten noch mehr Bilder gefälscht sein?«

Strempel hob die Hände, senkte sie aber sofort, um sich wieder festzuhalten. »Wie viele Bilder gefälscht sind, die in Museen oder bei privaten Sammlern hängen, weiß niemand. Von allen großen Künstlern gibt es Fälschungen – van Gogh, Rembrandt, Max Ernst, Picasso.« Seine Augen glitten nervös zur Tür, sodass Birte sich umwandte, doch da war niemand.

»Woran erkennt man eine Fälschung?«, fragte sie.

»Platte Fälschungen erkennt man bereits am Stil, aber die richtig guten Fälschungen sind sehr schwer festzustellen. Man kann sich ein Bild mit dem Röntgengerät anschauen und sieht dann, ob eine alte Leinwand vielleicht übermalt worden ist und nicht alle alten Farben entfernt worden sind. Oder man entnimmt dem Bild Farbproben für eine Pigmentanalyse. Auf diese Weise sind etliche Fälschungen entdeckt worden. Wenn etwa Farben verwendet wurden, die es zu der Zeit, als das Bild angeblich gemalt worden ist, noch gar nicht gab.«

Strempel streckte sich ein wenig. Wieder huschten seine Augen hin und her. Er war merkwürdig angespannt. Sein Adamsapfel hüpfte auf und ab. Ein merkwürdiger Kauz, den Nele da aufgetan hatte.

»Aber das Wichtigste«, fuhr Strempel unvermittelt fort, »ist oft gar nicht die Fälschung als solche.« Er schluckte. »Sondern die Provenienz. Ich meine, man muss bei älteren Kunstwerken lückenlos nachweisen, woher sie kommen. Man braucht für ein gefälschtes Bild also einen Herkunftsnachweis.«

»Das Bild braucht eine Geschichte«, sagte Birte.

Strempel verzog wieder das Gesicht. Ein zweites krampfhaftes Lächeln. »Ganz genau.«

»Wenn man beispielsweise ein Bild einer bekannten Sammlung zuordnen kann, ist das wie ein Echtheitsnachweis.«

Der Kunsthistoriker nickte. »Eine Fälschung ist ohne einen überzeugenden Herkunftsnachweis nichts wert.«

»Was ist mit dem Kunsthaus Richartzhagen – hat es einen seriösen Ruf?«

Strempel hüstelte wieder. Seine Augen weiteten sich und huschten nervös umher. »Richartzhagen?«, wiederholte er nachdenklich. »In den sechziger Jahren war er der Mann der Kunst in Köln, aber heute …« Er zuckte mit den Achseln. »Als seine Frau gestorben ist, ist er ein wenig aus dem Tritt geraten, sagt man.«

»Und Dr. Doro Graf – wie ist ihr Leumund in der Kunstszene?«

Strempel begann zu blinzeln. »Frau Dr. Graf? Nun ja …«

Sein Adamsapfel zuckte erneut auf und ab. »Sie war meine erste Doktorandin – Kandinsky, ›Über das Geistige in der Kunst‹. Das muss fast zwanzig Jahre her sein.« Er legte seine Stirn in Falten, als müsse er die Jahre zurückrechnen.

Für so alt, dass er schon vor zwanzig Jahre Studenten gehabt hatte, hätte Birte ihn nicht gehalten.

»War sie eine gute Studentin?«, fragte Birte. Offensichtlich zog Strempel es vor, nun zu schweigen.

Er schüttelte den Kopf. »Ja«, sagte er dann jedoch, »sie war sehr intensiv.« Seine Augenbrauen zuckten in die Höhe, als sei er über seine eigenen Worte erstaunt. »Nun, brauchen Sie noch mehr Auskünfte?«

»Kennen Sie den Anwalt Redecker?«

Strempels Blick glitt wieder unruhig durch den Raum. »Ich habe befürchtet, dass Sie das fragen«, sagte er. »Ich kenne ihn kaum, ich bin ihm ein- oder zweimal begegnet, aber ich weiß, dass er nicht gut für die Kunst ist. Solche Menschen denken nur ans Geschäft. Er verteidigt Nazis, er verkauft Bilder, neuerdings verleiht er sogar Preise an junge Künstler, um sie an sich zu binden. Dieser Mann ist eine Krake.« Das letzte Wort spuckte er förmlich aus. Sein fester Griff um die Lehne lockerte sich. »Darf ich nun gehen?«, fragte er leise.

Birte nickte. »Noch eine letzte Frage: Henning Broder – sagt Ihnen dieser Name etwas?«

»Nein, bedaure.« Erleichtert atmete Strempel auf und lächelte gequält. Langsam verließ er das Zimmer, müde und ausgelaugt wie jemand, der sich viel zu lange unter Menschen aufgehalten hatte.

Es war neunzehn Uhr, als sie das Präsidium verließ. Sollte sie zu Pierre Lavender gehen, sich seine Wohnung ansehen und vielleicht ein Glas Wein trinken? Ein wenig Ablenkung würde ihr guttun. Der Mord an Goldmann hatte mit den Campendonks zu tun, da war sie ganz sicher, und könnte Broder der Fälscher gewesen sein? Sie überlegte, Schiller anzurufen, ließ es dann aber.

Als sie in die Tiefgarage fuhr, klingelte ihr Telefon. Ohne auf das Display zu blicken, nahm sie das Gespräch an. Lavender ist wirklich hartnäckig, dachte sie, doch eine uralte, schnarrende Stimme meldete sich.

»Ich muss mich bedanken«, sagte die Stimme, die einem alten Mann gehörte, »ohne Sie hätte ich nun nicht so ein schönes Zimmer. Das Essen ist hier auch sehr gut, und Mary … es ist gut, dass jemand Mary gefunden hat.«

Birte brauchte einen Moment, um zu begreifen, dass Georg Schafmeister am Apparat war, der Mann, den sie fälschlicherweise für den Richter gehalten hatten.

»Es freut mich sehr, Herr Schafmeister, dass man eine gute Unterkunft für Sie gefunden hat«, erwiderte Birte mit heiserer Stimme. Das Bild der toten Frau auf dem Küchenboden würde sie niemals vergessen.

Schafmeister hustete. »Ein paar schöne Tage bleiben mir vielleicht noch«, sagte er, bevor er auflegte, ohne eine Antwort abzuwarten.

Birte parkte ihren Alfa, dann fuhr sie zu Pierre Lavender hinauf und klingelte an seiner Tür. Ein Glas Rotwein, sagte sie sich, und sie würde kein einziges Wort über ihren neuen Fall verlieren.

33

»Scheiße«, krächzte Ela in ihr Telefon. »Das war dieser Typ ... ist hinter mir hergelaufen ... Hab echt Angst gekriegt ... Er hat mich nach Henning gefragt, und ...«

»Wie sah der Mann aus?«, fragte Schiller. Er stand in der Moselstraße, vor dem besetzten Haus.

»Kurze Haare, eine fette Narbe auf der linken Wange, eine grobe Fresse – wie so ein Soldat«, erwiderte Ela.

»Und wo ist er jetzt?«

»Ich bin abgehauen. Rein in den Bahnhof und runter zur U-Bahn. Das hat er wohl nicht kapiert.«

»Und wo bist du jetzt?« Schiller ging zu seinem Wagen zurück. Er war sich nicht sicher, ob Ela ihm ein Märchen erzählte, aber immerhin hatte sie sich bei ihm gemeldet.

»In Mülheim am Kulturbunker, da kenne ich Leute, aber Scheiße, das Café ist zu.«

»Hast du Geld dabei?«, fragte Schiller. »Kannst du dir ein Taxi nehmen?« Er hörte, wie Ela schnaufte.

»Wo soll ich denn hin?«, fragte sie dann weinerlich. »Ins Atelier will ich nicht. Wenn der Typ da auch auftaucht ...«

»Komm zu mir«, sagte Schiller und gab ihr seine Adresse. »Du kannst vorläufig bei Carla und mir wohnen.«

Carla würde es nichts ausmachen, wenn Ela für eine Weile bei ihnen bliebe, aber ihm behagte der Gedanke ganz und gar nicht. Ela nervte ihn, ihr Verhalten, diese Mischung aus Provokation und Larmoyanz. Aber vielleicht wusste sie etwas. Sie musste gesehen haben, was Broder zuletzt für Bilder gemalt hatte.

Es war dunkel geworden, als er in die Sülzburgstraße bog. Langsam fuhr er die Straße hinunter. Er hatte sogar Glück, schon nach dreihundert Metern fand er einen Parkplatz.

Ardan kam auf ihn zu, als er ausgestiegen war.

»Verdammt«, sagte Ardan. »Was ist los mit der Polizei? Warum findet ihr nichts heraus? Ist es ein Nazi, der auf Leute schießt?«

Einen Moment wappnete Schiller sich und erwartete, dass Ardan ihn angreifen würde. Er konnte den Jungen nicht ausstehen, dessen aggressive Art, Dinge so zu formulieren, dass sie immer wie ein Vorwurf klangen. »Halt den Mund, Scheißkerl!«, wollte er schon erwidern, aber dann zügelte er sich.

»Wir ermitteln mit Hochdruck«, erklärte er und ging an Ardan vorbei. »Und mit Rechtsradikalen hat die Sache nichts zu tun, da könnt ihr ganz beruhigt sein.«

»Beruhigt sein? Pah!« Ardan spuckte aus, und Schiller spürte, dass er wütend wurde. »Die Polizei sagt immer so etwas. Vor Kurzem erst ist wieder ein Türke von Neonazis ermordet worden.«

»Nicht in Köln«, entgegnete Schiller.

»In Nürnberg.«

»Na, siehst du.« Schiller ging weiter. Er war müde, und wenn er nun eines gar nicht wollte, dann, sich mit einem Kerl wie Ardan auseinandersetzen.

»Nürnberg liegt auch in Deutschland«, sagte Ardan. Er ließ sich nicht abschütteln. Er war jung und zornig, und offensichtlich noch immer darauf aus, Ärger zu machen.

Na, da hast du in Erdkunde ja richtig gut aufgepasst, wollte Schiller erwidern, doch er verkniff sich auch diesen Kommentar. Ein Taxi bog von der Zülpicher Straße ab, es hielt aber nicht an, sondern fuhr mit hohem Tempo weiter.

Plötzlich griff Ardan ihn am Arm. »Kann ich etwas tun – helfen?«, fragte er mit ernster Stimme. »Ich kenne mich ziemlich gut mit Computern aus, zum Beispiel.«

Zuerst glaubte Schiller an einen Scherz. Wollte der Junge sich über ihn lustig machen? Doch Ardans durchdringender Blick sprach eine andere Sprache.

»Es gibt einen zweiten komplizierten Fall – ein Mord und ein versuchter Mord. Drei kostbare Bilder sind verschwunden – der Maler heißt Heinrich Campendonk. Sieh im Internet nach, ob es irgendwelche Hinweise zu den gestohlenen Bildern gibt.«

Ardan nickte eifrig. »Gut«, sagte er, »und was ist mit dem Richter?«

»Der Richter hat einen eigenen E-Mail-Account.« Schiller nannte ihn. »Guck nach, ob du darüber etwas herausfinden kannst.«

»Ja, mache ich«, sagte Ardan. Er lächelte. »Ich melde mich.« Er drückte Schiller eine Visitenkarte in die Hand. Dann sprang er freudig über die Straße.

Carla hatte eine Möhrensuppe gekocht, über die sich Ela wie ein ausgehungertes Junges hermachte. Suppe als Allheilmittel. Ela taute buchstäblich auf. Erst redete sie von diesem Typen, der sie verfolgt hatte und der in ihren Schilderungen immer furchterregender wurde, dann brachte sie sogar ihre Eltern ins Spiel, Spießer aus Wittlich, die ihr stets Pünktlichkeit und Disziplin hatten einbläuen wollen, die sie aber noch immer ein klein wenig liebte.

»Vielleicht solltest du darüber nachdenken, sie einmal anzurufen – in den nächsten Tagen«, sagte Carla behutsam. »Damit sie wissen, dass es dir gut geht.«

Ela nickte und aß den dritten Teller Suppe. »Kann ich machen.«

Nur auf die Fragen, die Schiller interessierten, hatte Ela keine Antwort. Was für Bilder hatte Broder gemalt? Hatte Doro Graf ihm Aufträge erteilt? Hatte Broder sich als Kunstfälscher versucht? Broders Bilder waren bunt und schön gewesen, mit hübschen Figuren … Mehr war aus Ela nicht herauszubekommen. Wo die Bilder abgeblieben waren, wusste sie nicht.

Nach dem vierten Teller warf sie Carla einen flehentlichen Blick zu und ließ sich dann ins Bügelzimmer bringen, dorthin, wo Broder zuletzt geschlafen hatte.

»Vielleicht riecht das Bettzeug ja noch nach Henning«, sagte sie und warf Schiller voller Ironie einen Luftkuss zu.

Schwebte sie wirklich in Gefahr? Schiller konnte sich keinen Reim auf diese angebliche Verfolgung machen. Hatte da jemand ganz sicher sein wollen, dass Ela nichts von Broders Geschäften wusste? Möglicherweise.

Er legte sich aufs Sofa und schloss die Augen. Sofort stand Christina Fetzer wieder da, vor ihrer Schrankwand, und sprach von ihrer dreiundneunzigjährigen Mutter. Meine Güte, verfolgte sie ihn jetzt? Eine Frau, die andere und sich selbst betrogen und dann den Tod gesucht hatte?

Als er Carlas Schritte hörte, öffnete er die Augen wieder und richtete sich auf.

Carla hielt ihm ein Glas Rotwein hin, das er dankbar entgegennahm. Er hatte keine Ahnung, wie sie ihre Tage verbrachte. Ging sie noch zu Hagens Grab auf Melaten und sprach mit ihm?

»Die Kleine ist niedlich«, sagte Carla und prostete ihm zu. »Sechsundzwanzig und tut so, als wäre sie vierzehn. Dabei kommt sie sich sehr erwachsen vor.«

Schiller trank. Der Rotwein brannte ein wenig auf der Zunge. Broder, fiel ihm ein, er musste sich erkundigen, wie es Broder ging.

Carla reichte ihm ihr Smartphone. »Das Foto habe ich von Henning gemacht, als er hier seine Staffelei aufgebaut hat. Vielleicht kannst du etwas von dem Bild erkennen?«

Schiller betrachtete das Foto auf dem kleinen Bildschirm. Selbstbewusst lächelnd stand Broder da, den Pinsel in der linken Hand, und blickte zur Kamera. Er wirkte nicht wie jemand, den man eben mit eineinhalb Kilogramm Marihuana erwischt hatte und der deshalb eine geraume Zeit im Gefängnis landen würde. Eher wie jemand, der das Gefühl hatte, sich seiner Sache sicher sein zu können. Von dem Gemälde war nicht viel zu erkennen. Ein blauer Pferdekopf, ein roter Himmel … Einem Experten würde es allerdings möglicherweise etwas sagen.

»Danke«, sagte Schiller und berührte Carla sanft am Arm. »Das hilft uns vielleicht. Kannst du das Bild an meine E-Mail-Adresse im Präsidium schicken? Ich gebe es morgen an Nele weiter.«

Carla nickte und steckte das Smartphone wieder ein. »Was wird mit Broder?«, fragte sie. »Die Kleine würde es aus der Bahn werfen, falls er …«

Schiller trank erneut. Er hatte das Gefühl, ein wenig zu entspannen. Am liebsten hätte er noch einmal von Christina Fetzer gesprochen, dass ihr Tod ihm mehr zusetzte als Goldmanns und Broders schwere Verletzung. »Die Ärzte sagen uns nichts

Genaues, aber wahrscheinlich ist jeder Tag, den Broder überlebt, ein kleiner Sieg für ihn.«

Sie schwiegen ein paar Momente. Carla beugte sich vor und küsste ihn auf die Wange. Er hatte das Gefühl, dass sie etwas bedrückte, dass sie aber nicht wagte, es auszusprechen.

»Was wisst ihr schon?«, fragte sie dann.

Schiller berichtete kurz von Goldmanns Recherchen und den gestohlenen Campendonks.

»Und wer könnte dahinterstecken?«

»Doro Graf, der Anwalt ... doch das sind bloße Vermutungen.«

»Aber jemand möchte Broder tot sehen«, sprach Carla nachdenklich vor sich hin.

Schiller trank sein Glas aus. Er war müde und wäre am liebsten sofort ins Bett gegangen, obwohl es noch keine zehn Uhr war, doch er fürchtete sich vor einem Alptraum mit Christina Fetzer.

»Ja«, sagte er. »Wenn Broder morgen erwachen würde, könnte er vermutlich einiges aufklären.«

»Warum lässt du ihn dann nicht erwachen?«, fragte Carla.

Schiller schnaubte. Wie sollte er das bewerkstelligen? Dann begriff er den Sinn hinter dieser Frage. »Du meinst ...«

Carla strich sich eine lange schwarze Strähne aus dem Gesicht. Schiller spürte, dass er sie noch immer liebte, dass sie schön war, immer, in jedem Augenblick. »Ich weiß nicht, ob diese Idee gut ist. Eigentlich ist es ja deine Idee gewesen ... Mir hat sie nicht gefallen ... und sie gefällt mir auch jetzt nicht, aber es geht um Goldmann und Broder ... Broder sollte für dich der Lockvogel sein. Warum solltest nun du nicht ...« Sie verstummte. Ja, der Gedanke gefiel ihr nicht.

Schiller küsste sie auf die Wange. Er roch ihr Haar und die warme weiche Stelle hinter ihrem linken Ohr, die er so gern liebkoste. »Du meinst, wir sollten Broder wieder aufwachen lassen, ganz offiziell, und dann einen roten Teppich auslegen und darauf warten, wer ihm einen Besuch abstattet.«

»So in etwa«, hauchte Carla zurück. »Aber du musst es ja nicht sein, der sich da in ein Krankenhausbett legt, um auf den

Besucher zu warten. Ihr habt ja vielleicht noch andere Beamte für solch eine Aufgabe. Außerdem siehst du Broder gar nicht ähnlich.«

»Doch«, erwiderte Schiller. »Ich werde es sein, der da am Ende des roten Teppichs auf Goldmanns Mörder wartet.«

34

Ein schöner Oktobertag – blauer Himmel, milde Temperaturen. Die Leute, die ihm entgegenkamen, schienen tatsächlich guter Laune zu sein. Er hatte sich vorgenommen, sein Pensum zu Fuß zu erledigen. Er spürte auch einen gewissen Übermut in sich. Am liebsten hätte er an jeden Laternenpfahl irgendwelche Parolen geklebt. »Ich bin der Richter.« – »Die Rache ist mein.« – »Ich bringe Gerechtigkeit in diese Stadt.« Aber mit seinen E-Mails an den bleichen Kommissar hatte er schon genug getan, und die Polizei hatte nun noch einen anderen Mord aufzuklären. In der Haut von Jan Schiller wollte er wahrlich nicht stecken.

Er lief die Berrenrather Straße hinauf. Ein buntes Kölner Chaos fand man hier. Eine Straße voller Schlaglöcher, Autos, die in der zweiten Reihe parkten, Fahrradfahrer, die versuchten, sich gegen Busse zu behaupten, Mütter, die im Laufschritten mit ihrem Kinderwagen die Straße überquerten, Rentner, die bei Rot gingen.

Doch heute störte ihn all dies nicht. Später kam er an schmucken Häusern vorüber, vor denen teure, im Sonnenlicht glänzende Autos parkten, und dann war er am Geißbockheim angekommen. Für Fußball hatte er sich noch nie interessiert, er hatte daher mit Zäunen gerechnet, Absperrungen, und war erstaunt, dass man einfach so auf das Gelände laufen konnte. Junge Männer hetzten über das Fußballfeld, und am Rand standen alte Männer, schauten gelangweilt zu oder spielten an einem Campingtisch Karten.

Hier würde also am nächsten Mittwoch der Erzbischof eintreffen. Der Richter schaute sich aufmerksam um. Der Erzbischof würde gewiss von vielen Menschen umlagert werden, es würde schwierig sein, an ihn heranzukommen, doch das Restaurant hatte eine Terrasse, die man sogar über eine Außentreppe erreichen konnte. Wenn er sich dort oben platzieren könnte, hätte er vermutlich freies Schussfeld.

Er ging in das Restaurant hinauf; es war erstaunlich altmodisch eingerichtet, und da sah er ihn: Rudolf Laer – ein riesiges Foto, das am Eingang hing. Der Erzbischof lächelte mild und hatte die rechte Hand erhoben, als wolle er dem Betrachter seinen Segen erteilen. Was für eine anmaßende Geste!

Der Richter hörte die Schreie in seinem Kopf, das wilde Durcheinander nach der Explosion, und er tastete nach der Pistole in seiner Manteltasche. Ja, hier, an diesem Ort würde er den Erzbischof richten, doch diesmal durfte er keinen Fehler machen. Er hätte ein paar Sekunden, maximal. Also musste er sicher sein, dass seine erste Kugel traf.

Nachdenklich ging er weiter. Das Lokal war fast leer, nur auf der Terrasse saß ein altes Ehepaar. Sie las Zeitung, während er gelangweilt zu den Fußballspielern hinunterblickte.

Der Richter bestellte einen Kaffee. Er ärgerte sich darüber, wie heiser und unbenutzt seine Stimme klang. Über die Außentreppe würde er schnell verschwinden und in der Konfusion nach dem Schuss abtauchen können. Aber eines wurde ihm immer klarer: Er hatte noch einiges zu tun bis zum nächsten Mittwoch. Er musste zurück nach Kevelaer, in das Wäldchen, in dem Margret lag, und schießen üben. Eine Kugel für den Erzbischof. Mit tödlichen Grüßen.

35

Als sie mitten in der Nacht aufwachte, war sie glücklich. Es war kurz nach halb vier, wie sie auf dem Radiowecker neben dem Bett erkannte. Ein Lichtbogen schwirrte vom Fenster durch das Zimmer. Pierre schnarchte leise und rhythmisch. Sie schaute ihn an. Im Schlaf schien er viel jünger zu sein, ein kleiner, großer Junge, dessen Lippen leise zitterten. Die Schnarchlaute vermittelten Vertrautheit und Sorglosigkeit. Hier lag jemand, der ganz entspannt schlafen konnte.

Birte widerstand dem Impuls, Pierre zu küssen. Nein, sie wollte ihn nicht wecken. Dann richtete sie unvermittelt ihre Augen zur Decke. Martin, dachte sie, verzeih, aber ich möchte doch wieder einmal glücklich sein.

Musste sie sich für etwas entschuldigen? Nein, wohl nicht. Sie würde Martin immer lieben, und wenn sie an ihn dachte, dachte sie an seine zarten Berührungen, an den Geruch von frischem Holz in seiner Werkstatt und an seine Musik.

Pierre gab einen Laut von sich, fast als würde er einen Namen flüstern. Er hatte sie doch über ihren Fall ausgefragt und wusste einiges über Campendonk und moderne Kunst. Er kannte sogar Doro Graf, sie hatte ihm einmal ein Bild verkaufen wollen, doch er hatte abgelehnt, weil es ihm zu teuer gewesen war. Im Dunkeln sah die afrikanische Statue, die mitten in dem karg möblierten Schlafzimmer stand, wie ein Marterpfahl aus. Überhaupt hatte er kaum Möbel in der Wohnung, aber die wenigen Stücke bewiesen seinen Geschmack und Reichtum.

Birte wandte sich wieder um. Liebte sie ihn? Sie wusste es nicht, aber das Gefühl, das sie heute Abend empfunden hatte, kam dem Wort »Liebe« recht nahe.

Als sie auf ihr Smartphone blickte, sah sie, dass irgendwann eine SMS eingegangen war.

»Birte«, hatte Jan um dreiundzwanzig Uhr vier geschrieben, »wir treffen uns morgen um acht in der Cafeteria der Uniklinik. Broder muss erwachen.«

Um Viertel vor sieben stand sie auf und schlich in ihre Wohnung hinunter. Pierre flüsterte ihr einen Gruß hinterher, aber sie war sich nicht sicher, ob er wirklich mitbekommen hatte, dass sie ging. Im Schlaf hatte er manchmal nach ihr getastet, das hatte ihr gefallen, doch Jans SMS hatte sie kaum noch schlafen lassen. Was hatte er wieder vor? Wieso musste Broder erwachen?

Um kurz nach halb acht war Birte auf der Straße. Die Schlagzeile des Express gehörte dem Mord an Richard Goldmann. Neben einem Foto, das ihn als lächelnden alten Kauz zeigte, stand: »Kölns berühmtester Professor grausam ermordet!«.

Jan stand vor dem Eingang zum Bettenhaus, einen Kaffeebecher in der Hand. Müde winkte er ihr zu. Er hatte sich wieder nicht rasiert, sein Haar war zu lang, und seine Jeans war voller Flecken, obwohl er sonst ziemlich auf seine Kleidung achtete, und er roch nach Kölnischwasser, ein Zeichen, das er nur eine Katzenwäsche absolviert hatte.

»Was ist?«, fragte sie. »Warum bestellst du mich hierher?«

Er lächelte und musterte sie. Für einen Moment fühlte sie sich unwohl. Konnte man ihr ansehen, dass sie die Nacht nicht in ihrem eigenen Bett verbracht hatte?

»Ich habe einen Plan«, sagte Jan. Er kippte den letzten Rest Kaffee hinunter und warf den Becher in einen Abfallkorb. »Die Idee mit dem Lockvogel hat dir doch so gut gefallen.«

Sie brauchten eine halbe Stunde, um Professor Kronenberg zu finden. Er machte einen erschöpften Eindruck, als hätte er die Nacht im Krankenhaus verbracht.

»Dem Patienten geht es ein wenig besser«, sagte er mürrisch. Er wurde von drei jungen Assistenten begleitet, die beflissen zu jedem seiner Worte nickten. »Mehr kann ich Ihnen leider nicht sagen.«

»Hat noch jemand versucht, zu Broder vorzudringen?«, fragte Jan. Ihn beeindruckte das Gebaren des Professors kein bisschen.

»Nicht, dass ich wüsste.« Kronenberg hatte sich schon wieder halb abgewandt, seine Assistenten sprangen ihm förmlich nach.

Jan ließ sich nicht abschütteln. »Aus ermittlungstaktischen Gründen müssen wir fünf Minuten mit Ihnen sprechen, Herr Professor«, erklärte er mit seiner strengen Polizistenstimme.

Kronenberg wandte sich um, er runzelte ungehalten die Augenbrauen. »Drei Minuten«, sagte er und bog in ein kleines Ärztezimmer ab, in dem ein lindgrünes Sofa und zwei Stühle um einen schmalen Tisch standen. Das Besprechungszimmer, dachte Birte, hier wurde Angehörigen die bittere Wahrheit über todkranke Patienten nahegebracht. In einem ähnlich geschmacklosen Zimmer hatte sie in Hamburg auch einmal mit Martin gesessen.

Der Professor setzte sich nicht, sondern lehnte sich gegen die Wand. Mit einem Nicken forderte er Jan auf zu sprechen.

»Ab wann kann Broder verlegt werden?«, fragte Jan. »Am besten in ein anderes Krankenhaus. Ich möchte die Mitteilung herausgegeben, dass er erwacht ist, und dann möchte ich dem Mörder eine Falle stellen.«

Kronenberg kniff hinter seinen Brillengläsern die Augen zusammen. »Im Elisabeth-Krankenhaus in Hohenlind gibt es auch eine hervorragende Intensivpflege, aber was heißt das genau: Sie wollen dem Mörder eine Falle stellen?«

Jan lächelte erst Birte, dann den Professor an. »Ich möchte für einige Tage ein Krankenzimmer beziehen – unter dem Namen Henning Broder.«

»Und was bedeutet das? Kann es für Patienten und Pfleger gefährlich werden?«, fragte Kronenberg.

Jan schüttelte den Kopf. »Nein«, sagte er deutlich leiser und nachdenklicher. »Gefährlich wird es nur für mich.«

Jan hatte mal wieder den Verstand verloren – allein in einem Krankenbett auf Goldmanns Mörder warten zu wollen.

»Wir brauchen wenigstens vier Mann, die sich in zwei Schichten im Nebenzimmer bereithalten, um dich zu unterstützen, falls wirklich jemand zu dir vordringt«, erklärte Birte, während sie ins Präsidium fuhren. Kronenberg hatte in gewisser Weise zugestimmt. Wenn Broder sich nach der morgendlichen Untersuchung als transportfähig erweise und Jan die Garantie abgebe, dass keinerlei Gefahr für die Station entstehen könne, werde man unter Umständen ein abgelegenes Krankenzimmer für ihn frei machen.

»Wir bekommen ein Zimmer, nicht zwei«, sagte Jan. »Und die Gefahr ist für mich nicht sonderlich groß. Der Mörder rechnet mit einem Schwerkranken, nicht mit einem Polizisten.«

»Auf keinen Fall«, erwiderte Birte. »Ich werde bis zu Neuendorf rennen, um das zu verhindern. Du ziehst das nicht alleine durch.«

»Fitschen wird auf meiner Seite stehen«, entgegnete Jan lächelnd. »Er mag es neuerdings, wenn wir über Lockvogel nachdenken.«

»Also gut.« Birte wusste, dass man mit Jan nur schwer reden konnte, wenn er sich etwas in den Kopf gesetzt hatte. »Du bekommst ein Mikrofon neben deinem Bett. Und jemand von uns sitzt im Bad. Oder vielleicht lässt sich das Zimmer auch durch einen Vorhang abteilen.«

Jan warf ihr einen Kuss zu. »Einverstanden.«

Im Präsidium tagten die LKA-Beamten bereits wieder. Mit wichtigen Gesichtern liefen sie den Gang entlang. Jan warf Birte einen spöttischen Blick zu, diese Wichtigtuerei fand er genauso albern wie sie. Er schien jedoch froh zu sein, der Profilerin nicht über den Weg zu laufen.

Auch Nele war schon wieder bei der Arbeit. »Ich habe gestern noch zwei Kriminalanwärter in Goldmanns Wohnung geschickt«, sagte sie. »Sie haben etwas Interessantes gefunden. Weitere Bücher zu Campendonk, die in seinem Schreibtisch lagen.« Sie schritt um Birtes Schreibtisch herum und legte ihr drei Bildbände auf den Tisch. Bücher über Maler und Werk, die ziemlich alt und zerlesen aussahen. Gelbe Klebezettel ragten heraus.

Jan hantierte an ihrer Kaffeemaschine. »Habt ihr noch andere Papiere gefunden?«

Nele nickte. »Einen ganzen Stapel Notizen, aber Goldmanns Schrift ist kaum zu entziffern. Ich gehe die Papiere nachher durch. Vielleicht haben sie aber auch nichts mit den Bildern zu tun. – Das Foto, das Carla mir von Broder und seinem Bild geschickt hat, habe ich an Strempel, den Kunsthistoriker, weitergegeben«, fügte sie, an Jan gerichtet, hinzu. »Er hat sich aber noch nicht gemeldet.«

Birte schlug den ersten Bildband auf. »Heinrich Campendonk, Leben und expressionistisches Werk. Mit Werkkatalog des malerischen Œuvres«. Goldmann hatte also recherchiert und versucht, ein Werkverzeichnis zu finden. Ein weißes gefaltetes Blatt fiel ihr entgegen. Sie klappte es auf. Jemand hatte in einer kantigen, großen Schrift einen Brief verfasst. Goldmann hatte sich ganz offenkundig alle Mühe gegeben, leserlich zu schreiben.

Chère Therèse, stand da, *erinnerst Du Dich noch an unsere stillen Tage in Nippes? Wie lange ist das her? Über sechzig Jahre, und doch ist es in meiner Erinnerung erst gestern passiert. Hat nicht jemand mal geschrieben: Im Alter wird das Herz wieder jung – kurz bevor es stirbt? Bei mir jedenfalls ist es so. Ich habe Dich damals mit meiner Prahlerei vertrieben. Ja, ich habe mich für den Tollsten gehalten (tue ich auch heute gelegentlich noch!) und habe nicht gesehen, daß ich Dich damit verschrecke. Du hast danach einen liebenswerten Mann gefunden – und ich eine liebenswerte Frau. Brigitte ist nun seit zehn Wochen tot. Nun, eigentlich lebte sie ja schon lange nicht mehr. Ein Wachkoma ist nicht der Tod, aber das Leben ist es sicherlich auch nicht.*
Ich will Dir sagen, Therèse, daß ich viele Dummheiten in meinem Leben begangen habe – amüsante und weniger amüsante, schlimme und nicht ganz so schlimme. Ich habe auch ein paar gute Sachen gemacht – aus einigen meiner Studenten ist wirklich etwas geworden. Und manche sind bis heute sehr anhänglich und halten den Kontakt zu mir.
Über Verluste habe ich erst nachgedacht, als Brigitte nicht mehr bei mir war. Ich habe keine Kinder, habe auch keine Verwandten mehr, ich habe nie etwas geschrieben, das bleiben wird … Diese Gedanken haben mich so niedergedrückt, wie es nicht einmal die schrecklichsten Tage im Krieg vermocht haben. Da ging es für mich, den törichten Pimpf, der ich war, ums Durchhalten, ums Überleben. Aber worum geht es für einen Achtzigjährigen, der sich manchmal in unbelauschten Momenten wie ein Achtjähriger fühlt?
Therèse, Du wirst Dich gewiß über diese Zeilen wundern. Was wird er denn auf seine alten Tage so pathetisch, der alte Mann, wirst Du denken. Ja, ich bin pathetisch – das heißt ja auch »voller Leidenschaft«. Du hast wieder eine Tür in meinem Leben geöffnet, durch die ein warmes, schönes Licht fällt.

Ich möchte, daß wir heiraten, daß wir uns ein Haus kaufen, um dort zu wohnen. In Rodenkirchen habe ich eine Immobilie mit Blick auf den Rhein ausfindig gemacht. Ich möchte, daß wir da sitzen, reden und uns zuhören und auf diesen wunderbaren Fluß blicken.
Dein Richard

Goldmann und Therese als junges altes Liebespaar. Birte konnte sich die beiden tatsächlich gut in einem Haus am Rhein vorstellen, wie sie dasaßen, sich an den Händen hielten und hinausschauten. Na, zumindest eine kurze Weile, bis sie beide wieder auf den Beinen waren, weil sie noch so viel zu erledigen hatten. Zu einem gemeinsamen Leben unter einem Dach würde es nun nicht mehr kommen. Birte spürte, wie sich ihr die Kehle vor Trauer zuschnürte.

»Hast du etwas Wichtiges gefunden?«, fragte Jan und trat neben sie.

Sie hielt ihm das Papier hin. »Einen Liebesbrief an Therese«, sagte sie mit zitternder Stimme.

Eine SMS ging bei ihr ein. Jan nahm den Brief, und sie las: »Danke für die Nacht! Wann kommst Du wieder? P.«

36

Brian Oertel saß schon im Café am Bauturm-Theater. Er tippte geschäftig auf seinem iPhone herum. »Ich hoffe, du hast diesmal etwas für mich«, sagte er, während Schiller sich setzte. »Geht es wieder um den Richter?«

»Nein, diesmal nicht.« Schiller winkte die blonde Kellnerin heran und bestellte einen Milchkaffee.

»Was ist mit dem Richter? Kommt ihr nicht weiter?«, fragte Oertel.

»Der Richter ist nicht mehr mein Fall«, erwiderte Schiller. »Es geht um den Mord an Goldmann und die verschwundenen Bilder. Ich möchte, dass du eine Nachricht lancierst. Der angeschossene Mann aus Goldmanns Wohnung ist aus dem Koma aufgewacht. Er ist noch nicht vernehmungsfähig, aber ihm geht es von Tag zu Tag besser. Deshalb ist er auch von der Intensivstation auf ein anderes Zimmer verlegt worden.«

»Was steckt dahinter?« Diesmal ging der Lokalchef des Stadt-Anzeigers nicht so schnell auf seinen Plan ein.

Schiller erklärte es in drei Sätzen. »Eines der Bilder ist mit großer Sicherheit gefälscht. Leider ist es nachts aus der Wohnung gestohlen worden. Wir haben also keinen Beweis, und so lange bringt es auch nichts, Doro Graf und ihren Chef Richartzhagen in die Mangel zu nehmen.«

»Wann dürfen wir das bringen?«, fragte Oertel. Sein iPhone begann zu surren. Er warf einen kurzen Blick darauf, dann nahm er das Gespräch an. Konzentriert lauschte er drei, vier Sekunden. Schiller konnte die aufgeregte Stimme am anderen Ende der Verbindung hören. Auch sein Smartphone klingelte. Carla rief an.

»Ela hat mich eben aus der Uniklinik angerufen«, sagte sie. »Broder ist nicht mehr da. Sie haben ihn verlegt, und man sagt ihr nicht, wohin. Sie ist ziemlich wütend.«

»Ja«, erwiderte Schiller. »Der Professor hat zugestimmt und Broder verlegen lassen. Kannst du Ela wieder einfangen? Sie darf nicht umherlaufen und es irgendwelchen Leuten erzählen.«

»Ich kann es versuchen«, erwiderte Carla, »aber du weißt, wie sie ist.« Schiller unterbrach die Verbindung.

Oertel hatte sein Gespräch ebenfalls beendet. Er strich sich durch seine Locken und schaute sich in dem Café um, als würde er fürchten, jemand könne ihn belauschen. Dann lächelte er. »Du weißt es noch gar nicht?«

»Was soll ich nicht wissen?«, fragte Schiller mit einem unguten Gefühl. Oertel wirkte plötzlich äußerst selbstgefällig.

»Ich kann eine kurze Notiz über deinen Mann im Krankenhaus bringen, aber morgen haben wir eine andere große Geschichte. Es gab eine Verhaftung. Offenbar haben deine Leute den Richter gefasst.«

Schiller lief zu seinem Passat und fuhr zum Präsidium zurück. Er versuchte, Birte zu erreichen, doch sie ging nicht an den Apparat. Bei Nele war permanent besetzt. Sie hatten den Richter gefasst! Darauf hätte er bis vor ein paar Minuten keine tausend Euro gesetzt. Konnte Laura Diedrich mit ihren Jungs vom LKA Wunder vollbringen? Es hatte nicht so ausgesehen, als hätten sie eine heiße Spur verfolgt.

Therese meldete sich. »Wann kann ich Richard beerdigen?«, fragte sie mit trauriger Stimme. »Kannst du mir das sagen? Ich weiß, er hat nicht mehr an Gott geglaubt. Trotzdem möchte ich, dass er eine große Beerdigung bekommt. Ich überlege sogar, den Erzbischof einzuladen. Er und Richard haben sich gekannt. Sie haben sich während ihres Studiums manchmal getroffen –«

»Ich werde mich erkundigen.« Ungeduldig fiel Schiller ihr ins Wort. Den Brief, den Richard ihr geschrieben hatte, hatte er an sich genommen. Er hatte Birte versprechen müssen, ihn zu übergeben. »Wir sind dabei, Goldmanns Papiere zu untersuchen. Sagt dir der Name Brandhorst etwas? Hat er mit dir über irgendwelche Nachforschungen gesprochen?«

»Ist das diese reiche Berliner Familie, die vor dem Krieg irgendwelche Bilder gesammelt hat?«, fragte Therese.

»Hat er dir also doch etwas gesagt?«

»Nein. Ich habe nur mal den Namen auf einer Notiz gelesen. Weiß gar nicht mehr, wann das war. Ich glaube aber, dass Richard mit Friedrich darüber gesprochen hat.«

»Kannst du mir Mayens Handynummer geben?«, fragte Schiller.

»Ich schicke sie dir per SMS«, sagte Therese. Sie klang nun nicht mehr ganz so niedergeschlagen.

Friedrich Mayen – ja, möglicherweise konnte der Lehrer ihnen noch einmal helfen.

Schiller verabschiedete sich von Therese, als er das Präsidium erreicht hatte. Wann sollte er ihr am besten den Brief geben? Vor der Beerdigung? Oder eher dann, wenn sie sich ein wenig gefasst hatte? Goldmann hatte sie tatsächlich heiraten wollen – und nun war sie eine Art Witwe vor der Zeit und vielleicht seine Erbin.

Der Mann an der Pforte im Präsidium nickte ihm freundlich zu. Sie haben den Richter?, hätte Schiller ihn beinahe gefragt, doch hielt er sich im letzten Moment zurück. Seine Neugier wuchs allerdings mit jeder Sekunde. Wie mochte der Kerl aussehen? Ein braver, scheinbar ehrenwerter Mann? Oder doch jemand, der auf den ersten Blick als sonderbar auffiel?

Bei Nele saß ein ganz in Schwarz gekleideter Mann vor dem Schreibtisch. Sie lächelte Schiller an. »Dr. Strempel ist rasch vorbeigekommen«, sagte sie und deutete auf den Mann vor sich. »Er ist Kunsthistoriker und hat sich das Bild angesehen, das Carla mir geschickt hat.«

Was ist mit dem Richter?, wollte Schiller fragen, doch Nele war keinerlei Aufregung anzumerken. »Könnte das Bild ein Campendonk sein?«, erkundigte er sich stattdessen. »Ich meine, ein gefälschter Campendonk?«

Der Kunsthistoriker beugte sich vor, um auf den Bildschirm zu blicken, den Nele ihm hingeschoben hatte. »Es ist nicht viel zu erkennen – man müsste vielleicht eine Vergrößerung machen, aber die Komposition, der expressionistische Überfluss an Farben, könnte darauf hindeuten.«

»Vielleicht kannst du Herrn Dr. Strempel eine Farbkopie mitgeben«, sagte Schiller, dann nickte er den beiden zu und eilte in sein Büro.

Birte stand vor dem Fenster und blickte hinaus. Sie wandte

sich um, als Schiller eintrat, und griff sich verlegen durch das Haar.

»Es gab eine Festnahme?«, fragte er. »Sie haben den Richter?«

Birte nickte. Es war ihr anzusehen, dass sie verwirrt war. Man hatte ihnen den Fall weggenommen und binnen kürzester Zeit einen Erfolg erzielt. Sollte sie sich freuen? Ja, offensichtlich sollte sie das, aber sie konnte es nicht.

»Sie haben einen Mann in einem Internetcafé am Neumarkt festgenommen. Er hat eine lange E-Mail ans Präsidium geschrieben. Dabei hat ihm wohl jemand über die Schulter geblickt und uns angerufen.«

»Also war es Zufall«, sagte Schiller.

»Sieht so aus.«

»Wo ist der Kerl jetzt?«

»Er wurde erkennungsdienstlich behandelt. Fitschen und die Profilerin haben eben mit dem Verhör begonnen.«

Schiller furchte die Stirn. Für gewöhnlich hielt Fitschen sich im Hintergrund, das Tagesgeschäft gehörte längst nicht mehr zu seinen Aufgaben, aber nun wollte er den größten Triumph der Kölner Polizei in den letzten Jahren augenscheinlich selbst auskosten – wenn sie denn den richtigen Mann gefasst hatten.

»Warum sollte der Richter ans Präsidium schreiben?«, fragte Schiller. »Und bisher hat er sich äußerst kurz gefasst.«

Birte zuckte mit den Schultern. »Fitschen ist ziemlich optimistisch, dass sie den richtigen Mann haben. Ein Team mit Bert ist gerade in der Wohnung des Verdächtigen.«

Sie verließen ihr Büro. Durch eine verspiegelte Scheibe konnte man von einem anderen Raum in das Verhörzimmer blicken. Diedrich und Fitschen kehrten ihnen den Rücken zu. Vor ihnen saß ein Mann, auf den die Beschreibung, die die Profilerin ihnen gegeben hatte, absolut passte. Er mochte Anfang vierzig sein, hatte eine modische Frisur und markante Gesichtszüge. Er trug einen grauen Anzug und musterte die beiden Polizisten vor sich mit einem arroganten Blick.

Zwei LKA-Beamte beobachteten mit ihnen das Verhör.

»Wissen Sie schon was über den Mann?«, fragte Schiller.

Der ältere der beiden, der mit seinem kahlen Schädel und

breiten Schultern wie ein Personenschützer aussah, erklärte ein wenig unwillig: »Er heißt Markus Postel, er hat bei einer kleinen, noblen Privatbank gearbeitet, als Investmentberater, ist aber letztes Jahr rausgeflogen. Seitdem ist er auf dem Kreuzzug, hat drei Anzeigen wegen Sachbeschädigung am Hals. Erst hat er das Auto seines Chefs zerkratzt, dann hat er in seinem alten Büro randaliert.«

Birte warf Schiller einen Blick zu. Chapeau, sagten ihre Augen, da hat das LKA aber ordentlich zugeschlagen.

»Was hat er in der E-Mail geschrieben?«, fragte Schiller weiter. »Bisher gingen seine Schreiben immer direkt an mich.«

»Es war ein Pamphlet über die Ungerechtigkeit in der Welt – gegen alles und jeden. Banken sollte man abfackeln, Politiker aufhängen, Kirchen dem Erdboden gleichmachen. Ein richtiger Sermon. Hat sich richtig hineingesteigert, der Typ. Na, das ist ihm zum Verhängnis geworden. Den Begriff ›Richter‹ hat er gleich fünfmal verwendet.« Der Glatzkopf wedelte abfällig mit der Hand.

Schiller wandte sich ab. »Der Kerl ist ein Trittbrettfahrer«, sagte er. »Ihr habt den Falschen erwischt.«

Dann verließ er den Raum.

Nele war wieder allein in ihrem Büro. Der sonderbare Kunsthistoriker war verschwunden.

»Ein echter Kauz«, sagte Nele. »Er hat versucht, mich einzuladen. Er könnte mir mal ein paar Dinge im Museum Ludwig erklären. Er hätte auch Zugang zum Depot, zu Bildern, die niemand sehen dürfte.« Sie lachte freundlich. »Ein wahrhaft verlockendes Angebot.«

Schiller sah, dass Birte ihm gefolgt war. Mit düsterem Gesicht schaute sie ihn an. »Die LKA-Typen glauben, dass wir neidisch sind«, sagte sie. »Wenn es aber der Richtige ist, dann werden sie uns das Gefühl vermitteln, sie können übers Wasser laufen.«

Schiller nickte. »Können sie ja auch, aber nur im Winter bei minus fünfundzwanzig Grad.«

Nele schien die Sache mit dem Richter nicht zu interessieren. »Die Galeristin hat einen Bericht geschickt. Über die Sammlung

Brandhorst, habe ich euch ausgedruckt. Hört sich alles ganz plausibel an.«

»Ja«, erwiderte Schiller, »sollte es auch. Morgen steht in der Zeitung, dass Broder erwacht ist. Dann müssen wir bereit sein.«

»Wird jemand glauben, dass Broder nach so einer schweren Kopfverletzung drei Tage später bereits vernehmungsfähig ist?« Birte schien sich mit ihrem Plan immer noch nicht angefreundet zu haben.

»Es reicht ja, wenn der Täter das glaubt«, sagte Schiller. »Ich bin sicher, er wird ziemlich nervös werden, wenn er diese Meldung liest.«

37

»Können wir heute Abend essen gehen?«, schrieb Pierre.

»Nein, leider nicht«, antwortete Birte und hoffte, dass Jan es nicht mitbekam. Dessen Laune war, nachdem er sich den vermeintlichen Täter angesehen hatte, absolut in den Keller gesunken.

»Gratulation, dass ihr den Richter gefasst habt«, antwortete Pierre umgehend. Birte war nur für einen Moment überrascht, dass die Nachricht so schnell zu ihm gedrungen war. Auch die Leute vom Stadt-Anzeiger wussten ja bereits Bescheid, und auf der Homepage vom Express lief sogar ein Live-Ticker, die neueste journalistische Errungenschaft. Offenkundig belagerten etliche Journalisten das Präsidium.

»Danke«, schrieb Birte zurück. »Aber es ist nicht mehr unser Fall.«

»Wer ist es?«, fragte Jan. Er blickte sie spöttisch an. »Kenne ich ihn?«

Sie waren noch einmal in Goldmanns Wohnung gewesen, ohne jedoch etwas zu entdecken, das ihnen weiterhelfen konnte. Wenn der alte Professor die Vermutung gehabt hatte, dass sein drittes Campendonk-Bild eine Fälschung war, so hatte er sie jedenfalls nicht dezidiert zu Papier gebracht. Auch Notizen über Broder hatten sie nicht gefunden.

»Nein«, erwiderte Birte vage, »eine Bekanntschaft, nichts Festes.«

Jan stöhnte auf. »Merkwürdig, dass ich dir nicht glaube.«

Sie fuhren zur Uniklinik. Mittlerweile war es vier Uhr nachmittags. Jan war äußerst schweigsam.

»Wir sollten über deinen Plan noch einmal nachdenken«, sagte Birte. »Vielleicht wäre es besser, erst einmal eine Hausdurchsuchung bei Richartzhagen anzuordnen. Außerdem wissen wir immer noch nicht, wen Broder in den letzten Tagen alles getroffen hat. Und dessen Handydaten haben wir auch noch nicht ausgewertet.«

»Glaubst du, die geklauten Bilder hat Doro Graf ordentlich

bei sich im Büro untergestellt?«, fragte Jan voller Sarkasmus. »Nein, ich werde schon diese Nacht im Krankenhaus verbringen. Der Stadt-Anzeiger wird ab sieben Uhr abends verkauft. Ich will vorbereitet sein.«

Er parkte vor der Uniklinik auf einem Behindertenparkplatz.

»Wir können Bert Cremer bitten, uns zu unterstützen«, sagte Birte. »Bei den Verhören des Richters im Präsidium muss er nicht dabei sein.«

»Die haben den Falschen«, erklärte Jan. »Garantiert.«

Sie fuhren in die Station hinauf, auf der die Intensivstation lag und wo sich Kronenbergs Büro befand. Wem hatte Jan von seinem Plan erzählt? Fitschen gewiss nicht, ahnte Birte. Eine Polizeiaktion, für die man bei präziser Planung sicherlich zwanzig Personen benötigte, wollte Jan allein durchziehen.

»Wir brauchen fünf Leute, mindestens«, sagte sie.

»Zuerst besichtigen wir mal Broders neues Krankenzimmer«, erwiderte Jan.

Kronenberg saß an seinem Schreibtisch. Seine Miene verdüsterte sich, als sie, angekündigt von einer ältlichen Sekretärin, eintraten. »Der Patient ist bereits in Hohenlind«, sagte er ohne Begrüßung. »Aber ehrlich gesagt weiß ich nicht, ob ich nicht einen Fehler gemacht habe. Meine Zusage –«

»Sie haben keinen Fehler gemacht«, unterbrach Jan den Professor. »Wir arbeiten mit einem ganz kleinen Team, völlig unauffällig. Wir brauchen dieses Zimmer für drei Nächte. Ich bin sicher, dass der Täter nachts versuchen wird ...«

»Zwei Nächte«, erklärte Kronenberg. »Mehr kann ich Ihnen nicht zusagen. Außerdem benötige ich Ihre Versicherung, dass keinerlei Gefahr für unsere Patienten und das Personal besteht und dass Sie für etwaige Schäden aufkommen werden. Ich habe dazu eine Erklärung vorbereiten lassen.« Er deutete auf ein Papier vor sich.

Jan nickte. »Also gut. Wo ist Broders Zimmer?«

Der Professor hielt Jan das Papier hin. »Noch eines«, sagte er dann leiser und senkte den Blick. »Keine sehr gute Nachricht. Die Kollegen in Hohenlind haben einen Reaktionstest gemacht.

Leider hat der Patient darauf nicht wie erhofft reagiert. Es drängt sich der Verdacht auf, sein Gehirn könnte doch stärker in Mitleidenschaft gezogen worden sein, als wir anfangs angenommen haben.«

Das Zimmer lag am Ende des Ganges. Zwei Betten standen darin, vier Stühle, ein Tisch, zwei Nachtschränke. An der Wand hing ein Farbfoto vom erleuchteten Dom bei Nacht. Ein trostloses Zimmer. Das Bad war sehr geräumig, ein Rollstuhl stand in einer Ecke.

Jan blickte sich um und setzte sich auf das Bett neben dem Fenster. »Ich weiß nicht, was ich mit dem Kerl anstelle, wenn Broder stirbt«, sagte er.

»Wie stellst du dir die Aktion genau vor?«, fragte Birte. »Willst du dich tatsächlich hier ins Bett legen und die ganze Nacht warten? Der Täter könnte von der Tür auf dich schießen. Das ist Wahnsinn.«

Jan legte sich aufs Bett. Er lächelte matt. »Ich weiß, es ist kein glänzender Plan, aber einen anderen haben wir nicht. Der Täter wollte Broder außer Gefecht setzen, und weil es ihm nicht gelungen ist, muss er es noch einmal versuchen. Bevor Broder auspackt.«

»Wir könnten eine Puppe ins Bett legen«, sagte Birte. »Und wir warten im Bad. Das Risiko ist zu groß für dich, falls tatsächlich jemand auftaucht.«

Jan schloss die Augen. Er schien über diesen Vorschlag nachzudenken. Birte hörte, wie erneut eine SMS bei ihr einging. Einen Moment später klingelte Jans Smartphone. Ohne die Augen zu öffnen, nahm er das Gespräch an. Offenbar war Carla am Apparat.

»Wie hat sie das herausgefunden?«, fragte Jan mürrisch. Die Antwort, die er erhielt, ließ ihn noch missmutiger werden. »Na, soll sie dasitzen und sein Händchen halten. Macht sie zumindest keine Dummheiten.« Er verabschiedete sich und öffnete die Augen. »Ela hat herausgefunden, dass Broder nach Hohenlind verlegt worden ist. Anscheinend hat sie einen Sanitäter ausgequetscht. Hoffentlich plaudert sie nichts aus.«

Die SMS war erneut von Pierre. »Ich könnte auch selbst etwas kochen«, schrieb er. Sie musste unwillkürlich lächeln. »Also«, sagte sie dann. Jan war zum Fenster gegangen und blickte hinaus. »Was planst du genau?«

»An eine Puppe habe ich auch schon gedacht – keine schlechte Idee. Hoffen wir, dass es reicht, um den Täter festzunageln, sollte er sich an der Puppe vergreifen.«

Um neunzehn Uhr war sie zurück in ihrer Wohnung. Das Krankenzimmer war präpariert, sie hatten eine Puppe aufgetrieben, die in der Klinik für Erste-Hilfe-Kurse eingesetzt wurde. Den Kopf der Plastikpuppe hatten sie mit einem weißen Verband umgewickelt. Neben dem Bett war ein Mikrofon angebracht. Niemand würde sich nähern können, ohne dass sie es im Bad mitbekommen würden. Falls tatsächlich jemand auftauchte. Jan war davon überzeugt, sie jedoch glaubte nicht daran. Zumindest hatte sie ihm noch das Versprechen abgerungen, Fitschen einzuweihen.

Im Präsidium waren sie immer noch sicher, den richtigen Mann verhaftet zu haben. Nele hatte in Erfahrung gebracht, dass in der Wohnung von Markus Postel drei Schusswaffen sowie eine regelrechte Todesliste gefunden worden waren. Auch der Live-Ticker im Express lief noch. Allerdings wusste man dort wenig Neues zu erzählen. Sogar die Streifenwagen, die ankamen und wegfuhren, wurden aufgezählt.

Ein, zwei Stunden Schlaf wären verlockend gewesen. Es würde eine lange, ungemütliche Nacht auf einer Pritsche im Bad eines Krankenzimmers werden. Birte spürte, dass ihre Stimmung sank. Wer, dachte sie unvermittelt, sagt uns eigentlich, wie wir unser Leben führen sollen? Sie stand vor der Vitrine, in der Martins letzte Geige lag, öffnete sie und legte ihre Hand auf das Holz. Wehmut überkam sie.

Es gab immer wieder Momente, in denen sie ihn vermisste, aber noch viel mehr vermisste sie das Gefühl, ihrem Leben eine Richtung geben zu können – zu wissen, was sie wollte. Mit Martin war das eine Zeit lang anders gewesen, sie hatten Pläne gemacht, hatten ein Haus im Alten Land kaufen wollen mit einem Garten voller Apfelbäume. Kurz danach war seine Krankheit ausgebrochen, und ihre Pläne waren klein und immer kleiner geworden.

Sie duschte und zog sich um, eine schwarze Jeans und einen orangefarbenen Pullover, dann ging sie zu Pierre hinauf.

Er empfing sie mit einem Kuss und zog sie ganz nah an sich heran. Sie konnte sein teures Aftershave riechen. »Ich hatte gehofft, dass du kommst.«

»Ich habe nicht viel Zeit«, flüsterte sie.

»Nicht die ganze Nacht?«

Sie schüttelte den Kopf.

In der Wohnung roch es nach Essen, ein warmer, schöner Duft. »Nur eine Suppe – mit Pastinaken«, erklärte Pierre. Er schien sich mit so etwas auszukennen. Die Küche war supermodern, er besaß sämtliche Küchengeräte, die es überhaupt gab. Selbst der Korkenzieher war elektrisch.

Auch Milly zeigt sich kurz. Sie warf Birte einen arroganten Blick zu und rieb sich schnurrend an Pierres Beinen, dann verzog sie sich.

»Habt ihr wirklich den Richter festgenommen?«, fragte Pierre, während sie die Suppe aßen und Rotwein tranken. Eine Kerze brannte auf dem Tisch, und im Hintergrund lief leise Klaviermusik, die sie nicht kannte.

»Ich weiß nicht«, erwiderte sie. »Könnte sein. Wie es aussieht, hat man Waffen in der Wohnung des Verdächtigen gefunden. Ob aber auch die Tatwaffe, ist wohl noch nicht klar.«

Pierre prostete ihr zu. Seine Augen funkelten. Sie war noch nie mit so einem attraktiven Mann zusammen gewesen, dachte Birte. Bestimmt war er früher mal Model gewesen oder mindestens ein Supersportler.

»Was ist mit deinem Fall?«, fragte Pierre. »Ich habe ein wenig recherchiert. Es hat schon mehrere Campendonk-Fälschungen gegeben. Eine ist vor drei Jahren entdeckt worden. Da hat man sich die Leinwand angesehen. Angeblich sollte das Bild aus den dreißiger Jahren stammen, aber im Rahmen waren nagelneue Nägel verwendet worden.«

Birte trank ihr Glas halb aus. Die Suppe schmeckte, als wäre sie in einem Nobelrestaurant serviert worden. Eigentlich wollte sie nun alles Mögliche tun, aber nicht über ihren Fall sprechen.

»Wir sind dran am Täter«, sagte sie. »Deshalb muss ich auch spätestens um neun wieder gehen.«

Pierre griff ihre Hand und küsste sie. »Mein Vater hat sich nach dir erkundigt«, sagte er. »Als würde der Alte etwas ahnen. Er würde dich gerne noch mal treffen.«

Birte nickte. Ja, vielleicht konnte Lavender senior ihr etwas über Gotthard Redecker verraten. Sie wussten noch viel zu wenig über diesen zwielichtigen Anwalt, der Neonazis und jüdische Familien zu vertreten vorgab. Statt sich ihn oder Doro Graf noch einmal vorzunehmen, hatten sie einer Erste-Hilfe-Puppe einen weißen Turban umgebunden und sie in ein Krankenbett gelegt. Pierre würde gewiss darüber lachen, wenn sie es ihm erzählen würde.

Wenig später lagen sie nackt auf dem weichen Teppich. Pierre küsste ihre Brust, ihren Bauch, ihre Schenkel. Wie durch Watte nahm sie wahr, dass ihr Telefon klingelte, aber es war ein irrealer Laut, der in eine ganz andere Welt gehörte. Sie flüsterte seinen Namen, als er sich über sie legte. »Pierre« zu flüstern war wie ein Lied, ein schönes, leises Lied, das sie einlullte. Wenig später schlief sie an seiner Schulter ein.

Als sie abrupt aufschreckte, war es kurz vor neun. Pierre schlief mit offenem Mund neben ihr. Sie lag auf dem Teppich, eine Kaschmirdecke über sich. Panisch sprang sie auf und kleidete sich hastig an. Pierre registrierte es verschlafen, ohne etwas zu sagen.

Was war nur los mit ihr? Sie hatte einen Job zu erledigen. Verlieben konnte sie sich auch später noch.

Bis zur Uniklinik brauchte sie acht Minuten. Es herrschte wenig Verkehr. Sie versuchte sich zu beruhigen. Sie war nicht zu spät dran. Wahrscheinlich würden sie sich ohnehin nur sinnlos die Nacht um die Ohren schlagen.

Dass es in der Nähe einer Klinik von Krankenwagen nur so wimmelte, war kein Grund zur Besorgnis. Trotzdem ging ihr das Geräusch eines Martinshorns durch Mark und Bein. Was war, wenn sie zu spät kam? Nein, es war kaum neun Uhr. Sie kam mit Sicherheit noch rechtzeitig.

Als sie auf die Kerpener Straße einbog, sah sie drei Löschfahrzeuge der Kölner Feuerwehr. Ein heftiger Schmerz machte sich in ihrem Magen breit, als sie ausstieg und zum Eingang lief.

38

Und wenn alles ganz anders war? Wenn die Menschen nicht im Elend lebten? Wenn Bosch mit seinem »Jüngsten Gericht« gar nicht die Welt abgebildet hatte, sondern nur das, was eine Religion sehen wollte, die ihre Gläubigen aufs Jenseits vertröstete? Dieser Vorwurf war ja überhaupt nicht neu. Trotzdem hatte der Richter ihn immer beiseitegeschoben. Die Welt war vielleicht gar nicht schlecht, sie könnte sogar die beste aller möglichen sein – es gab Musik und Kunst, Licht und Wärme, Liebe und Hoffnung.

Der Richter spürte, dass seine Pläne ihn gelassener gemacht hatten. Er hatte viel zu tun. Mehrere Dinge gingen gleichzeitig vor sich, um die er sich kümmern musste. Aber all das gelang ihm gut. Nur zum Schießunterricht war er noch nicht gekommen. Er hatte beschlossen, seine Pläne zu ändern. Er würde einen alten Steinbruch in der Eifel aufsuchen und nicht Margrets geheimes Grab, um sich auf die Begegnung mit dem Erzbischof vorzubereiten. Der Gedanke an Margret könnte ihn zu sehr aufwühlen und ablenken.

Die Polizei hatte ihm eine E-Mail geschrieben. Angeblich hatte der bleiche Kommissar ihm geantwortet, aber er wusste genau, dass mindestens drei Leute über dem Text gehockt hatten. Dafür waren die Worte viel zu abgewogen gewesen.

»Sehr geehrter Richter«, stand da, *»Sie haben Bedauern darüber gezeigt, dass Sie auf den italienischen Jungen geschossen haben. Diese Einsicht gibt mir Hoffnung, doch nun kündigen Sie einen weiteren Mord an. Wer ist dieser Schuldige? Haben Sie sich wieder wahllos ein Opfer ausgesucht? Ich möchte Sie warnen und Sie zur Umkehr aufrufen. Sie können auch direkt mit mir Kontakt aufnehmen. Ich stelle mir vor, dass Sie ein Mensch in Not sind.«*

Dann hatte man eine Telefonnummer aufgeführt, die er Tag und Nacht anrufen könne.

Ein Mensch in Not! Der Richter hätte fast ausgespuckt, als er die E-Mail gelesen hatte, aber seine Wut kühlte sich rasch ab.

Dieser Aufruf war zu leicht zu durchschauen. Er würde nicht mehr antworten und sich auch nicht mehr in seinen Account einloggen. Die Ankündigung, am Mittwoch den großen Schuldigen zu richten, war schon ein Fehler gewesen.

Später las er, dass sie jemanden verhaftet hatten. Im Internet überschlug man sich regelrecht. Eine Meldung jagte die nächste. Dringend tatverdächtig sei ein etwa vierzigjähriger Mann, ein ehemals erfolgreicher Bankmanager, den man in einem Internetcafé festgenommen habe. Das Profil, das die Polizei vom Richter erstellt habe, passe haargenau auf den Verdächtigen. Selbst ein unscharfes Foto war auf der Seite vom Express zu sehen, und in einem Live-Ticker brachte man im Abstand von Minuten neue Vermutungen und Spekulationen.

Den Richter amüsierte diese künstliche Aufgeregtheit. Also würde die Polizei eine Weile beschäftigt sein. Spätestens am Mittwoch würden sie jedoch herausfinden, dass sie sich geirrt hatten. Danach würde er verschwinden und für immer schweigen.

Der Richter schaffte es sogar, eine Weile zu schlafen, ohne die schrecklichen Schreie von Yamina zu hören. Der Sanftmütige konnte getrost übernehmen.

39

Carla wartete auf ihn, als er aus dem Krankenhaus kam. Sie hatte in der Küche den Tisch gedeckt. Es roch nach Nudeln und frisch geriebenem Käse.

Es ist etwas passiert, dachte Schiller. War etwas mit Therese? Hatte die alte Hebamme sich angekündigt?

Carla küsste ihn auf den Mund, dann lächelte sie. »Ich hatte einfach Lust, etwas zu kochen.«

Schiller setzte sich. »Sie glauben, dass sie den Richter erwischt haben«, sagte er, »aber ich bin mir sicher, dass sie sich irren.«

»Du und deine Intuition«, sagte Carla.

Sie aßen schweigend. Carla schien sich weder für den Richter noch dafür zu interessieren, ob er die Nacht im Krankenhaus verbringen wollte.

»Ich muss dir etwas mitteilen«, sagte sie, nachdem sie den letzten Rest Nudeln gegessen hatte.

Schiller schaute sie an. Sie ist die schönste Frau, die ich kenne, dachte er – ihr langes schwarzes Haar, ihre Grübchen, wenn sie lacht, ihre funkelnden, klugen Augen. Dann ergriff ihn eine tiefe Angst. Wollte sie ihn verlassen? Hatte sie endgültig genug davon, mit einem Polizisten zusammen zu sein?

»Ich weiß«, sagte er matt, »ich habe mich in letzter Zeit zu wenig um dich gekümmert. Dieser neue Fall … Ich freue mich, dass es dir wieder besser geht, dass du wieder Spaß an deiner Arbeit hast.« Er zuckte hilflos mit den Schultern. Ging sie immer noch auf den Melatenfriedhof zu Hagens Grab? Glaubte sie noch immer, am Tod des alten Schriftstellers schuld zu sein? Und nun lag Broder im Koma, ein weiterer alter Freund, dem er kein Glück gebracht hatte.

Carla berührte ihn am Arm. »Ich weiß, dass du heute Nacht wegmusst … dein neuer Fall, aber es könnte sein, dass ich schwanger bin.«

Er hätte bleiben sollen, sich neben Carla legen und mit ihr nachdenken, was werden sollte, wenn sie tatsächlich ein Kind bekamen. Kinder waren in seinem Leben bisher nicht vorgekommen. Birte hatte vor ein paar Monaten eine Fehlgeburt gehabt und war fast daran zerbrochen. Doch sein Pflichtgefühl ließ sich nicht abschütteln.

»Pass auf dich auf«, hauchte Carla ihm zu, als er ging.

Es war zehn Minuten vor einundzwanzig Uhr. Vermutlich war es ohnehin eine Schnapsidee. War die Falle nicht zu offensichtlich? Würde der Täter wirklich glauben, er könnte Broder allein in einem einsamen Krankenzimmer antreffen?

Nele saß noch immer im Büro. Der Mann, den das LKA für den Richter hielt, wurde seit mehr als sechs Stunden verhört, und endlich hatten sie Broders Telefonliste bekommen. Er hatte fünfmal mit Doro Graf telefoniert. Ansonsten hatten sich keine Auffälligkeiten ergeben. Eine Ortung des Telefons war nicht möglich. Es war abgeschaltet.

Das Bettenhaus leuchtete vor ihm am dunklen Himmel. Ein Kind … Dieser Gedanke setzte sich in ihm fest. Sollte er sich nicht freuen?

Als er kurz vor dem Eingang stand, klingelte sein Telefon erneut.

»Herr Polizist«, sagte eine dunkle Stimme. »Haben Sie Zeit? Ich habe vielleicht Neuigkeiten für Sie.«

Ardan – er bemühte sich, freundlich zu sein.

»Hast du etwas über die gestohlenen Bilder herausgefunden?«, fragte Schiller.

Ardan lachte. »Könnte sein. Wollen wir uns treffen? Heute Abend um zehn Uhr – in einem Café am Ring? Ich bringe meinen Cousin mit, der weiß vielleicht etwas … Könnte absolut interessant werden.«

»Morgen Vormittag. Ich rufe dich an.« Ardan wollte noch etwas erwidern, doch Schiller unterbrach die Verbindung. Er musste sich auf eine Aufgabe konzentrieren – sie hatten zwei Nächte, um jemanden zu Broder zu locken.

Er fragte an der Rezeption nach Broder, und ein breites Kölsch sprechender Mann nannte ihm tatsächlich die richtige Zimmernummer.

»Ein Einzelzimmer?«, fragte Schiller nach.

Der Mann blickte ihn an und sagte: »Könnte sein – ist aber schon Besuch da. Hat eben schon jemand nachgefragt.«

Schiller lief zum Fahrstuhl. Er spürte, wie Adrenalin durch seinen Körper schoss. Verdammt, er war zu spät. Carla und das Kind … er hatte an zu viele andere Dinge gedacht. Wahrscheinlich stand die Meldung schon seit einiger Zeit auf der Homepage des Stadt-Anzeigers. Er hatte nicht einmal nachgesehen. Der Gang war leer. Erschöpfte Abendstimmung in einer Klinik. Eine Tür zum Arztzimmer stand offen. Schiller griff nach seiner Waffe, als er vor Broders vermeintlichem Krankenzimmer stand und lauschte. Nichts war zu hören. Vermutlich hatte der Mann an der Rezeption Birte gemeint, die ebenfalls nachgefragt hatte.

Im Zimmer war es dunkel. Der weiße Kopfverband der Puppe leuchtete herüber. Alles sah unverändert aus. Schiller wollte schon nach dem Lichtschalter tasten, als er die Wasserspülung aus dem Bad hörte. Einen Moment später wurde die Tür geöffnet. Eine Gestalt trat heraus, die eindeutig nicht Birte war. Ein Mann, dunkel gekleidet, mittelgroß. Er räusperte sich und verharrte, als er Schiller entdeckte.

Schiller hatte seine Pistole gezogen. »Kriminalpolizei Köln, bleiben Sie stehen«, sagte er mit fester Stimme. »Und nehmen Sie langsam die Hände hoch!«

Der Mann gehorchte. »Ich wollte Henning besuchen«, sagte er ohne jede Nervosität. »Aber man hat mir wohl eine falsche Zimmernummer genannt.«

Schiller schaltete das Licht ein. Zwei Neonlampen flackerten auf.

Friedrich Mayen blickte auf Schillers Waffe, dann glitt sein Blick zum Bett. »Bin ich doch im richtigen Zimmer?«, fragte er.

Schiller ließ die Pistole sinken. Er nickte. »Warum kommen Sie um diese Zeit noch vorbei?«

Mayen zog sich einen Stuhl heran. »Darf ich mich setzen?«, fragte er. Nun wirkte er doch nervös. Ohne Schillers Erlaubnis abzuwarten, nahm er Platz. »Ich wollte Therese beruhigen. Sie macht sich große Sorgen, und sie gibt sich die Schuld, dass Richard tot ist. Ich war so froh, als ich hörte, dass Henning Broder aufgewacht ist.«

»Wie haben Sie davon erfahren?«

»Es steht seit dem frühen Abend auf der Homepage des Stadt-Anzeigers. Ich habe mich gleich aufgemacht.« Er zögerte. »Was ist mit Henning Broder? Wie geht es ihm?«

»Seit wann gingen Sie jede Woche zu Professor Goldmann?«, erwiderte Schiller, ohne auf Mayens Frage einzugehen. »Worüber haben Sie sich unterhalten?«

»Wir spielen seit fast dreißig Jahren Schach – mit Unterbrechungen natürlich. Aber wenn wir beide in der Stadt waren, haben wir uns getroffen. Er war ein sehr guter Gegner, er spielte schnell und überlegt.«

»Hat er die Vermutung geäußert, ausgerechnet Broder könnte seinen Campendonk gefälscht haben?«, fragte Schiller. Er hatte die Tür geschlossen und war mitten ins Zimmer getreten.

Mayen schüttelte den Kopf. »Haben Sie diese Vermutung? Das wäre aber geradezu aberwitzig. Sie waren befreundet.«

»Broder ist noch nicht erwacht«, sagte Schiller. »Wir haben ihn verlegen lassen und eine Meldung an die Zeitung weitergegeben.«

Mayen runzelte die Stirn. »Verstehe«, sagte er. »Ich bin gerade in Ihre frisch aufgestellte Falle gelaufen. Tut mir leid!« Er erhob sich schwerfällig. Nun wirkte er alt und müde. Ein mattes Lächeln huschte über sein Gesicht. Hat er eine Frau, jemanden, zu dem er gehen kann?, fragte sich Schiller unwillkürlich. »Ich lasse Sie nun besser allein. Ich habe auch versprochen, Therese anzurufen.«

Im nächsten Moment ging eine Sirene los, laut und durchdringend.

Mayen zuckte zusammen. Sein Blick irrte zur Tür. »Was hat das zu bedeuten?«, fragte er unsicher.

Schiller eilte zum Fenster. Ein Verdacht kam in ihm auf. Er glaubte einen flackernden Lichtschein unter sich auszumachen und Rauch, der gen Himmel zog. »Feueralarm!«, sagte er. »Sieht so aus, als würde es ein Stockwerk tiefer brennen.«

»Feueralarm!«, wiederholte Mayen ratlos.

Die Sirene, die durch das Haus schrillte, schien immer durchdringender zu werden.

»Sie sollten jetzt besser gehen«, sagte Schiller.

Mayen nickte, während er sich rückwärts zur Tür bewegte. »Ich vermute, Sie bleiben noch«, sagte er.

Schiller warf erneut einen Blick aus dem Fenster. Ein Feuer um diese Zeit – konnte das ein Zufall sein?

Aus den Augenwinkeln beobachtete er, wie Mayen die Tür öffnete. Dann entwich ihm ein merkwürdig heiseres Stöhnen. Jemand stand in der Tür. Birte? Nein, eine große, massige Gestalt. Mayen verharrte einen Moment, ehe seine linke Hand zum Lichtschalter griff. Die Neonröhren erloschen. In der nächsten Sekunde, während die Sirenen unaufhörlich weiterschrillten, sackte Mayen zusammen. Die Gestalt hatte ihm einen harten Schlag gegen die Schläfe versetzt.

Schiller sprang in Richtung Bad und brachte seine Waffe in Anschlag. Die Gestalt stieg über den offenbar bewusstlosen Mayen hinweg ins Zimmer, eine zweite, schmalere verharrte in der Tür. Niemand schaltete das Licht ein. Schiller trat in die halb geöffnete Tür des Bades. Der erste Eindringling beugte sich über die Puppe und legte ihr die Waffe an den Kopf. Was tat die zweite Gestalt? Schiller versuchte, beide im Blick zu behalten. Sein Herz dröhnte bis in den Kopf hinauf. Die Sirene schrillte immer weiter und deckte jedes Geräusch zu.

Was sollte er tun? Wie sollte er zwei Männer gleichzeitig in Schach halten?

Die erste Gestalt wandte sich um. »Scheiße«, fluchte eine tiefe Männerstimme laut. »Da liegt keiner. Das ist eine verfluchte Puppe!«

Schiller reagierte, ohne nachzudenken. »Lassen Sie die Waffe fallen!«, rief er und hielt seine Pistole auf die erste Gestalt gerichtet.

Der Mann wirbelte herum. Vor dem Fenster loderte ein Lichtschein auf. Das Feuer ein Stockwerk tiefer. Schiller meinte, ein Gesicht auszumachen, das er kannte. Ein Geruch trieb ihm in die Nase: ein schweres Rasierwasser. Ein Knall ertönte. Ein Schuss, der an ihm vorbeistrich. Dann drückte Schiller ab, und der Mann schrie auf und stürzte zu Boden. Die Sirene schrillte noch immer. Wo war die Waffe des Eindringlings? Schiller glaubte zu erkennen, dass der Mann sie fallen gelassen hatte. Die massige Gestalt presste sich die Hände gegen den Unterleib und krümmte sich am Boden.

Voller Panik blickte Schiller zur Tür. Schweiß lief ihm den Rücken hinunter. Da stand niemand mehr. Der zweite Mann war geflohen. Abrupt verstummte die Sirene. Ein heißes Glühen blieb im Ohr hängen, sodass er das Gefühl hatte, immer noch nichts hören zu können. Schiller machte zwei Schritte vor. Dann entdeckte er die Pistole, zwei Armlängen von dem Verletzten entfernt. Blitzschnell bückte er sich, hob sie auf und bewegte sich im Halbdunkeln zur Tür. Er stieg über Mayen hinweg, der wie tot auf der Seite lag, und schaltete das Licht an.

Die Gestalt am Boden starrte zu ihm auf. Vor Wut und Hass verzog sie das Gesicht und stieß einen Fluch aus. Schiller war nur für eine Sekunde erstaunt. Mit der einen Hand richtete er die Waffe auf den Mann, der förmlich nach Rasierwasser stank, mit der anderen zog er sein Telefon hervor.

40

Irgendetwas sagte ihr, dass Jan recht gehabt hatte. Diese ganze Aufregung hatte mit ihm und ihrem Fall zu tun. Birte stürmte durch die Vorhalle, das gesamte Gebäude schien von der Sirene erschüttert zu werden, die unablässig dröhnte.

»Feueralarm!«, rief jemand in einem weißen Kittel und breitete die Arme aus. »Alle müssen das Gebäude verlassen!«

Birte zückte ihren Polizeiausweis und rannte weiter. Zwei Pfleger, die Rollstühle schoben, kamen ihr entgegen. Eine Frau trug ein etwa sechsjähriges Kind im Arm, das vor Angst laut schluchzte. Einer der Pfleger rief ihr etwas zu, was sie aber nicht verstand. Doch sie konnte es sich denken. Verlassen Sie die Klinik – sofort! Zwei Männer in Trainingsanzügen humpelten an ihr vorbei. Birte kam sich vor wie in einem Katastrophenfilm. Allein das nervtötende Schrillen der Sirene schien die Wahrnehmung einzuschränken. War irgendwo Rauch? Ein Feuer, das sich ausbreitete? Nein, außer Krankenschwestern und Pflegern, die sich mühten, Kranke in Betten und Rollenstühlen hinauszuschieben, konnte sie nichts entdecken. Eine Übung? Möglicherweise, doch alle hatten ernste, entschlossene Gesichter und versuchten offenkundig, die Ruhe zu bewahren.

Als eine Frau, die einen grünen Kittel trug, sie am Arm packen wollte, stieß Birte sie zurück und hielt ihr den Ausweis hin. »Polizeieinsatz!«, rief sie, und die Frau zuckte zurück.

Die Fahrstühle würden abgeschaltet sein, also musste sie sich zum Treppenhaus orientieren. Immer mehr Menschen strömten auf den Ausgang zu. Ein paar alte Frauen staksten im Bademantel aus einer Tür. Das Treppenhaus. Birte eilte die Stufen hinauf.

»Polizei Köln!«, rief sie zwei Pflegern entgegen, die einen greisen Mann, der mit aufgerissenen Augen um sich sah, als könnte er überhaupt nicht begreifen, was ihm widerfuhr, auf einer Trage die Treppe hinunterbugsierten.

Wo genau war Broders Zimmer? Als sie das Treppenhaus verließ und zum ersten Mal glaubte, den Geruch von Rauch wahrzunehmen, hörte das schrille Dröhnen unvermittelt auf. Für einen Moment erschrak Birte beinahe. War das Feuer gelöscht? Der Alarm zu Ende? Sie versuchte sich zu orientieren. Ein Gang vor ihr war leer. Offensichtlich hatte man die Station bereits evakuiert. War sie richtig?

Auf einmal klingelte ihr Telefon – ein seltsam sanfter Laut nach dem Sirenenlärm.

»Wo bist du?«, fragte Jan ein wenig atemlos.

»In der Klinik«, entgegnete Birte. »Was ist das für ein Alarm?«

»Sie waren schon hier«, sagte Schiller. »Einen habe ich erwischt, ein anderer ist abgehauen. Konnte leider nicht erkennen, wohin ...«

Da sah sie ihn – ein junger, muskulöser Bursche mit einem Bürstenhaarschnitt. Er kam aus einem Gang und versuchte, sich im Laufen einen weißen Kittel auszuziehen, er verhedderte sich jedoch dabei, sodass er leicht ins Stolpern geriet. Sein Gesicht war gerötet, eine breite Narbe zierte seine linke Wange, und er hielt eine Pistole in der Hand. Hektisch blickte er sich um, während er wütend den Kittel von sich schleuderte. Birte bemerkte, dass er die Orientierung verloren hatte. Drei Gänge zweigten ab. Wohin sollte er sich wenden? Sie drückte sich an die Wand, als sie sah, dass er in ihre Richtung kam.

Als er eilig an ihr vorbeistrich, sprang sie vor. »Kann ich Ihnen helfen?«, brüllte sie ihn an und schlug ihm ihre Pistole ins Gesicht.

Im Fallen riss der Bursche den Mund auf, doch kein Laut drang heraus. Als er auf den Boden schlug, machte er Anstalten, seine Waffe herumzureißen, doch Birte stürmte ihm nach. Ein langer Schritt genügte, und sie hatte ihren rechten Fuß auf seinen rechten Arm gesetzt. Ein Knochen brach, und der Mann schrie auf.

»Polizei!«, rief Birte. »Sie sind vorläufig festgenommen.« Für einen winzigen Moment hoffte sie, dass sie nicht dem falschen Mann den Unterarm gebrochen hatte.

Die Erschöpfung und das Erstaunen über ihre Aktion stellten sich später ein, nachdem Jan zwei Mannschaftswagen gerufen hatte. Auch Nele und sogar Fitschen kamen vorbei. Sie hatte einem mutmaßlichen Mörder ihre Waffe ins Gesicht geschlagen, ihm den Arm gebrochen und ihn unschädlich gemacht. Wann hatte sie das letzte Mal ihre Waffe benutzt? Sie wusste es nicht mehr. Seltsamerweise spürte sie den Impuls, Pierre anzurufen, um ihm zu sagen, dass es ihr gut gehe. Wahrscheinlich lag er noch auf dem Teppich und träumte selig, wie ein kleiner Junge, dem etwas Schönes widerfahren war.

Friedrich Mayen war von einem Arzt im Stationszimmer untersucht worden. Er hatte eine riesige Beule am Kopf, eine mittelschwere Gehirnerschütterung, nicht mehr.

Der jüngere der beiden Männer sollte ins Präsidium gebracht werden, nachdem man unter Bewachung seinen gebrochenen Arm versorgt hatte, der ältere wurde auf seine Operation vorbereitet. Eine Kugel in der rechten Leiste hatte ihn außer Gefecht gesetzt. Er hatte eine Menge Blut verloren, war aber nicht in Lebensgefahr.

Jan sah genauso erschöpft aus wie sie, und er wirkte auch nicht erleichtert. Eine Krankenschwester hatte ihm zwei Becher Kaffee gebracht. Sie setzten sich auf eine Bank, die in der Nähe des Fahrstuhls stand. Er reichte Birte einen Becher, dann beugte er sich vor und küsste sie auf die Wange, ein mehr als brüderlicher Kuss.

»Wir haben wirklich Mist gebaut«, sagte er. »Großen Mist – alles hätte schiefgehen können.«

So ausgelaugt hatte sie ihn schon lange nicht mehr gesehen.

»Wir haben zwei Festnahmen«, sagte sie.

Jan nickte. Fitschen steuerte auf sie zu, dann, als würde er spüren, dass er störte, machte er abrupt kehrt. Der Kriminaldirektor war schon wieder unrasiert.

»Sie haben tatsächlich ein Wäschezimmer ein Stockwerk tiefer in Brand gesteckt, um in Ruhe auf die Station gehen zu können. An so etwas habe ich überhaupt nicht gedacht.« Jan seufzte und trank. »Die halbe Klinik hätte abbrennen können. In diesem Komplex gibt es Hunderte von Patienten.«

»Was wissen wir über den Jüngeren?«, fragte Birte. Der Bursche hatte es beinahe darauf angelegt, sie selbst mit nur einem unversehrten Arm noch anzugreifen, ein Muskelprotz, den erst die Mündung ihrer Pistole zur Besinnung gebracht hatte.

Vermutlich hatte er in ihren Augen gesehen, dass sie abgedrückt hätte, eine Kugel ins Knie oder in den Oberschenkel, wenn es glücklich für ihn abgegangen wäre.

»Er heißt Boris«, sagte Jan. »Ela hat ihn mir schon einmal beschrieben. Er hat sie verfolgt. Er ist der Sohn von dem anderen, von diesem Türsteher, Max, der Kerl fürs Grobe. Ich habe schon einen Wagen zu Doro Graf geschickt. Heute Nacht kriegen wir sie alle dran.«

Er trank den Kaffee, wie ein Süchtiger Alkohol in sich hineinschüttete.

»Ich war zu spät«, sagte Birte. Ihr verursachte der Kaffee Übelkeit. »Mir ist etwas passiert. Zu Hause … Es war so … Es gibt da jemanden, der …«

Jan winkte ab. »Ich war nicht einmal zehn Minuten vor dir da.« Er schnaubte verächtlich. »Eine bestens vorbereitete Polizeiaktion. Wie aus dem Lehrbuch. Die vom SEK werden sich freuen, dass sie keinen Finger rühren mussten.« Er blickte zum Gang, der auf die Station führte. Friedrich Mayen stand da. Ein großes leuchtendes Pflaster auf der Schläfe. Nele begleitete ihn zum Fahrstuhl. Jan winkte ihm zu, doch Mayen beachtete ihn gar nicht. Vermutlich stand er noch unter Schock. »Ihn hätte Max, dieser Scheißkerl, beinahe umgebracht. Na, dafür hat er auch eine Kugel verdient.«

Sein Telefon klingelte. Mit einer langsamen Bewegung zog er es hervor. Birte meinte Carlas Stimme zu vernehmen. »Nein, ein Feueralarm«, sagte Jan zögernd. Ja, klar, ein paar hundert Meter von ihrer Wohnung entfernt, hatte Carla die Sirenen und den Aufmarsch der Feuerwehr mitbekommen. »Alles in Ordnung … Ich fahre noch ins Präsidium … komme später zurück.« Jan schluckte. »Ja, ehrlich, ich freue mich auf unser Kind …«

41

Schiller entspannte sich erst, als Therese ihn im Präsidium anrief. Es war kurz vor Mitternacht. Den Muskelprotz Boris, dessen rechter Arm nun eingegipst war, ließen sie in einem Verhörzimmer schmoren, während sein Vater noch operiert wurde. Die Spurensicherung mit Schultke hatte sich unterdessen in die Uniklinik aufgemacht. Die Brandstiftung und Broders angebliches Krankenzimmer mussten untersucht werden.

»Ihr habt Richards Mörder gefangen«, sagte Therese. Sie klang aufgekratzt. »Friedrich hat mich angerufen, und ich habe Richard auch schon einen Brief geschrieben, den ich eben auf meiner Terrasse verbrannt habe. Er weiß also schon Bescheid.«

Schiller konnte bei aller Erschöpfung ein Lächeln nicht unterdrücken. »Ja, wir sind sicher, dass es Max, dieser Türsteher, und dessen Sohn waren. Wahrscheinlich war Max so eine Art Aufpasser für Broder, damit der keine Dummheiten machte.« Plötzlich fiel ihm ein, dass die Idee, Broder als Lockvogel einzusetzen, eigentlich von Max gekommen war. Wahrscheinlich hatte er gefürchtet, dass ihr Handel mit falschen Bildern zum Erliegen gekommen wäre, wenn man Broder aus dem Verkehr gezogen hätte.

»Ich verstehe das trotzdem alles nicht«, sagte die alte Hebamme. »Max hat doch einen ganz manierlichen Eindruck gemacht, und Henning …«

»Broder hat Bilder gefälscht«, sagte Schiller. »Vielleicht nur eines, obwohl das sehr unwahrscheinlich ist.«

»Manchmal hat Henning wirklich nur Flausen im Kopf«, erwiderte Therese; es hörte sich an, als würde sie über ein sechsjähriges Kind sprechen.

Aber das sind wir nicht, dachte Schiller, wir sind alte Kinder, über vierzig Jahre alt, und trotzdem wissen wir ganz oft nicht, was zu tun ist. Er beobachtete, dass Birte mit Doro Graf den Gang hinaufkam. Die Kunsthändlerin sah aus, als wäre sie betrunken, ihr Haar hing in Strähnen herab, sie bewegte sich leicht schwankend, und sie war nicht allein. Ein älterer, glatzköpfiger

Mann folgte ihr, Lavender senior, ausgerechnet, als wären alle anderen Anwälte Kölns auf einem Betriebsausflug.

»Nun musst du nur noch den Richter fangen«, sagte Therese.

Schiller räusperte sich. Er musste wieder an Carla und ihr Kind denken. »Weißt du es schon?«, fragte er leise.

Therese lachte kurz auf. »Ja, seit gestern«, erwiderte sie und unterbrach die Verbindung.

Mit einem kurzen Blick verständigte er sich mit Birte. Sie war offenkundig mehr an Boris, ihrem Opfer aus der Klinik, als an Doro Graf und deren Begleitschutz interessiert, obschon Lavender ihr ein überaus freundliches Lächeln zuwarf. Schiller dachte für einen Moment daran, dass er selbst einen guten Anwalt gebrauchen konnte. Professor Kronenberg hatte sich bereits wutentbrannt gemeldet und angekündigt, sich an den Polizeipräsidenten zu wenden. Durch das Feuer und den Alarm sei der Klinik ein hoher Schaden entstanden.

Birte nickte Lavender nur kurz zu, dann ging sie ins Verhörzimmer.

Schiller wandte sich an Doro Graf. Die Kunsthändlerin roch nach Alkohol und Zigaretten. »Ich komme eben von einer Vernissage«, sagte sie. »Was soll das alles?« Ihre Augen waren rot unterlaufen.

»Wir haben ein paar Fragen an Sie«, sagte Schiller betont ruhig. »Über Kunst und Bilder – und Fälschungen«, fügte er hinzu.

Lavender schaute ihn an und lächelte ein wenig spöttisch. »Sie haben ja wohl nichts dagegen, wenn ich Frau Graf begleitete.«

Schiller zuckte mit den Achseln und bat die beiden in sein Büro. Eigentlich hatten sie nichts gegen Doro Graf in der Hand. Er entschied sich, die harte, brutale Tour zu fahren. »Ihr guter Freund Max Engels hat heute versucht, Broder im Krankenhaus zu töten.«

»Er ist nicht mein Freund«, erwiderte Doro Graf. Sie kramte in ihrer Handtasche nach Zigaretten.

»Leider haben wir ein absolutes Rauchverbot im Präsidium«, sagte Schiller. »Wir glauben, dass Broder für Sie Bilder gefälscht hat, Frau Graf, und dass die Sache dann ein wenig aus dem

Ruder gelaufen ist, als Professor Goldmann Verdacht schöpfte. Haben Sie nicht gewusst, dass Goldmann und Broder sich kannten?«

»Ich glaube nicht, dass ich hier etwas sagen muss«, erklärte die Kunsthändlerin und blickte ihren Anwalt an. Sie hatte sich offenbar wieder ein wenig gefangen. »Max hat für mich gelegentlich kleinere Aufträge erfüllt. Das ist alles.«

»Lieber Herr Schiller«, Lavender war die Liebenswürdigkeit in Person. »Sie haben Frau Graf um diese unchristliche Zeit ins Präsidium bringen lassen. Wir bedauern, dass Max Engels sich offenbar eines Verbrechens schuldig gemacht hat, aber wir würden gerne erfahren, was Sie meiner Mandantin konkret vorwerfen.«

»Anstiftung zum Mord – unter anderem«, entgegnete Schiller. Er beobachtete Doro Graf. Sie zuckte kaum merklich zusammen, dann trat ein mattes Lächeln auf ihre Lippen.

»Dafür brauchen Sie Beweise, Herr Hauptkommissar.« Lavender zeigte keine Regung.

»Die haben wir. Wir haben Boris Engels, den Sohn von Max, wie Sie ja wissen, bereits befragt. Er hat interessante Dinge über Ihre Zusammenarbeit mit seinem Vater ausgesagt.« Schillers Bemerkungen waren ein Bluff, den Doro Graf aber anscheinend durchschaute.

»Ich kenne Boris … habe ihn ein-, zweimal getroffen«, sagte sie. »Er ist ein Kleinkrimineller, hat Autos geklaut und nach Polen verschoben. Ihm kann man schwerlich Glauben schenken.« Sie lächelte und steckte sich nun doch eine Zigarette in den Mund, die sie jedoch nicht anzündete.

»Wir beantragen einen Durchsuchungsbeschluss.« Schiller spürte, dass er in die Defensive geriet und zu unvorbereitet in dieses Verhör gegangen war. »Wir werden etwas finden, um zu beweisen, dass Sie hinter dem Mord an Goldmann und dem Anschlag auf Broder stecken. Welchen Grund sollte Max Engels haben, auf die beiden zu schießen?«

»Sagen Sie es uns, Herr Hauptkommissar.« Lavender schaute ihn mit hochgezogenen Augenbrauen an. »Sie sind hier der Ermittler.«

Schiller schwieg für einen Moment. Sein Blick fiel auf die rechte Hand von Doro Graf. Erste Altersflecken waren auf dem Handrücken zu sehen, die Fingernägel waren grellrot lackiert. Unruhig zuckte ihr Zeigefinger vor und zurück.

»Erzählen Sie mir, wie Sie Herrn Engels kennengelernt haben und welche Arbeiten er für Sie erledigt«, sagte Schiller.

Bevor Doro Graf antworten konnte, beugte Lavender sich vor. »Aber, Herr Schiller, Sie wollen doch um diese Zeit nicht einfach so mit uns plaudern. Wenn Sie nicht mehr haben, dann würden wir jetzt gerne gehen. Wir kommen, wenn es sein muss, morgen wieder, sobald Frau Graf ausgeruht ist und Ihnen kompetent Auskunft geben kann.«

Schiller war kurz davor, einzulenken, als die Tür geöffnet wurde. Nele stand da, müde, mit Schatten unter den Augen. Sie winkte ihn heran. Für einen Moment hoffte er, dass Boris Engels irgendetwas von sich gegeben hatte, das er gegen Doro Graf verwenden konnte.

»Einen Moment, bitte.« Er stand auf und ging hinaus.

Nele wischte sich eine blonde Strähne aus dem Gesicht. Sie sah nicht aus, als hätte sie eine gute Nachricht zu verkünden.

»Hat dieser Sohn was gesagt?«, fragte Schiller.

Sie schüttelte den Kopf. »Er sagt keinen Ton. Fitschen ist nun zu Birte reingegangen. Auch diese Profilerin hat ihre Hilfe angeboten.«

Schiller runzelte die Stirn. »Haben die mit ihrem Richter nicht genug zu tun?«

»Sie mussten ihren Verdächtigen laufen lassen. Mehr als illegalen Waffenbesitz kann man ihm nicht vorwerfen. Als der erste Mord geschah, war er vermutlich bei Gericht. Er hat also ein Alibi, allerdings ungewollt.« Nele lächelte erschöpft. »Ich muss jetzt gehen. Mir ist schlecht vor Müdigkeit, aber da draußen stehen zwei Typen, die dich unbedingt sprechen wollen. Die haben noch Bierflaschen in der Hand und sehen aus, als hätten sie den ganzen Abend gefeiert. Den einen kennst du ziemlich gut. Er hat sich mit mir verabreden wollen. Hat mir seine Visitenkarte zugesteckt.« Sie hielt Schiller die Karte hin.

Er erkannte den Namen sofort – Ardan Uzun, Webdesign.

Was wollte Ardan um diese Zeit noch im Präsidium?

Als Schiller auf den Gang trat, sah er Ardan auf einer Bank sitzen. Er redete auf einen anderen Mann ein, der neben ihm saß, ein junger Bursche mit langen schwarzen Haaren. Sie trugen beide eine Lederjacke und prosteten sich zwischendurch zu. Als hätte er den Blick bemerkt, der auf ihn gerichtet war, zuckte Ardan herum. Ein breites Lächeln zog über sein Gesicht. »He, Gernas«, sagte er zu seinem Begleiter. »Da ist er ja, mein Freund der Polizist.«

Beide Männer sprangen auf und kamen Schiller leicht schwankend entgegen. Ardan breitete sogar seine Arme aus, als müsse er tatsächlich einen guten Freund begrüßen.

»Was willst du, Ardan?«, fragte Schiller tonlos.

Ardan stieß seinen Begleiter mit der Bierflasche in die Seite. »Habe ich doch gesagt, Gernas, bei der Kölner Polizei bist du immer willkommen, zu jeder Tages- und Nachtzeit.« Er wandte sich wieder Schiller zu und hob seine Bierflasche. »Wir haben was für euch – wegen dieser geklauten Bilder. Eine kleine Überraschung, ganz umsonst.«

42

Boris saß da und starrte sie feindselig an. An der Nase hatte er eine breite Wunde, die mit einem Pflaster überklebt war. Da hatte sie ihn mit ihrer Pistole erwischt.

Den eingegipsten Arm hatte er auf den Tisch abgelegt, vorwurfsvoll, wie sie meinte.

»Wir können es kurz machen«, sagte Birte. Sie schaltete das Diktiergerät ein, nannte Ort und Uhrzeit und platzierte es vor den Muskelprotz. »Waren Sie dabei, als Ihr Vater Professor Goldmann erschossen hat? Oder waren Sie das – haben Sie selbst abgedrückt? Und dann sind Sie zu dem betäubten Broder gegangen und haben ihm die Waffe in die Hand gelegt?«

Boris hob nur kurz die Augenbrauen und schnaubte abfällig.

Birte lehnte sich zurück. »Wir finden es ohnehin heraus. Die Kriminaltechniker sind schon dabei, sich Ihre Waffe anzuschauen. Machen die gerne – auch nachts um zwölf.« Sie nahm einen Schluck Kaffee, um die Müdigkeit zu vertreiben. Es fiel ihr schwer, Selbstbewusstsein zu zeigen, doch sie hatten zwei Verhaftungen, verdammt. Auch wenn die Aktion völlig anders abgelaufen war, sollten sie zufrieden sein.

»Was hat Ihnen Doro Graf dafür geboten, dass Sie ihr bei diesem Geschäft helfen. Schnelles Geld für wenig Arbeit? Passt ein wenig auf einen Maler auf, der für mich Bilder fälscht? Er ist ein netter Kerl, aber ein wenig unzuverlässig? War es so?«

Boris schnaubte wieder und schürzte die Lippen.

»Ihr Vater hat ja ein hübsches Vorstrafenregister. Diebstahl, Körperverletzung, Urkundenfälschung … War es schön, ihn als Kind im Knast zu besuchen? Aufregend? Konnte man damit in der Schule angeben?«

Der Muskelprotz ruckelte auf seinem Stuhl hin und her. »Ich habe Durst«, nuschelte er.

Birte nickte und hob die Hände. Gleich, sollte diese Geste zeigen. »Ich weiß, es ist nicht leicht, den eigenen Vater zu belasten, aber wenn Sie uns nicht sagen, wie es war, kommen wir doch auf die Idee, dass Sie geschossen haben – auf den Professor und auf Broder. Heißt: Mord und Mordversuch sowie …«, Birte lächelte süffisant, »… Brandstiftung in einem Krankenhaus. Ist auch nicht gerade eine Kleinigkeit.«

Boris hob den Blick. Zum ersten Mal stand so etwas wie Unsicherheit darin.

»Acht, zehn Jahre kommen da leicht zusammen – die sitzt man nicht auf einer Arschbacke ab, auch wenn man es sich vornimmt. Sie haben doch ein Kind … wie alt ist die Kleine?« Birte tat so, als müsse sie in den Papieren vor sich nach dem Namen suchen. Nele hatte ihr ein paar wichtige Dinge über den Muskelmann sagen können. Er hatte drei Lehren abgebrochen, war schon einmal wegen Autodiebstahls kurz im Knast gewesen, aber da er Vater wurde und Besserung gelobte, hatte man ihn auf Bewährung entlassen.

»Ach ja, Nina heißt sie … bestimmt ein hübsches Mädchen. Na, ich hoffe, Sie haben ein Foto der Kleinen dabei, so schnell werden Sie Ihre Tochter wohl kaum wiedersehen.«

Boris funkelte sie hasserfüllt an, er war mit seiner Geduld und Selbstbeherrschung am Ende, er spannte sich, um aufzuspringen, doch genau in diesem Moment wurde die Tür geöffnet. Jan stand da, er lächelte und winkte sie zu sich.

»Lass den blöden Muskelmann ein paar Minuten allein. Wir haben sie am Haken.«

Wenn es ein Bluff war, so kam er zu einem perfekten Zeitpunkt.

Jan reichte ihr einen Kaffee, der so süß war, als hätte er fünf Löffel Zucker hineingetan. Er hielt ein Smartphone in der Hand, nicht sein eigenes Gerät, ein iPhone, supermodern und ohne jeden Kratzer, als hätte es eben noch in einem Laden gelegen.

»Woher hast du das?«, fragte Birte.

Er deutete mit dem Kopf hinter sich in den Gang. Zwei dunkelhaarige Männer saßen da und sprachen gestenreich aufeinander ein. Als Birte zu ihnen hinüberblickte, stand der eine auf und verneigte sich spöttisch.

»Immer gerne zu Diensten!«, rief er, und der andere lachte. »Ach ja, wir haben noch gar nicht über eine Belohnung gesprochen … Das wird euch was kosten.« Der andere lachte noch lauter.

»Ardan«, sagte Jan leise, »der kleine Mistkerl hat uns etwas gebracht.« Er startete ein Video auf dem Display. Offensichtlich hatte man etwas von einem Bildschirm abgefilmt.

Birte brauchte ein paar Momente, um sich auf die schlechte Bildqualität einzustellen. Ein Gang war zu sehen, Betonfußboden, schwaches Licht, Metalltüren, eine ganze Reihe. Was soll das?, wollte sie schon fragen. Dann kamen zwei Männer in Lederjacken ins Bild, sie trugen Baseballcaps, doch den einen erkannte sie sofort: Boris, der Muskelprotz, der sich stets bewegte, als würde er breitbeinig durch einen Boxring stapfen und einen Schlag vorbereiten. Der zweite Mann konnte Max Engels sein, obschon man ihn nicht genau erkennen konnte. Sie schoben einen Karren, auf dem sich drei schmale, längliche Gegenstände befanden, die in Tücher gehüllt waren.

Birte blickte Jan an, er nickte unmerklich.

Die Bilder – die drei geklauten Bilder.

Hinter ihnen im Gang johlten Ardan und sein Begleiter auf. Sie hatten nun Bierflaschen in der Hand und prosteten sich zu.

Auf dem Display war zu sehen, wie einer der Männer, vermutlich Boris, eine Metalltür aufschloss, er stellte sich dabei so ungeschickt an, dass er beinahe den Karren mit den drei länglichen Gegenständen umgeworfen hätte. Der zweite Mann drehte sich verschreckt um, und da trat eine dritte Gestalt ins Bild, die sich bisher vornehm zurückgehalten hatte: Sie war kleiner, eine Frau, sie trug einen langen Pelzmantel und auch eine Basecap, doch darunter waren ihre langen blonden Haare zu sehen. Die Frau gestikulierte ärgerlich. Birte konnte förmlich verstehen, was sie sagte: Könnt ihr nicht aufpassen, das sind wertvolle Bilder, Idioten! Die Männer duckten sich unter ihren Worten, zogen eingeschüchtert ihre Köpfe ein, dann schafften sie die Bilder vorsichtig in einen Raum, der hinter der Tür lag, schlossen ab und verschwanden.

Birte sah Jan an. Er lächelte triumphierend. »Woher stammen diese Aufnahmen?«, fragte sie.

»Ein altes Fabrikgebäude in Ossendorf. Matthias-Brüggen-

Straße. Da kann man Storerooms mieten, wenn man zu Hause zu viel alten Plunder hat und nicht weiß, wohin damit. Der Cousin von Ardan arbeitet da als Aufsicht. Ihm kam diese Aktion seltsam vor, also hat er die Aufnahme von den Bändern abgefilmt.«

»Und die Frau …«

»Doro Graf«, unterbrach Jan sie. »Eindeutig. Sie hat es sich nicht nehmen lassen, zu gucken, wohin ihr Türsteher die Bilder brachte. Wahrscheinlich hat sie ihm doch nicht so ganz vertraut.«

Birte hob ihren Kaffee. »Du hast recht«, sagte sie. »Wir haben sie am Haken.« Dann nahm sie Jan das iPhone ab, wandte sich zu Ardan, um ihm den Daumen entgegenzurecken, und ging zurück zu Boris. Sie brauchte kaum zwei Stunden, da hatte er alles gesagt, was er wusste.

Nein, abends bei Professor Goldmann sei er nicht dabei gewesen, das habe sein Vater allein gemacht, aber nachts habe er mit ihm die drei Bilder geklaut, und dann habe Max ihn förmlich gezwungen, mit ihm die Sache im Krankenhaus durchzuziehen. Sie hätten nichts richtig vorbereiten können. Eine Scheißaktion. Das Wäschelager habe er in Brand gesteckt. Dann seien sie hoch in das Krankenzimmer … und dann sei alles schiefgegangen …

Nachts um halb vier ließ Birte ihn abführen.

Als sie um halb fünf bei Pierre vor der Tür klingelte, öffnete er ihr, nackt, mit verständnislosem Blick, nur die Kaschmirdecke um die Schultern. Er hatte bis jetzt geschlafen.

43

Sein Leben war ein Schiff, das nicht in den Hafen lief, sondern das irgendwo auf einem Felsen zerschellen würde. So kam es ihm vor.

Er hatte Kopfschmerzen, und es fiel ihm schwer, die einfachsten Dinge des alltäglichen Lebens zu tun. Wie lange hatte er funktioniert? Niemand hatte etwas von seiner Zerrissenheit mitbekommen. Der Sanftmütige in ihm war hilflos, und der Richter ließ sich nicht blicken. Noch einen Tag, dann war der Moment des Urteils gekommen. Sollte er den Erzbischof tatsächlich richten?

Ja, selbst der Sanftmütige wusste, dass er keine Wahl hatte. Die Stimmen im Kopf, die Schreie, das Dröhnen, all das würde sonst niemals verstummen, und nie würde er die kleine Yamina aus seinen Gedanken bekommen. Noch immer hielt er sie in den Händen, konnte sie fühlen, das tote Kind mit den großen Augen, jede Nacht vor dem Einschlafen.

Am Abend hatte der Richter noch einmal alles durchdacht. Er hatte sogar eine Skizze angefertigt. Es gab nur eine Zufahrtsstraße zum Geißbockheim, der Parkplatz war nicht groß. Der Erzbischof würde mit seinem Gefolge zu den neu erbauten Kabinen schreiten, er würde das Gebäude segnen, gewiss vom Vorplatz aus, damit jeder es mitbekam, das Spektakel mit Weihwasser und Weihrauch. Vermutlich würde er eine kleine Rede halten, vom lieben Gott, der seine Menschen liebte, besonders wenn sie spielten und wie die Kinder waren … Irgend so einen Unsinn. Darin war der Erzbischof ein ausgewiesener Experte, salbungsvolle Worte zu sprechen, die eigentlich keinen Inhalt hatten. Von der Terrasse hatte man einen guten Blick hinunter, aber natürlich wäre er nicht allein. Es würde auch da Zuschauer geben. Er hätte eine Sekunde, höchstens zwei, dann müsste er verschwinden.

Und wenn man ihn fasste?

Daran hatte der Richter zum ersten Mal gedacht, aber er hatte keine Wahl. Er musste richten, um die Stimmen zum Schweigen zu bringen.

Dann war der Richter schlafen gegangen, und nun war nur der Sanftmütige da.

Wann war alles schiefgegangen mit seinem Leben? Mit Margret, ihrem falschen Lachen, seinen kleinen festen Händen an ihrem Hals? Nein, schon vorher, mit dem bigotten Vater, der ihn mit zu den Toten schleppte … der kleine Bestatter, das war er gewesen, der Junge mit dem brav gescheitelten Haar, der sich wie nichts vor dem Tod fürchtete. Als der Vater tot dalag, in einem Sarg, den er selbst gekauft hatte, nicht für sich allerdings, da hatte er nicht eine Sekunde getrauert, er hatte auch kein stilles Gebet gesprochen, sondern stumm gelacht. Ja, auch Bestatter müssen sterben, hatte er gedacht, und dieser Gedanke war für ihn wie ein Scherz gewesen.

Der Tod des Vaters war der erste Tod gewesen, der ihm gefallen hatte … und nun der Erzbischof, der letzte. Dann wäre er frei, der Richter würde endgültig verschwinden, und er wäre wieder nur der Sanftmütige …

Doch die Zweifel verschwanden nicht. Noch vierundzwanzig Stunden. Er überlegte, dem Polizisten noch einmal eine E-Mail zu schreiben, aber nein, der hatte den Fall ja gar nicht mehr. Mittlerweile hatte auch die Polizei gemerkt, dass sie den falschen Mann festgenommen hatten. In den Zeitungen waren sie dafür scharf kritisiert worden. Selbst der Erzbischof hatte sich zu einer Bemerkung hinreißen lassen. Er hoffe sehr, dass die Bürger der Stadt bald wieder in Ruhe schlafen könnten, hatte er verlautbart.

Der Sanftmütige nahm einen Bogen Papier hervor. Er griff den Füller mit der linken Hand.

»Lieber Kommissar«, krakelte er auf das Papier, *»ich bitte um Verzeihung. Morgen wird das letzte Urteil gesprochen. Dann sind wir beide frei.*
Der Richter von Köln«

Beinahe wie ein Kunstwerk sah das Schreiben aus. Der Sanftmütige holte einen Briefumschlag hervor und steckte das Papier hinein.

Die Adresse des Polizisten kannte er ja.

Ihm war ein wenig leichter ums Herz, nachdem er den Umschlag abgewischt hatte, um keine Spuren zu hinterlassen.

Dann regte sich auch der Richter wieder in ihm. Er war bereit. Sein großer Tag konnte kommen.

44

Schiller hätte zufrieden sein können. Der Fall Goldmann war nahezu abgeschlossen. Sie hatten die Bilder aus dem Storeroom sichergestellt und drei Verhaftungen vorgenommen, mittlerweile war auch Doro Graf geständig. Nur dass Gotthard Redecker auch in diesen Handel mit gefälschten Bildern involviert war, hatten sie bisher nicht nachweisen können. Wenn es stimmte, was die Kunsthändlerin ausgesagt hatte, dann hatte Broder lediglich vier Campendonks gefälscht. Drei Bilder hatten sie nach Holland verkauft, das vierte hatte ausgerechnet Goldmann erworben. Broder lag noch immer im Koma, er habe erste Reize gezeigt, hatte Professor Kronenberg erklärt, nachdem er den Patienten zurück in die Uniklinik hatte verlegen lassen. Gegen Schillers Polizeiaktion hatte er eine Beschwerde eingelegt, Fitschen hatte jedoch versucht, ihn zu beruhigen. Der Polizeipräsident decke die Aktion im Nachhinein. Schiller solle sich keine Sorgen machen, beim nächsten Alleingang allerdings werde es Konsequenzen geben müssen.

Immerhin hatte Schiller einen Erfolg vorzuweisen, während die Sondereinheit Richter nach wie vor im Dunkeln tappte und keine neue Spur gefunden hatte. Das halbe Präsidium schien inzwischen mit LKA-Leuten belegt zu sein. Der Mittwoch brach an, der Tag, an dem der Richter angeblich das Urteil an dem großen Schuldigen vollstrecken wollte. In der Kölner Messe fand ein Kongress zu Klimafragen statt, zu dem sich auch der Umweltminister angesagt hatte. War er der große Schuldige, weil er nichts gegen den Untergang der Welt tat? Der Polizeipräsident war davon überzeugt, deshalb hatte man fast alle Kräfte auf diesen Kongress konzentriert.

Einen langen Tag hatte Schiller nur geschlafen, aber das Hochgefühl, Goldmanns Mörder gefasst zu haben, war schnell gewichen. Carla war in eine merkwürdige Art von Schweigen und Depression gefallen. Sie, die erfolgreiche Kindertherapeutin, fragte sich, ob sie tatsächlich ein Kind aufziehen könne – mit einem Partner wie ihm, der ständig unterwegs war und nur für seinen Beruf lebte. Sie war noch nicht einmal zu ihrer Frauenärztin gegangen, um ihren Verdacht bestätigen zu lassen. »Wer«, hatte er sie angeschrien, »soll denn in dieser verdammten Stadt ein Kind erziehen können, wenn nicht wir?«

Seit einem hässlichen Streit am Montagabend sprachen sie nicht mehr miteinander. Schiller war förmlich ins Präsidium geflohen. Dass Birte auf Wolke sieben schwebte, weil sie ihren Fall gelöst hatten und weil sie wieder einmal verliebt war, konnte er auch kaum ertragen. Natürlich machte sie ein Geheimnis daraus und wollte ihm nicht verraten, wer der Glückliche war. Auch dass man ihn in einem Artikel im Express als »Mister Kommissar Genial« abgefeiert hatte, nervte ihn. Ach, eigentlich nervte ihn alles. Ein paar Tage Urlaub wären das Richtige gewesen, aber allein irgendwo Urlaub machen, während Carla verrückt spielte und ganz Köln den Richter suchte? Nein, das ging auch nicht.

Schiller überlegte, Sylvie anzurufen, seine alte Tangolehrerin. Wann hatte er zuletzt mit ihr getanzt? Es war Monate her – zuletzt hatte Brasch eine Affäre mit ihr gehabt. Als Schiller ihre Nummer wählte, kam er sich wie ein alter, abgelegter Liebhaber vor. Sie meldete sich auch nicht, nur ihr Anrufbeantworter sprang an. Ihm fiel ein, dass sie um diese Zeit meistens noch nicht in ihrem Studio war.

Er legte auf und fuhr zu Frank ins Café, ohne Nele oder Birte Bescheid zu sagen, die beide intensiv damit beschäftigt waren, die Akten zum Fall Goldmann aufzubereiten. Sie wussten nun auch, dass Max die tödlichen Schüsse aus seiner Waffe abgegeben hatte. Die Waffe, die Broder in der Hand gehalten hatte, stammte von einem illegalen Waffenhändler, den sie am Ebertplatz ausgehoben hatten. Er hatte sie Max für fünfhundert Euro verkauft.

Zwei Hubschrauber kreisten über der Stadt, als Schiller über die Deutzer Brücke fuhr. Es war halb zwölf mittags. Ein kalter Wind war aufgekommen, doch es war ein sonniger Tag. Über zweitausend Polizisten warteten auf ihren Einsatz, Kölns größte geheime Polizeiaktion. Schiller war sicher, dass der Richter nicht zuschlagen würde, und wenn, dann war er wirklich verrückt. Zum Glück hatte die Presse nichts von der Ankündigung für diesen Tag mitbekommen.

Als er vor Franks Café nach einem Parkplatz suchte, klingelte sein Smartphone. Einen Moment hoffte er, Carla versuchte, ihn zu erreichen.

»Jung«, krächzte Therese ins Telefon. »Ich brauche dich … Hast du etwas Zeit für mich?«

»Was willst du? Hat Carla dich geschickt?«, erwiderte Schiller unfreundlich.

»Carla?« Die alte Hebamme tat überrascht. »Nein, ich muss etwas herausfinden«, sagte sie. »Und du musst mir dabei helfen. Ich sitze im Café Wahlen am Ring. Wann kannst du mich abholen?«

Wenn Therese sich etwas wünschte, tat man es am besten sofort. Das war immer schon so gewesen, auch als er noch ein vierzehnjähriger Junge gewesen war, der im Kinderheim auf ihren Besuch gewartet hatte.

Plötzlich, während er Gas gab und sich am Ehrenfeldgürtel wieder in den Verkehr einfädelte, nistete sich ein Gedanke in seinem Kopf ein. Therese geht es nicht gut, dachte er, sie ist krank, ihr Leben ist in Gefahr. Goldmanns Tod hatte eine heimtückische Krankheit in ihr zum Ausbruch gebracht. Deshalb hatte sie so ernst und entschieden geklungen.

Wieder rauschte ein Hubschrauber im Tiefflug über die Stadt. Der Kongress an der Messe war inzwischen in vollem Gange. Klimawandel, Eisschmelze – wie konnte die Welt gerettet werden? Der Umweltminister wollte ein Grundsatzreferat halten. Die Sicherheitsvorkehrungen waren so streng, dass man wohl nicht einmal eine Nagelfeile in den Saal würde schmuggeln können.

In ihrem babyblauen Wollmantel, ihre abgewetzte braune Ledertasche in der Armbeuge, stand Therese schon vor dem Café und winkte ihm zu.

»Schön, dass du kommst«, sagte sie, während sie einstieg.

Schiller nickte ihr zu und musterte sie. Sah sie verändert aus? Ja, ein wenig müder als sonst, aber ihre Augen hinter den dicken Brillengläsern funkelten genauso neugierig wie immer.

Sie machte eine wedelnde Handbewegung. »Fahr einfach los. Am besten in Richtung Melaten.«

Er beschleunigte. »Was ist passiert?«, fragte er. »Warum musste ich so dringend kommen?«

»Ich muss etwas herausfinden«, sagte sie, »aber wir haben noch ein wenig Zeit.« Sie wedelte wieder mit der Hand. »Was ist mit Carla? Warum habt ihr euch gestritten? Ist dir nicht klar, dass schwangere Frauen schwierig sind?«

»Sie weiß gar nicht, ob sie schwanger ist«, erwiderte er. »Sie weiß auch nicht, ob sie das Kind wirklich will, verdammt.«

»Willst du es denn?« Die alte Hebamme kicherte, als habe sie einen Scherz gemacht. Dann wurde sie ernst. »Ich habe über Richards Beerdigung nachgedacht. Übermorgen. Auf Melaten – wo auch sonst? Er bekommt ein kleines Urnengrab in einem hübschen Trauergarten. Ich hätte gerne, dass du etwas vorträgst – ein Gedicht. Würdest du das tun?«

Schiller nickte. Hatte sie ihn deshalb einbestellt? Um über Goldmanns Beerdigung zu sprechen? »Ich habe noch etwas für dich – von Goldmann«, sagte er schuldbewusst. »Einen Brief, den wir bei seinen Unterlagen gefunden haben. Er wollte dich heiraten – hast du das gewusst?«

»Ja«, hauchte Therese. »Das habe ich gewusst.« Sie hatte Tränen in den Augen, die sie sofort wegwischte.

Als sie an der Aachener Straße am Melatenfriedhof angekommen waren, winkte sie ihn weiter. »Was ist mit diesem Richter?«, fragte sie unvermittelt mit fester Stimme. »Habt ihr etwas herausgefunden? Kann es sein, dass er heute etwas tun wollte?«

Schiller bremste unwillkürlich ab. »Wie kommst du darauf?«, fragte er. Im nächsten Moment klingelte sein Telefon. Carla, verriet das Display.

Sie meldete sich ohne jeden Gruß. Ihre Stimme klang hektisch. »Du hast einen Brief bekommen«, sagte sie. »Von diesem Richter.«

Schiller fuhr rechts auf einen Fahrradweg und parkte. Therese schaute ihn fragend an. »Mach ihn auf«, sagte er ins Telefon.

»Habe ich schon«, erwiderte Carla. Dann las sie den kurzen Text vor: »›Lieber Kommissar, ich bitte um Verzeihung. Morgen wird das letzte Urteil gesprochen. Dann sind wir beide frei. Der Richter von Köln.‹«

»Mehr nicht?«, fragte Schiller.

»Das war alles.« Carla seufzte. »Was soll das? Warum schreibt er dir? Steht er etwa vor der Tür und lauert dir auf?«

»Keine Ahnung. Ich bin in zehn Minuten da und hole den Brief.« Schiller unterbrach die Verbindung und sah die alte Hebamme an. »Ich muss nach Hause, einen Brief holen. Der Richter hat mir geschrieben.«

»Nein«, sagte Therese. »Erst muss ich etwas herausfinden.« Dann holte sie ein Stück Papier aus ihrer Manteltasche und hielt es ihm hin. Eine Skizze … Jemand hatte ein Stück Wald, einen Weg, einen Parkplatz und ein Gebäude aufgemalt.

Sie wollte ihm nicht sagen, woher die Skizze stammte und was für einen Verdacht sie hatte.

»Vielleicht irre ich mich, und dann tut es mir leid«, sagte sie. »Wir werden es gleich herausfinden.«

Sie fuhren die Aachener Straße hinauf, Richtung Stadion.

»Wen hast du heute schon besucht, verdammt?«, fragte Schiller. »Was soll diese Skizze?«

Therese blickte aus dem Fenster. »Ich habe gestern den halben Tag bei Henning gesessen und ihm vorgelesen. Eine Geschichte von Heinrich Böll. ›Wanderer, kommst du nach Spa…‹. Eine Geschichte aus dem Krieg. Henning hatte die Augen geschlossen, er hat ruhig geatmet, und ich hatte die ganze Zeit das Gefühl, er würde genau verstehen, was ich vorlas. Komisch, oder?« Sie schwieg einen Moment, und Schiller spürte, dass er wütend wurde. Was für ein merkwürdiges Spiel führte sie mit ihm auf? Was wusste sie, und warum sagte sie nichts?

»Solltest du auch mal tun – einfach so bei ihm sitzen und ihm etwas erzählen«, fuhr sie fort. »Reinigt bestimmt auch deinen Kopf.«

»Hör zu«, sagte er, »wenn diese Aktion etwas mit dem Richter zu tun hat, dann muss ich das Präsidium informieren. Der Mann ist gefährlich, und nach der Sache im Krankenhaus kann ich mir nichts mehr leisten. Ich kann froh sein, dass ich nicht suspendiert worden –«

»Wir müssen auf den Militärring, Richtung Luxemburger

Straße«, sagte Therese ruhig. Dann starrte sie wieder stumm aus dem Fenster.

Es herrschte viel Verkehr, sodass sie nur langsam vorankamen. Schiller blickte auf sein Smartphone. Nichts mehr. Keine Nachrichten. In der Messe war also nichts passiert. Nele hätte ihn sonst sofort angerufen.

»Ja«, sagte er, um Therese wieder zum Sprechen zu bringen. »Der Richter hatte angekündigt, dass heute etwas passieren sollte. Sie denken, in der Messe, da ist ein Kongress …«

Therese lächelte matt. »Wir fahren zum FC, gucken mal, ob die heute trainieren. Haben die nicht am Wochenende gewonnen?«

Plötzlich begriff Schiller. Die Skizze zeigte die Zufahrt zum Geißbockheim. »Was soll das?«, fragte er. »Hat der Richter es auf einen FC-Spieler abgesehen?«

»Ich weiß nicht«, sagte Therese und zuckte mit den Achseln. »Ich glaube aber nicht.«

Er kam kaum voran, weil sich an der Dürener Straße vor dem Bahnübergang wieder alles staute. Es hatte auch keinen Sinn, etwas von ihr erfahren zu wollen. Therese wollte nichts sagen.

»Ich glaube«, sagte sie, »wenn ihr ein Kind bekommt, müsst ihr in eine größere Wohnung ziehen. Auch ein Garten wäre schön.«

Schiller antwortete nicht. Er glaubte, dass Therese unruhiger wurde, je näher sie dem Geißbockheim kamen. Als er in die Zufahrt abbiegen wollte, musste er feststellen, dass sie gesperrt war. Ein Mann in einer orangefarbenen Jacke stand da und schüttelte den Kopf.

»Alles belegt«, sagte er. »Sie müssen woanders parken.«

Eine Sekunde überlegte Schiller, ihm seinen Dienstausweis zu zeigen, aber noch war das Ganze kein Einsatz. Er nickte und fuhr ein Stück die Berrenrather Straße hinauf, dann parkte er.

»Gehen wir also ein paar Schritte«, sagte er.

»Kann nicht schaden«, erwiderte Therese und steckte die Skizze wieder ein.

Was sollte ein Anschlag auf das Geißbockheim? Wieso sollte hier der große Schuldige stecken? Er konnte sich keinen Reim darauf machen. Sein Telefon blieb stumm. Auch Carla meldete sich nicht noch einmal.

Sie gingen an dem Mann in der orangefarbenen Kluft vorbei.

»Ist heute ein besonderes Training?«, fragte Schiller. Er deutete auf die Autos, die rechts und links auf der Zufahrt parkten.

»Nee.« Der Mann schüttelte den Kopf. »Ist wegen dem Erzbischof. Der will heute die Mannschaft segnen … na, wenn es hilft!«

Schiller rannte los und zog sein Telefon hervor. Im Laufen drehte er sich um. »Wer ist es?«, rief er Therese zu. »Wer ist der Richter?«

Sie war stehen geblieben, wie ein Häufchen Elend verharrte sie und hob müde die Hand. »Ich irre mich wahrscheinlich«, sagte sie so leise, dass er sie kaum verstand.

Schiller lief weiter. An den beiden Seiten des Wegs parkten Autos. Gelegentlich war er mit Carla hier spazieren gegangen, aber so voll war es hier noch nie gewesen.

Als Birte sich meldete, sagte er: »Komm zum Geißbockheim … es geht um den Richter, und bring ein paar Polizisten mit.« Er hörte, wie sie seinen Namen rief, aber da hatte er die Verbindung schon unterbrochen. Er steckte das Smartphone wieder ein und tastete nach seiner Waffe. Immerhin hatte er seine Dienstpistole dabei.

Dann hatte er das Ende der Zufahrt erreicht und war auf dem Parkplatz angekommen. Auch hier stand ein Mann mit einer orangefarbenen Jacke, um den Verkehr zu regeln. Gelangweilt lehnte er an einem Wagen und hielt sein Gesicht in die Sonne. Im Moment gab es für ihn nichts mehr zu tun.

Wo ist der Erzbischof?, wollte Schiller ihn fragen, aber da sah er schon die Menschenmenge, die sich vor dem Geißbockheim versammelt hatte. Er beschleunigte und schob sich an den ersten Schaulustigen vorbei, Rentnern zumeist.

Je weiter er kam, desto dichter wurde die Menge. Nun musste er sich mühsam vordrängen, und die ersten Zuschauer wurden unwillig. Schiller entschuldigte sich und hielt Ausschau, ob sich jemand auffällig verhielt. Der Richter würde seine polnische Pistole einsetzen, er würde schießen, daher würde er keinen

Platz in der Menschenmenge suchen. Schiller dachte an die Skizze. Etwa zehn Schritte von ihm entfernt, meinte er, den Erzbischof mit seinem roten Käppi auszumachen. Ein paar Leute lachten, dann breitete sich das Lachen wie eine Welle aus. Offenkundig hatte der Erzbischof einen Scherz gemacht. Panisch schaute Schiller sich um. Er hatte einen Fehler begangen. Hierher, mitten ins Gedränge, würde der Richter sich niemals vorwagen.

Plötzlich entdeckte er die Treppe, die zur Terrasse am Restaurant hinaufführte. Auch dort oben hatte sich eine Menschenmenge gebildet, aber von dieser Stelle hatte man einen guten Blick auf den Erzbischof. Mühsam schob Schiller sich zurück. Therese war nun auch auf dem Parkplatz angekommen, als er zu der Treppe eilte.

»Wer?«, rief er erneut. »Wer ist es?« Doch sie breitete nur ihre Hände aus.

Dann, als er die halbe Treppe hinter sich gelassen hatte, sah er eine Gestalt mit einer Hornbrille, in einem langen schwarzen Mantel. Sie stand ein wenig abseits, die rechte Hand tief in der Tasche vergraben. Langsam bewegte sich die Hand aus der Tasche heraus.

»Bleiben Sie stehen – keine Bewegung!«, rief Schiller. Er zog seine Pistole.

Die Gestalt schaute sich um. Schiller zuckte vor Überraschung zusammen, und auch Friedrich Mayen schien ein Schreck zu durchfahren, dann lächelte er, ein freundliches Lächeln, als hätte er soeben einen Freund erkannt, den er lange nicht mehr gesehen hatte, doch seine Hand glitt weiter aus der Tasche. Die ersten Zuschauer wandten sich um, jemand schrie auf.

»Bleiben Sie stehen!«, wiederholte Schiller. Er hatte das Ende der Treppe erreicht und keuchte erschöpft.

Friedrich Mayen nickte, dann, in einer schnellen fließenden Bewegung, drückte er sich die Waffe an die Schläfe. Er nickte Schiller zu, immer noch lächelnd, mit weit geöffneten Augen hinter der Hornbrille.

Dann drückte er ab.

Die Zeit blieb stehen, und ein Riss tat sich auf. Ja, es war, als würde die Welt buchstäblich auseinanderbrechen, als wäre sie nur ein Stück Papier, ein altes Farbfoto, das jemand in der Mitte durchgerissen hatte. Schillers Sinne funktionierten auch plötzlich anders. Er hörte nichts mehr, nahm nichts wahr, nicht die Schreie, nicht die Sirenen, er hatte einen Tunnelblick, er sah nur diesen schwarz gekleideten Mann mit der Hornbrille, der nun am Boden lag, inmitten von einer Lache Blut, die langsam größer wurde. Mit der rechten Hand griff er nach dem Kopf, spürte das Blut an seinen Händen und starrte das tödlich verletzte Gesicht an.

Friedrich Mayen hatte die Augen geöffnet, ein winziges Licht Leben irrte noch in seinen Pupillen umher.

»Warum?«, fragte Schiller leise. »Warum das alles?«

Mayens Lippen bewegten sich. Obwohl es eigentlich unmöglich war, glaubte Schiller ein Wort auszumachen.

»Yamina«, hauchte Mayen.

Auf einmal war Therese neben ihm und hatte ein weißes Tuch in der Hand, das sie Mayen gegen den blutenden Hinterkopf drückte, als könnte sie ihn retten und den Blutfluss stillen.

Mayens Pupillen flackerten, als suche das kleine Licht nach einem Ausgang.

»Sind Sie der Richter?«, fragte Schiller.

Kaum merklich schüttelte Mayen den Kopf. »Ich bin … der Sanftmütige«, flüsterte er. Dann zuckte er zusammen, und das Licht in seinen Augen erlosch.

Irgendwann tauchte Birte auf, auch Fitschen kam, zusammen mit Laura Diedrich, und selbst das gezwungen lächelnde Gesicht des Erzbischofs wischte an Schiller vorbei. Der Erzbischof nahm seine Hand, drückte sie und sagte ein paar Worte, deren Sinn Schiller jedoch nicht erfasste. Er hatte das Gesicht des toten Friedrich Mayen vor Augen und hörte einen Satz in seinem Kopf, der aus einem Film stammen musste: »Es hat zu viele Tote gegeben.«

Zu viele Tote – und warum das alles? Wieso war Friedrich Mayen der Richter?

Mit noch immer blutverschmierten Händen saß Schiller in einem Mannschaftswagen der Kölner Polizei. Der Platz um das Geißbockheim war inzwischen abgesperrt worden. Uniformierte Beamte nahmen die Personalien von Zuschauern auf, die gegebenenfalls als Zeugen aussagen konnten.

»Warum hat er das getan – drei Menschen erschossen, dann sich selbst?« Birte hatte ihm einen Kaffee besorgt, der ihm jedoch auch nicht half, seine Verwirrung abzulegen.

Therese hockte neben ihm, sie hatte die Augen gesenkt; ihre Handtasche in der Armbeuge. Sie war in sich zusammengesunken, beinahe wirkte es, als würde sie schlafen.

»Warum tut ein unbescholtener Lehrer so etwas?« Schiller hätte sie am liebsten gerüttelt, damit sie seine Frage beantwortete.

»Lehrer? Friedrich war kein Lehrer – wie kommst du darauf? Weil er bei Richard studiert hat?«, sagte sie. »Er war Priester, wusstest du das nicht?«

Ein Leichenwagen fuhr vor. Zwei Männer in einer grauen Uniform stiegen aus. Diesen Moment, als Mayen sich die Pistole an die Schläfe legte und lächelte, würde Schiller niemals vergessen.

»Priester?«, fragte er. »Ein Priester erschießt Menschen?« Seine Verwirrung wurde noch größer.

»Friedrich war Dominikaner, er lebte in dem Kloster an der Lindenstraße. Deshalb bin ich ja heute Morgen zu ihm gegangen … wegen der Beerdigung. Ich wollte, dass er bei Richards Beerdigung ein paar Worte sagte … Aber Friedrich war seltsam, unkonzentriert, fahrig, als wäre er gar nicht bei sich, und dann habe ich diese Zeichnung auf seinem Schreibtisch gesehen … und noch etwas …« Sie griff in ihren Wollmantel und holte ein zweites Papier hervor, das mittlerweile ganz zerknittert war.

Schiller wollte es in seine blutigen Hände nehmen, doch dann zögerte er. Er las die wenigen Worte, ohne das Papier zu ergreifen. »Die Rache ist mein – ich will vergelten. Der Richter von Köln«, stand da in einer großen, ausschweifenden Handschrift.

»Ich habe die Papiere eingesteckt, als Friedrich kurz aus dem

Zimmer gegangen ist«, sagte Therese. Zwei Tränen liefen ihr über die Wange. »Ich …«, sagte sie schluchzend, »ich hätte alles verhindern können.«

»Nein.« Schiller beugte sich vor. Am liebsten hätte er sie umarmt. »Nein, du konntest es nicht wissen.«

»Doch.« Therese wich zurück, die Augen weit aufgerissen. »Ich wusste, dass Friedrich krank war. Richard hat es mir erzählt. Diese Explosion in Afrika, als er katholische Gemeinden in Nigeria besucht hat. Ein Anschlag. Terroristen haben eine Kirche in die Luft gesprengt, mitten im Gottesdienst. Friedrich hat überlebt, aber um ihn sind Menschen verbrannt und zerfetzt worden. Ein kleines Kind … er hat ein Mädchen aus der brennenden Kirche gerettet, doch sie ist in seinen Armen gestorben. Seither war er anders … ganz anders … irgendwie mutlos …«

Die beiden grau gekleideten Männer hatten einen Zinnsarg ausgeladen und trugen ihn schwerfällig die Treppe hinauf.

Schiller schloss die Augen. Er hörte, wie Friedrich Mayen »Yamina« hauchte und den Satz: »Ich bin der Sanftmütige.«

Friedrich Mayen war ein Priester gewesen, der bei der Explosion einer Kirche dabei gewesen war. Genügte das, um einen Menschen zum Mörder zu machen – Menschen umzubringen, die er gar nicht gekannt hatte? Und warum war der Erzbischof in seinen Augen der große Schuldige gewesen? Hatte der ihn nach Afrika geschickt?

Therese schluchzte, und Schiller schlug die Augen wieder auf. »Du bist nicht schuld«, sagte er. »Niemand ist schuld.«

Er sah, dass eine schöne schwarzhaarige Frau in einem roten Mantel auf den Parkplatz schritt, sie schaute sich suchend um, dann glitt ein Lächeln über ihr Gesicht. Carla hatte ihn in dem Mannschaftswagen entdeckt. Schiller hob seine blutige Hand und winkte ihr zu.

Im nächsten Moment wuchteten die beiden grauen Männer den Zinnsarg die Treppe hinunter.

Epilog

Die Leichenhalle auf dem Melatenfriedhof platzte aus allen Nähten. Der Oberbürgermeister und auch der Erzbischof waren gekommen, um Richard Goldmann die letzte Ehre zu erweisen. Schiller saß zwischen Carla und Birte. Einmal musste er aufstehen und den Brief vorlesen, den Goldmann an Therese geschrieben hatte. Dass die alte Hebamme dabei fast die Fassung verlor und hemmungslos schluchzte, bekam er nur am Rande mit. Mit weichen Knien ging er an seinen Platz zurück.

Der Richter war gefasst – und eine große Tragödie war zutage getreten. Friedrich Mayen hatte ein Tagebuch geführt, in dem das Drama um seine zwei Persönlichkeiten offenkundig geworden war. In der Nähe von Kevelaer an der Niers hatte man ein Skelett ausgegraben. Das Mädchen Margret, das vor zweiundvierzig Jahren spurlos verschwunden war.

Carla hakte sich bei ihm ein, als sie die Leichenhalle verließen und der Urne Goldmanns folgten. Dankbar lächelte er sie an. Sie hatten sich ausgesprochen und ihren Streit beendet – und dann hatte sie ihre Periode bekommen. Sie war nicht schwanger. Offenkundig hatten die Ereignisse um Goldmann und Broder auch ihr zu sehr zugesetzt.

»Jung«, hauchte Therese ihm zu, während sie sich neben ihn schob, »hast schön vorgelesen. Richard auf seiner Wolke wird sich gefreut haben.« Sie lachte unter Tränen. Birte stützte sie.

An der Stelle, an der Goldmanns Urne in die Erde eingelassen werden sollte – einen halben Meter neben seiner Ehefrau Brigitte –, hatte sich der Erzbischof mit einem jungen Priester aufgebaut. Er hob die Hand, als wolle er den Trauergästen seinen Segen erteilen.

»Liebe Gemeinde«, sprach er, »wir haben schwere Zeiten hinter uns. Dass diese Stadt Köln nicht untergehen wird, liegt auch an Menschen wie Richard Goldmann, einem unkonventionellen, freien Geist …«

Schillers Blick glitt über die Anwesenden hinweg. Auch Lavender, der Anwalt, war gekommen, neben ihm sein Sohn Pierre, den Birte allzu freudig begrüßt hatte.

Als er spürte, dass eine SMS eingegangen war, zog er verschämt sein Smartphone hervor, während der Erzbischof über Vergessen und Liebe und das ewige Leben philosophierte.

»Kommen Sie bitte so schnell wie möglich«, schrieb Professor Kronenberg.

Ohne sich bei Birte oder Therese abzumelden, eilte Schiller mit Carla zu seinem Wagen. Er spürte, dass sich ihm der Magen umdrehte. Was hatte diese Botschaft zu bedeuten? Wollte Kronenberg ihm mitteilen, dass Broder niemals aus dem Koma erwachen würde?

Carla versuchte ihn zu beruhigen. »Es kann auch eine gute Nachricht sein«, sagte sie, während er über den Ehrenfeldgürtel in Richtung Uniklinik jagte. Ein Tag nach dem Brand hatte Kronenberg wieder die Betreuung Broders übernommen.

Der Professor wartete bereits im Gang auf ihn. Er rieb sich die Hände und lächelte. »Es gibt eine positive Entwicklung zu vermelden«, sagte er, »aber vielleicht sehen Sie sich unseren Patienten erst einmal selbst an.« Er öffnete die Tür und ließ Schiller und Carla vorausgehen.

Schiller atmete tief ein, bevor er einen Schritt in das Zimmer tat. Er hatte Broder nicht ein einziges Mal besucht, obschon Therese ihn mehrfach aufgefordert hatte, fiel ihm ein, lediglich telefonisch hatte er sich nach ihm erkundigt.

Broder hatte noch immer einen großen Kopfverband, er hatte die Augen geschlossen, aber er saß aufrecht im Bett. Seine Wangen waren eingefallen und wirkten fahl.

Während Schiller zögerte, ging Carla auf ihn zu und berührte ihn am Arm.

Plötzlich öffnete Broder die Augen, er verzog den Mund zu einem zarten Lächeln.

»Hallo, Henning«, sagte Carla leise.

»Hallo«, erwiderte Broder verwirrt.

Schiller spürte, wie ihm die Tränen kamen. Broder war erwacht, er konnte sprechen, sein Gehirn schien zu funktionieren. Schiller blickte neben sich, wollte sich bei Kronenberg vergewissern, dass alles in Ordnung war mit Broder, doch der

Professor hatte den Raum nicht betreten, sondern die Tür hinter ihnen geschlossen.

»Wie geht es dir?«, fragte Carla. Sie hatte sich zu Broder aufs Bett gesetzt.

Broder schaute sie an, sein Blick flackerte. Er runzelte die Stirn, als müsse er sich erinnern, wen er da vor sich hatte. »Kopfschmerzen«, sagte er. »Dicken Hals. Außerdem kann ich meinen linken Arm nicht richtig bewegen.« Er machte eine vage Bewegung mit der rechten Hand.

Schiller kam langsam näher. Er räusperte sich. »Erkennst du uns?«, fragte er mit zitternder Stimme. »Weißt du, wer wir sind?«

Broder schaute ihn an. Er öffnete den Mund, leckte sich jedoch nur unsicher über die Lippen. Dann glitt sein Blick zu Carla.

»Wer ist das, Carla?«, fragte er. »Ist das dein Freund, dieser kleine Junge, der immer Regenrinnen hinaufgeklettert ist und sich im Dunkeln gefürchtet hat?«

Carla lächelte. »Genau das ist er, Henning«, sagte sie, und dann brach sie in ein schallendes Gelächter aus, in das Broder zaghaft mit einstimmte.

Nachbemerkung

Jeder Roman, auch wenn seine Handlung und Figuren fiktiv sind, nimmt Anleihen bei der sogenannten Realität. So verhält es sich auch in diesem Buch. Das Werk Campendonks stand unlängst im Mittelpunkt eines großen Fälschungscoups, der für einige Zeit die Schlagzeilen beherrschte. Einige interessante Details, die beim Prozess um Fälschungen zutage traten, sind in diesen Roman eingeflossen. Wichtige Informationen dazu verdanke ich dem hervorragenden Buch »Falsche Bilder, echtes Geld« von Stefan Koldehoff und Tobias Timm. Das Bild mit dem Titel »Gelbe Katze auf einem schwarzen Stein« ist allerdings eine Erfindung von mir.

Die Biografie des Erzbischofs Rudolf Laer hat jedoch kein Vorbild in der Realität. Auch die Figur Friedrich Mayen ist von mir erfunden.

Ein großer Dank für seine Unterstützung gilt dem Team des Emons Verlags. Stellvertretend möchte ich Christel Steinmetz, Franziska Emons, Marion Heister und Hejo Emons nennen, der selbst ein Campendonk-Experte ist.

Reinhard Rohn
KÖLNER LICHTER
Broschur, 208 Seiten
ISBN 978-3-89705-869-9

»Um sich über Nachrichten von einem guten Bekannten zu freuen, braucht man nicht unbedingt Mitglied bei facebook zu sein. ›Kölner Lichter‹ lässt die Fans von Kommissar Schiller wieder teilhaben an dessen Leben.« Rheinische Post

»Viele brisante, auch gesellschaftskritische Themen werden in diesem Köln-Thriller angeschnitten. Viele Seiten spannende Unterhaltung.« Lesart

www.emons-verlag.de

REINHARD ROHN
Barfuß in Köln
KÖLN KRIMI
emons: